中等职业教育课程改革规划新教材
按教育部 2009 年新教学大纲组织编写

机械制图与计算机绘图

（通用）

郭朝勇　主　编
朱海花　副主编

電子工業出版社·
Publishing House of Electronics Industry
北京·BEIJING

内 容 简 介

本书按照教育部 2009 年颁布的《中等职业学校机械制图教学大纲》的要求编写。主要内容包括：制图的基本知识与基本技能，正投影法和三视图，点、直线和平面的投影，基本几何体的视图，截切体和相贯体的视图，轴测投影图，组合体的视图及尺寸标注，机件常用表达方法，标准件、常用件及其规定画法，零件图，装配图，典型零部件测绘，计算机绘图与 AutoCAD 基础，AutoCAD 的绘图命令，AutoCAD 的编辑命令，AutoCAD 的辅助绘图工具，AutoCAD 的文字和尺寸标注，用 AutoCAD 绘制机械图样等。另外，本书配有电子教学参考包，详见前言。

本书可作为中等职业学校机械类及工程技术类相关专业的教材，也可供相关工程技术人员参考。

图书在版编目（CIP）数据

机械制图与计算机绘图：通用/郭朝勇主编 . —北京：电子工业出版社，2011.4
中等职业教育课程改革规划新教材
ISBN 978 - 7 - 121 - 13086 - 1

Ⅰ . ① 机…　Ⅱ . ① 郭…　Ⅲ . ① 机械制图 - 中等专业学校 - 教材　② 自动绘图 - 中等专业学校 - 教材
Ⅳ . ①TH126

中国版本图书馆 CIP 数据核字（2011）第 038812 号

策划编辑：白　楠
责任编辑：侯丽平
印　　刷：
　　　　　北京市李史山胶印厂
装　　订：
出版发行：电子工业出版社
　　　　　北京市海淀区万寿路 173 信箱　邮编 100036
开　　本：787×1092　1/16　印张：17.25　字数：441.6 千字
印　　次：2011 年 4 月第 1 次印刷
印　　数：3 000 册　　定价：29.80 元

凡所购买电子工业出版社图书有缺损问题，请向购买书店调换。若书店售缺，请与本社发行部联系，联系及邮购电话：(010)88254888。

质量投诉请发邮件至 zlts@ phei. com. cn，盗版侵权举报请发邮件至 dbqq@ phei. com. cn。

服务热线：(010)88258888。

前　言

"机械制图"是中等职业学校机械类和工程技术类各专业的核心课程之一，对学生职业技能的学习起着基础性和关键性的作用。随着计算机技术的普及和发展，计算机绘图已经成为工程绘图的主要方式，中等职业学校机械制图课程也应顺应这一变革。本书将机械制图知识与计算机绘图知识有机结合，注重学生空间想象能力、绘制和识读机械图样能力以及计算机绘图能力的全面培养。

本书以教育部 2009 年颁布的《中等职业学校机械制图教学大纲》为依据编写，针对中等职业教育培养技能型人才的目标，以适应中等职业学校学生就业需求为出发点。在编写过程中，遵循"以实用为主、以够用为度"的原则，充分考虑老师和学生的现状以及企业的实际需求，力求体系合理、内容精练、注重知识的实践应用，将抽象的问题具体化，将复杂的理论简单化，突出学生识图能力、仪器绘图能力、徒手绘图能力、计算机绘图能力和工程应用能力的培养与训练。

本书在编写过程中，充分考虑了中职学生的知识基础和学习特点，以及多数中职学校的实际教学条件。在语言表达上更贴近中职学生的年龄特征，文字表达力求简明。为了调动学生学习的积极性和主动性，除"绪论"外每一章的章首都设计了"章前思考"栏目，旨在引导学生的主动思考与探索，从直观和宏观上把握即将学习的章节内容；各章中均设置了"练一练"栏目，以帮助学生及时消化和掌握所学的主要内容，该栏目也可以小组为单位以"课堂活动"的形式组织，让学生在讨论和活动中探索与感悟，既能增进教与学的互动，又可在此过程中培养学生的团队意识。在多数章节中依需要设置了"帮你记"栏目，将主要的知识性和规律性的内容总结归纳为口诀，以方便学生对主要知识及方法的理解、把握和记忆。在"机械制图"和"计算机绘图"内容关系的处理上，本书采用了"分段式"（机械制图和计算机绘图分阶段学习）的方式，以方便实际教学的安排及实践教学（上机等）的具体实施。同时在具体章节的安排上也兼顾了"融合式"（机械制图和计算机绘图交叉学习）教学的具体需要。在计算机绘图教学平台软件的选择上，采用了目前国内外应用最为广泛的 AutoCAD 软件，以方便与学生毕业后的实际应用直接接轨；在软件版本的选择上，从多数中职学校的实际教学机型出发，选用了对微机硬件要求较低的 AutoCAD 2004 中文版。本书采用最新颁布的《技术制图》、《机械制图》等国家标准，并根据课程内容的需要编排在教材中。书中标"*"的章节为选学内容，各学校可根据实际情况进行选择并安排教学。

与本书配套的《机械制图与计算机绘图习题集》同时出版。为了更好地发挥教材的作用，保证教学质量，我们还开发了配套的多媒体教学辅助资源——电子教学参考包（包括 PPT 课件、思考题解答和上机指导等），以弥补单一纸质教材的不足，需要者可在电子工业出版社的华信资源教育网 www. hxedu. com. cn 注册后免费下载。

本书的参考学时为 130 学时。使用时，可根据各专业的特点、教学时数、教学内容做适当的调整。

　　本书由郭朝勇主编，朱海花副主编。参加编写的还有：李宝峰、段红梅、穆立茂、张靖、刘冬芳、王艳等。在本书的编写过程中，参考了国内同行编写的多种优秀教材，在此表示感谢。

　　限于编者水平，书中难免存在缺点甚至错误，恳请使用本书的师生和读者批评指正。我们的 E-mail 地址为：chaoyongguo@21cn.com。

编　　者

2011 年 2 月

目　　录

第0章 绪　论

1. 机械图样及其作用

　　机械制图是研究机械图样的一门学科。在现代工业生产中，无论是设计制造机床、汽车、飞机、船舶，还是各种仪表或电子仪器等，都离不开图样。

　　图样与语言文字一样都是人类表达和交流思想的工具。在工程技术中，为了正确地表示出机器、设备及建筑物的形状、大小、规格和材料等内容，根据投影原理、标准或有关规定表示出工程对象，并有必要的技术说明的图，称为图样。机械工程中常用的图样是装配图和零件图。机械图样是现代工业生产不可缺少的依据，设计者通过图样表达设计意图；制造者通过图样了解设计要求，组织制造和指导生产；使用者通过图样了解机器设备的结构和性能，进行操作、维修和保养。因此，图样是传递、交流技术信息和思想的媒介与工具，是工程界通用的技术语言。例如，图 0.1 所示的"螺纹调节支承"是某机器中的一个部件，它由底座、套筒、调节螺母、支承杆及螺钉 5 个零件组成，其作用是通过转动调节螺母来调整支承物的高低。在设计螺纹调节支承时，需要画出它的部件装配图（如图 0.2 所示）和每一个零件的零件图（图 0.3 所示为其中的一个零件"调节螺母"的立体图及零件图）；在制造螺纹调节支承时，首先要根据零件图加工出各种零件，然后按装配图把零件装配成部件。由此可见，图样是工业生产中的重要技术文件。

　　中等职业教育的培养对象是生产一线的现代新型技能型人才，必须学会并掌握机械制图这种技术语言，具备识读和绘制机械图样的基本能力，为学习后续课程和发展自身的职业能力奠定必要的基础。

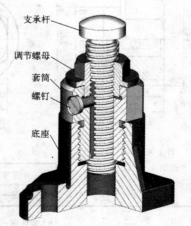

图 0.1　"螺纹调节支承"立体图

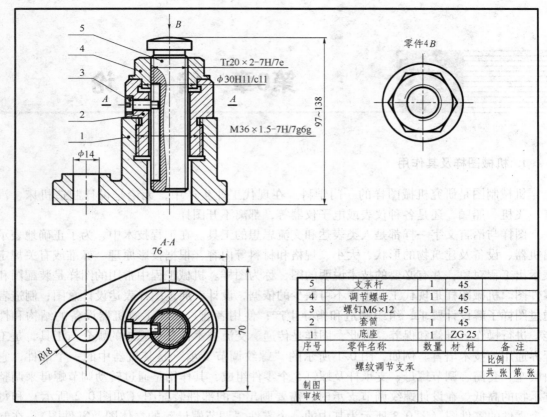

图 0.2 "螺纹调节支承"装配图

5	支承杆	1	45	
4	调节螺母	1	45	
3	螺钉M6×12	1	45	
2	套筒	1	45	
1	底座	1	ZG 25	
序号	零件名称	数量	材料	备注

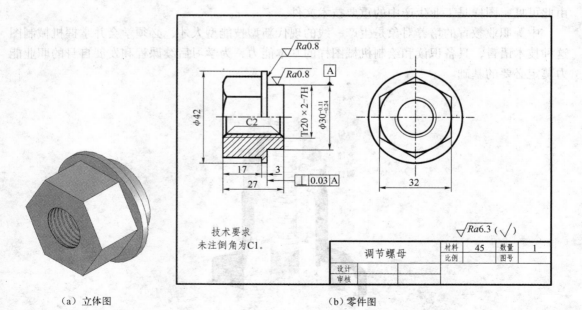

（a）立体图   （b）零件图

图 0.3 "调节螺母"的立体图及零件图

2. 本课程的学习目的和基本要求

本课程的学习目的是培养学生具有一定的机械图样绘制、识读能力以及空间想象能力，其基本要求是：

(1) 掌握正投影法表示空间形体的基本原理和方法；

(2) 培养和发展空间形象思维能力；

(3) 具备一定的尺规绘图、徒手绘图和计算机绘图的能力，能绘制中等复杂程度的零件图；

(4) 具备一定的读图能力，能识读中等复杂程度的零件图，能识读简单装配体的装配图；

(5) 树立工程意识和贯彻执行国家标准的意识。

(6) 养成耐心细致的工作作风和严肃认真的工作态度。

3. 本课程的学习方法

(1) 本课程是一门既有理论，又具有较强实践性的技术基础课，其核心内容是学习如何用二维平面图形来表达三维空间形体，以及由二维平面图形想象三维空间物体的形状。因此，学习本课程的重要方法是自始至终把物体的投影与物体的空间形状紧密联系，不断地"由物想图"和"由图想物"，既要想象构思物体的形状，又要思考作图的投影规律，逐步提高空间想象和思维能力。

(2) 学与练相结合。每堂课后，要认真完成相应的习题和白图作业，才能使所学知识得到巩固。虽然本课程的教学目标是以识图为主，但是"读图源于画图"，所以要"读画结合"，通过画图训练促进读图能力的培养。在计算机绘图阶段，应在熟悉 AutoCAD 主要命令和基本操作的基础上，多多上机绘图实践，才能提高运用计算机绘图的综合能力，提高绘图的效率。

(3) 要重视实践，树立理论联系实际的学风。在零部件测绘阶段，应综合运用基础理论，表达和识读工程实际中的零部件，既要用理论指导画图，又要通过画图实践加深对基础理论和作图方法的理解，以利于工程意识和工程素质的培养。

(4) 工程图样不仅是中国工程界的技术语言，也是国际上通用的工程技术语言，不同国籍的工程技术人员都能看懂。工程图样之所以具有这种性质，是因为工程图样是按国际上共同遵守的若干规则绘制的。这些规则可归纳为两个方面，一方面是规律性的投影作图，另一方面是规范性的制图标准。学习本课程时，应遵循这两方面的规律和规定，不仅要熟练地掌握空间形体与平面图形的对应关系，具有一定的空间想象力以及识读和绘制图样的基本能力，同时还要了解并熟悉《技术制图》、《机械制图》等国家标准的相关内容，并严格遵守。

第1章　制图的基本知识与基本技能

知识目标

1. 了解图纸幅面和格式的有关规定；
2. 明确绘图比例的概念；
3. 熟悉常用图线的名称及画法；
4. 知道标注尺寸的基本规则及尺寸的组成；
5. 掌握基本几何作图的方法。

技能目标

1. 能够正确使用常用绘图工具和仪器；
2. 能够正确分析和抄绘一般平面图形；
3. 能进行简单草图的绘制。

　**章前思考**

1. 图样要画在纸上，随便拿一张纸都可作图纸吗？你认为对图纸应有哪些要求？应该由谁来规定相关的要求呢？
2. 零件多大图样就必须画多大吗？对于较大或较小的零件，你认为绘图时应怎样处理？
3. 请分析图 0.1 和图 0.2 所示装配图和零件图，它们是由哪些基本图形元素组成的？
4. 在图样上应如何表达零件的大小呢？

在绘制机械图样之前，必须熟悉并严格遵守国家标准《技术制图》和《机械制图》中的有关规定，掌握绘图工具的正确使用方法及常见几何图形的画法，培养耐心细致、一丝不苟的工作作风，从而保证绘图的质量，加快绘图速度。本章主要介绍制图的基础知识和绘图的基本方法，为后续内容的学习打下基础。

1.1　国家标准关于机械制图的一般规定

图样是工程界用以表达设计意图和交流技术思想的"语言"，所以，其格式、内容、画法等都应做统一规定，这个统一规定就是国家标准《技术制图》和《机械制图》。

图样在国际上也有统一标准，即 ISO 标准，这个标准是由国际标准化组织制定的。我国从 1978 年参加国际标准组织后，国家标准的许多内容已经与 ISO 标准相同。

本节主要介绍国家标准《技术制图》和《机械制图》中有关图纸幅面和格式、比例、字体及图线等的基本规定，每个从事工程技术的人员都必须熟悉并遵守这些规定。

1.1.1　图纸幅面和格式

1. 图纸幅面尺寸

为了便于图纸的装订和保存，国家标准 GB/T14689—2008[①] 规定图纸的基本幅面有 A0、A1、A2、A3 和 A4 五种，各种图纸的幅面大小规定是以 A0 为整张，自 A1 开始依次是前一种幅面大小的一半，其尺寸关系如图 1.1 所示，每一基本幅面的具体尺寸见表 1.1。

必要时也可沿基本幅面的长边加长，加长部分应为基本幅面短边长度的整数倍。

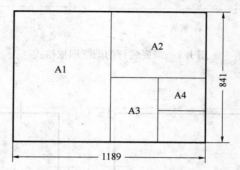

图 1.1　各种图纸幅面的大小

表 1.1　基本幅面及图框尺寸　　　　　　　　　　　　　单位：mm

幅 面 代 号	A0	A1	A2	A3	A4
$B \times L$	841×1189	594×841	420×594	297×420	210×297
e	20			10	
c	10			5	
a	25				

2. 图框格式

在每张图纸上，绘图前都必须用粗实线画出图框。图框有两种格式：一种是留装订边，一般采用 A4 幅面竖放或 A3 幅面横放，如图 1.2 所示；另一种则不留装订边，也有竖放和横放两种，如图 1.3 所示。各种图框的尺寸按表 1.1 选用。

3. 标题栏

每张图纸都必须有一个标题栏，它应画在图纸右下角并紧贴图框线，如图 1.2 和图 1.3 所示。

标题栏的格式和内容应符合国家标准 GB/T 10609.1—2008 中的有关规定，如图 1.4 所示。本课程的制图作业中建议采用如图 1.5 所示的简化标题栏样式。标题栏中的文字方向为看图的方向。

---

① GB/T 14689—2008 的含义为："GB"表示"国家标准"，是"国标"二字汉语拼音首字母的缩写；"T"表示"推荐性标准"，是"推"字汉语拼音首字母的缩写；"14689"表示标准的顺序号；"2008"表示该标准发布的年份。

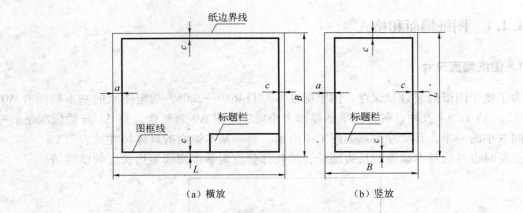

（a）横放 （b）竖放

图 1.2 需要装订的图纸图框格式

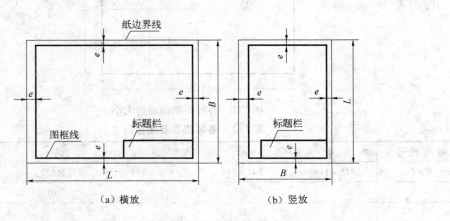

（a）横放 （b）竖放

图 1.3 不需要装订的图纸图框格式

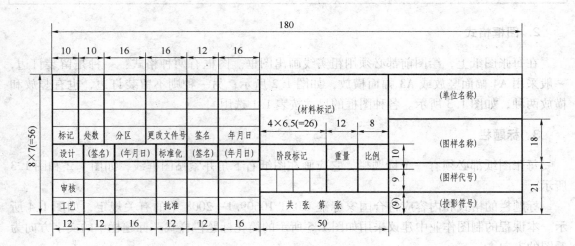

图 1.4 标题栏的格式和尺寸

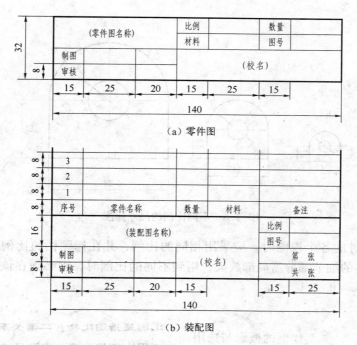

（a）零件图

（b）装配图

图1.5　简化标题栏的格式和尺寸

帮你记

图纸的有关规定

图纸分为5幅面，面积对半依次减；
矩形图框要先画，右下角绘标题栏。

1.1.2　比例

图中图形与其实物相应要素的线性尺寸之比，称为比例。

绘制图样时，一般应采用表1.2中规定的比例。

表1.2　规定的比例

种　类		比　例
常用比例	与实物相同	$1:1$
	缩小的比例	$1:2$，$1:5$，$1:1 \times 10^n$，$1:2 \times 10^n$，$1:5 \times 10^n$
	放大的比例	$2:1$，$5:1$，$1 \times 10^n:1$，$2 \times 10^n:1$，$5 \times 10^n:1$
可用比例	缩小的比例	$1:1.5$，$1:2.5$，$1:3$，$1:4$，$1:6$，$1:1.5 \times 10^n$，$1:2.5 \times 10^n$，$1:3 \times 10^n$，$1:4 \times 10^n$，$1:6 \times 10^n$
	放大的比例	$2.5:1$，$4:1$，$2.5 \times 10^n:1$，$4 \times 10^n:1$

注：n为正整数。

绘图时，尽可能按机件的实际大小画出，即采用$1:1$的比例，这时可从图样上直接看出机件的真实大小。根据机件的大小及其形状复杂程度的不同，也可采用放大或缩小的比例。但无论采用何种比例，所注尺寸数字均应是物体的实际尺寸，与比例无关，如图1.6所示。

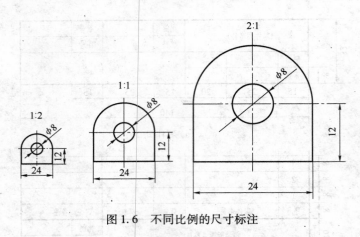

图1.6 不同比例的尺寸标注

绘制同一机件的各个视图时，应采用相同的比例，并在标题栏的比例一栏中填写，如1：2。当某些图样的细节部分需局部放大，用到不同的比例时，则必须在该放大图样旁另行标注，如Ⅰ/10：1、Ⅱ/5：1。

帮你记　比例的概念与选用

比例是指图比物，二者关系应清楚；选用比例应查表，实际尺寸图上注。

1.1.3　字体

图样中除了表示机件形状的图形外，还要用文字、数字、符号表示机件的大小、技术要求，并填写标题栏。国家标准对字体、数字、字母的书写形式做了统一规定。

在图样中书写汉字、数字、字母时必须做到：字体工整、笔画清楚、间隔均匀、排列整齐。

字体的号数，即字体的高度 h，其公称尺寸系列为：20、14、10、7、5、3.5、2.5、1.8（单位为 mm），如需要书写更大的字，其字体高度应按 $\sqrt{2}$ 的比率递增。

1. 汉字

汉字规定用长仿宋体书写，并采用国家正式公布的简化汉字。汉字的高度不应小于3.5 mm，字体宽度一般为 $h/\sqrt{2}$。长仿宋字的特点是字体细长，字形挺拔，起、落笔处均有笔锋，棱角分明。书写长仿宋字时应做到：横平竖直、结构匀称、注意起落、填满方格。

以下为常用的长仿宋体字的示例：

10 号字

字体工整　笔画清楚　间隔均匀　排列整齐

7 号字

横平竖直　注意起落　结构均匀　填满方格

5 号字

机械制图 计算机绘图 汽车船舶 数控技术 机械制造

3.5 号字

螺纹 齿轮 轴承 螺钉 螺栓 螺母 垫圈 弹簧 设计 制图 描图 审核 标准化

2．字母和数字

字母和数字分直体和斜体两类。斜体字的字头向右倾斜，与水平基准线成 75°。图样上一般采用斜体字。

1）字母示例

 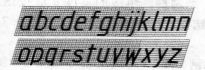

2）数字示例

图上字体的规定

图上汉字非方块，高、宽之比根号 2；
数字、字母分直、斜，依据字号定高矮。

1.1.4 图线

国家标准对机械图样中常用的图线名称、型号、代号及一般应用都做了规定。绘制图样时，应采用表 1.3 中规定的图线。

表 1.3 图线名称、线型、线宽及应用

图线名称	线　型	线　宽	一般应用
粗实线	————	d	可见轮廓线
细实线	————	$d/2$	尺寸线及尺寸界线；剖面线；重合断面轮廓线；过渡线等
波浪线	〜〜〜	$d/2$	断裂处边界线；视图与剖视的分界线
双折线	—／＼—	$d/2$	断裂处边界线
细虚线	- - - -	$d/2$	不可见轮廓线；不可见棱边线
细点画线	10～25 ／ 2～3	$d/2$	轴线、对称中心线；剖切线、分度圆（线）

图线名称	线 型	线 宽	一 般 应 用
粗虚线	4 1	d	允许表面处理的表示线
粗点画线	10~25　2~3	d	限定范围表示线
细双点画线	10~20　3~4	$d/2$	相邻辅助零件的轮廓线；可动零件极限位置的轮廓线；成形前的轮廓线等

图线分为粗、细两种。粗线的宽度 d 应按图的大小和复杂程度来定，国标规定在 0.25~2 mm 之间选择。机械图样中优先采用 0.7 mm 或 0.5 mm，细线的宽度约为粗线宽度的 1/2。

图线的应用示例如图 1.7 所示。鉴于细虚线及细点画线在制图中应用非常广泛，为叙述简捷起见，本书将此两种线型名称中的"细"字省略，直接简称其为虚线和点画线。

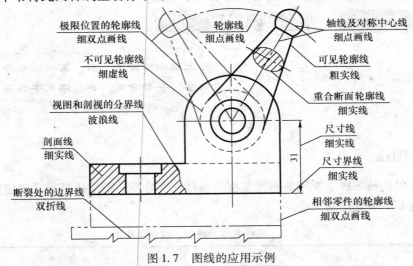

极限位置的轮廓线
细双点画线

不可见轮廓线
细虚线

视图和剖视的分界线
波浪线

剖面线
细实线

断裂处的边界线
双折线

轮廓线
细点画线

轴线及对称中心线
细点画线

可见轮廓线
粗实线

重合断面轮廓线
细实线

尺寸线
细实线

尺寸界线
细实线

相邻零件的轮廓线
细双点画线

31

图 1.7　图线的应用示例

绘制图线时还应注意以下几点：

（1）同一图样中同类图线的宽度应基本一致。虚线、点画线及双点画线的线段长度和间隔应大致相等。

（2）绘制圆的对称中心线时，圆心应为线段的交点。点画线及双点画线的首末两端应是线段而不是短划，并应超出轮廓线 2~5 mm。在较小图形上绘制点画线或双点画线有困难时，可用细实线代替。

（3）点画线、虚线等非实线间相交以及和其他图线相交时，都应在线段处相交。

（4）当虚线处于粗实线的延长线上时，粗实线应画到分界点，连接处应留有空隙。

练一练

按本章 1.1.4 节介绍的方法和要求正确削好铅笔后，在草稿纸上按表 1.3 中规定的画法绘制粗实线、细实线、虚线及点画线。

1.2　尺　寸　标　注

图形只能表达机件的形状，机件的大小必须通过标注尺寸才能确定。标注尺寸是一项极为重要的工作，要严格按照 GB/T 4458.4—2003 的有关规定，严谨细致地正确标注。如果尺寸有疏漏或错误，会给生产带来困难或损失。

1.2.1　基本规则

（1）机件的真实大小应以图样上所标注的尺寸数字为依据，与图形的大小及准确度无关。

（2）图样中的尺寸，以毫米为单位时，不需标注计量单位代号或名称。

（3）图样中所标注的尺寸，为该图所示机件的最后完工尺寸，否则应另加说明。

（4）机件的每一尺寸，一般只标注一次，并应标注在反映该结构最清晰的图形上。

1.2.2　尺寸的组成

一个完整的尺寸一般应包括尺寸界线、尺寸数字、尺寸线及表示尺寸线终端的箭头或斜线。

1. 尺寸界线

尺寸界线用细实线绘制，并应由图形的轮廓线、轴线或对称中心线处引出。也可利用轮廓线、轴线或对称中心线作尺寸界线。尺寸界线一般应与尺寸线垂直，并超出尺寸线的终端 2 mm 左右，必要时允许倾斜，如图 1.8 所示。

2. 尺寸线

尺寸线用细实线绘制，不能用其他图线代替，一般也不得与其他图线重合或画在其延长线上。标注线性尺寸时，尺寸线必须与所标注的线段平行，当有几条互相平行的尺寸线在同一方向上标注尺寸时，大尺寸要标注在小尺寸外面，以免尺寸线与尺寸界线相交。在圆或圆弧上标注直径或半径尺寸时，尺寸线一般应通过圆心或其延长线通过圆心，如图 1.9 所示。

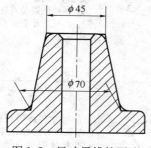

图 1.8　尺寸界线的画法

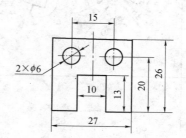

图 1.9　尺寸线的画法

尺寸线的终端有两种形式：箭头和斜线，如图 1.10 所示。

箭头适用于各种类型的图样，图中的 d 为粗实线的宽度。箭头多用于机械图样中。

斜线用细实线绘制，图中的 h 为尺寸数字的高度。斜线多用于建筑制图或徒手绘制的草图。

(a)箭头　　　　　　　　　　　　　　　(b)斜线

图 1.10　尺寸线终端的两种形式

3. 尺寸数字

线性尺寸的数字一般应注写在尺寸线的上方，也允许注写在尺寸线的中断处。同一图样中，应尽可能采用一种方法。尺寸数字不得被任何图线所通过，当无法避免时，必须将图线断开，如图 1.11 所示。

图 1.11　断开图线注写尺寸数字

1.2.3　常见尺寸的标注方法

常见尺寸的标注方法如表 1.4 所示。

表 1.4　常见尺寸的标注方法

项　目	图　例	说　明
线性尺寸数字的注写方向	(a)　　　　　　(b)	① 水平尺寸字头朝上，垂直尺寸字头朝左，倾斜尺寸应保持字头朝上的趋势，如图（a）所示 ② 尽可能避免在图示 30°范围内标注尺寸，当无法避免时可按图（b）形式标注
角度的标注		① 尺寸界线沿径向引出，尺寸线是以角顶为圆心的圆弧 ② 角度数字一律水平注写，一般注写在尺寸线的中断处。必要时也可注写在尺寸线外或引出标注

续表

项　目	图　例	说　明
圆和圆弧的尺寸标注	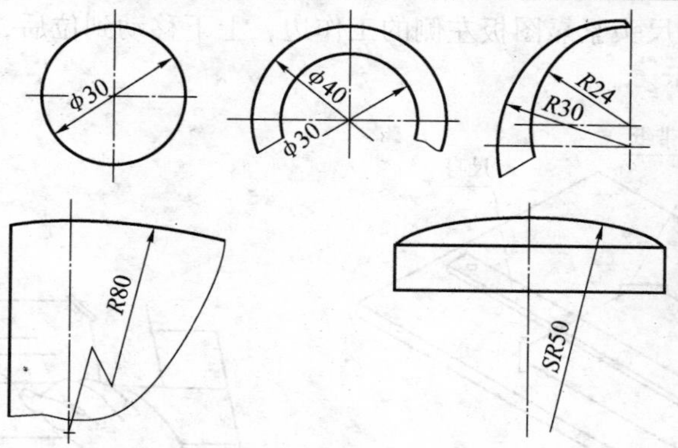	① 标注直径或半径尺寸时，尺寸线通过圆心，箭头与圆弧接触，在数字前分别加注符号 ϕ 或 R ② 圆和大于半圆的圆弧标注直径，半圆和小于半圆的圆弧标注半径 ③ 当圆弧半径过大或图纸范围内无法标明圆心位置时，可按图中所示方法标注。左下图需标圆心，右下图不需标圆心
圆球和球面的尺寸标注	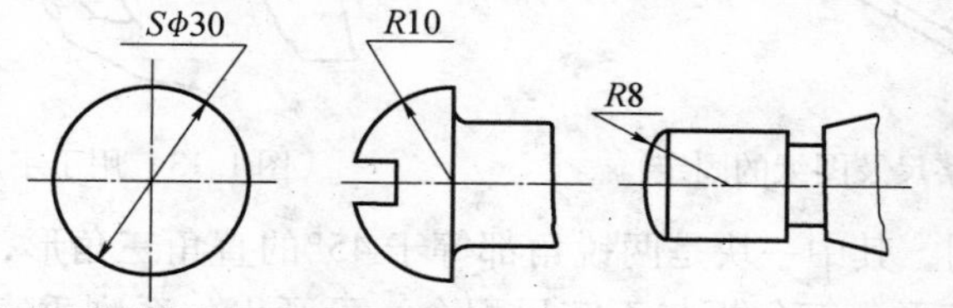	① 标注球面直径或半径时，应在 ϕ 或 R 前加注符号 S ② 在不致引起误解的情况下，也可省略符号 S（如螺钉的头部）
光滑过渡处尺寸的标注	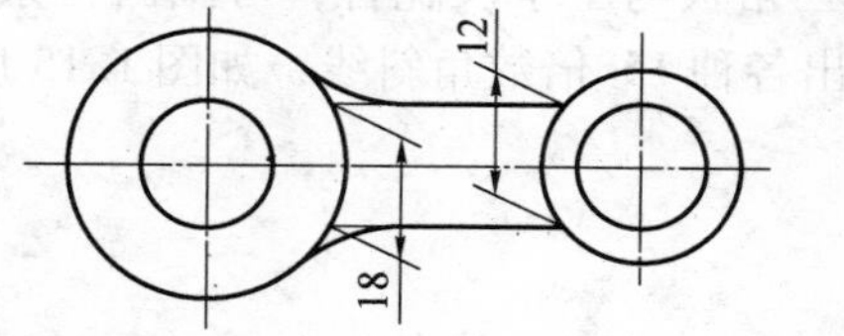	① 在光滑过渡处，必须用细实线将轮廓线延长，并从它们的交线引出尺寸界线 ② 尺寸界线如垂直尺寸线，若图线很不清晰，此时允许倾斜
狭小部位的尺寸标注	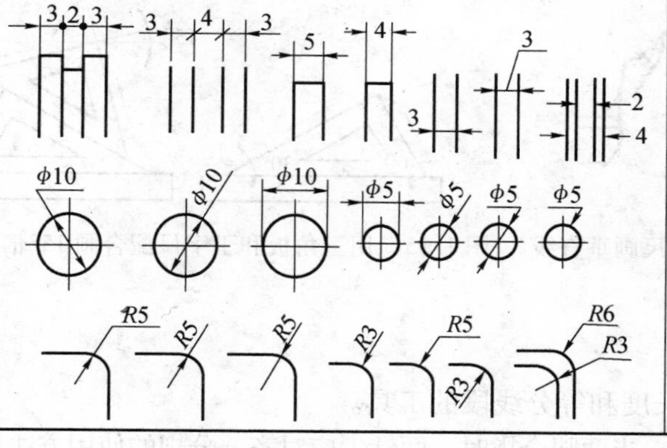	① 当没有足够的位置画箭头或注写尺寸数字时，可按左图形式标注 ② 几个小尺寸连续标注时，中间的箭头可用圆点或斜线代替

1.3　常用绘图工具和用品及其使用方法

1.3.1　绘图工具

1. 绘图板、丁字尺和三角板

绘图板是绘图时用来铺放图纸的垫板，要求板面平整、光洁、工作边平直，否则将会影响绘图的准确性。绘图时，用胶带纸将图纸固定在绘图板的适当位置，如图1.12所示。

丁字尺由尺头和尺身两部分构成。尺头与尺身互相垂直，尺身带有刻度。丁字尺必须与图板配合使用，画图时，应使尺头紧靠图板左侧的工作边，上下移动到位后，自左向右画出一系列水平线，如图1.13所示。

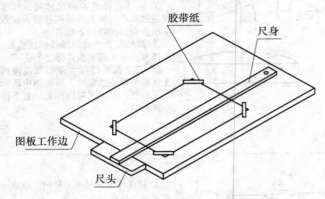

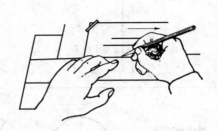

图1.12　绘图板、丁字尺及图纸的固定　　　　图1.13　用丁字尺画水平线

三角板由两块板组成一副，其中一块是两锐角都等于45°的直角三角形，另一块是两锐角分别为30°、60°的直角三角形。三角板与丁字尺配合，可画出一系列垂直线，如图1.14所示。三角板与丁字尺配合还可画出各种15°倍数角斜线，如图1.15所示。

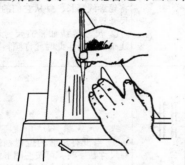

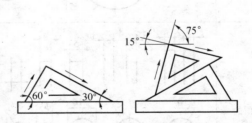

图1.14　用三角板和丁字尺画垂直线　图1.15　用三角板和丁字尺配合画15°倍数角斜线

2. 分规和圆规

分规是用来量取线段的长度和等分线段的工具。

分规的两腿端部均为钢针，当两腿合拢时，两针尖应对齐。分规的使用方法如图1.16所示。

圆规是用来画圆和圆弧的工具。

圆规的两腿中一条为固定腿，装有钢针；另一条是活动腿，中间具有肘关节，可以向里弯折，在其端部的槽孔内可安装插脚。插脚装上铅芯插腿时可以画铅笔线的圆及圆弧，装上钢针插腿时可以当做分规使用。

圆规的铅芯也可磨削成约75°的斜面，在使用前应先调整圆规针腿，使针尖略长于铅芯（如图1.17（a）所示），然后按顺时针方向并稍有倾斜地转动圆规（如图1.17（b）所示）。

画圆或圆弧时，可根据不同的直径或半径，将圆规的插脚部分适当地向里弯折，使铅芯、钢针尖与纸面垂直（如图1.17（c）所示）。

（a）量取尺寸　　　　　　　　　　（b）等分线段

图 1.16　分规的使用方法

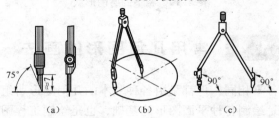

图 1.17　圆规的使用方法

1.3.2　绘图用品

绘图的一般用品有：绘图纸、铅笔、橡皮、铅笔刀、砂纸、胶带纸、擦图片等。

1. 绘图纸

绘图纸要求纸面洁白，质地坚实，不易起毛和上墨不渗水。绘图时，应将绘图纸固定在绘图板的适当位置，使绘图板下方能放得下丁字尺，并用丁字尺测试绘图纸的水平边是否已放正，如图 1.18 所示。

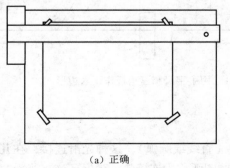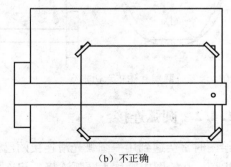

（a）正确　　　　　　　　　　　　（b）不正确

图 1.18　绘图纸的固定

2. 绘图铅笔

绘图铅笔的铅芯有软、硬之分，这可根据铅笔上的字母来辨认。字母 B 表示软铅，它有 B、2B～6B 共 6 种规格，B 前的数字越大，表示铅芯越软；字母 H 表示硬铅，它有 H、

2H～6H 共6种规格，H 前的数字越大，表示铅芯越硬；字母 HB 则表示铅芯软硬适中。

在绘图时一般用 H 或 2H 型铅笔画底稿，用 B 或 2B 型铅笔来加深粗实线，加深虚线及细实线用 H 型的铅笔，写字和画箭头用 HB 型铅笔。画圆时，圆规的铅芯应比画直线的铅芯软一级。

不同型号的铅笔用来画粗细不同的线条，所用铅笔的磨削要采用正确的方法，如图1.19所示。

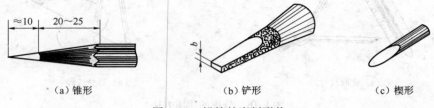

（a）锥形 （b）铲形 （c）楔形

图 1.19 铅笔的磨削形状

1.4 常用几何图形的画法

机械零件的形状虽各不相同，但都是由各种基本的几何图形所组成的，利用常用的绘图工具进行几何作图，这是绘制各种平面图形的基础，也是绘制工程图样的基础。

1.4.1 等分圆周和作正多边形

以六等分圆周和作正六边形为例：用圆规等分圆周作图（以外接圆半径为半径画弧，如图1.20所示）；用丁字尺和三角板作图（利用三角板30°及60°的斜边，如图1.21所示）。

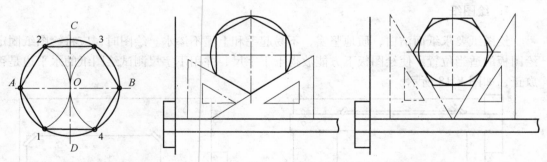

图 1.20 六等分圆周并作正六边形　　　　图 1.21 用丁字尺和三角板作正六边形

1.4.2 圆弧连接

绘图时常会遇到用一圆弧光滑连接两已知线段（直线或圆弧），这种光滑连接，在几何中称为相切，在绘图中则称为圆弧连接，起连接作用的圆弧称为连接弧。为保证连接光滑，必须使连接弧与已知线段（直线或圆弧）相切。因此，作图时应准确地求出连接弧的圆心及切点。

1. 圆弧连接的基本原理

圆弧连接作图时主要是依据圆弧相切的几何原理，求出连接弧的圆心和切点，如表1.5所示。

表 1.5 圆弧连接的基本原理

类 型	连接弧与已知直线相切	连接弧与已知圆 O_1 外切	连接弧与已知圆 O_1 内切
图 例			
连接弧的圆心轨迹	半径为 R 且与已知直线 AB 相切的圆的圆心轨迹为与已知直线 AB 平行的直线 CD，并且距离为 R	半径为 R 且与已知圆 O_1 相外切的圆的圆心轨迹为与已知圆 O_1 同心的圆，并且半径为 $R+R_1$	半径为 R 且与已知圆 O_1 相内切的圆的圆心轨迹为与已知圆 O_1 同心的圆，并且半径为 R_1-R
切点位置	过连接弧圆心 O 向已知直线 AB 作垂线，垂足 M 即为切点	连心线 OO_1 与已知圆周的交点即为切点	连心线 OO_1 延长线与已知圆周的交点即为切点

2. 圆弧连接的形式

圆弧连接的基本形式有圆弧连接两直线、圆弧连接直线与圆弧以及圆弧连接两已知圆弧三种。无论哪一种形式，其作图都包含三个关键步骤：找圆心、找切点、切点之间画圆弧。

现以圆弧连接直线与圆弧为例介绍圆弧连接作图的基本过程。其他两种圆弧连接的作图与此相似，此处不再逐一详述。

例 1.1 已知直线 AB 及圆弧圆心 O_1、半径 R_1、连接弧半径 R，求作以 R 为半径且外切于已知圆弧 O_1，并与直线 AB 相切的连接弧。

解：作图方法如图 1.22 所示，具体步骤如下。

① 找圆心：以 R 为间距作直线 AB 的平行线；以 O_1 为圆心，$R+R_1$ 为半径画圆弧；所作圆弧与直线 AB 的平行线相交于 O 点，O 点即为所求连接弧的圆心。

② 找切点：连 OO_1 与已知圆弧相交于 M 点，由 O 点作 AB 的垂线得垂足 N，M、N 点即分别为与已知圆弧及直线的切点。

③ 切点之间画圆弧：以 O 为圆心，R 为半径自 M 点到 N 点画圆弧即为所求的连接弧。

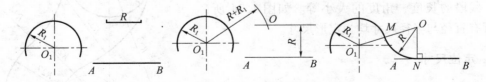

图 1.22 圆弧连接直线与圆弧

1.4.3 斜度和锥度

1. 斜度

斜度是指一直线（或平面）对另一直线（或平面）的倾斜程度。其大小用这两条直线夹角的正切表示，在图样中以 $1:h$ 的形式标注。

标注斜度时，在比数之前应加注斜度符号"∠"，斜度符号的方向应与图中斜度的方向一致。斜度的作法及标注，如图 1.23（a）所示。

2. 锥度

锥度是指正圆锥的底圆直径与圆锥高度之比，对于正圆锥台则为两底圆直径之差与其高度之比，在图样中常以 $1:n$ 的形式标注。

标注锥度时，在比数之前应加注锥度符号"◁"，锥度符号的方向应与图中锥度的方向一致。锥度的作法及标注，如图 1.23（b）所示。

（a）　　　　　　　　　　　　（b）

图 1.23　斜度和锥度的作法及标注

1.5　平面图形的画法

平面图形是由线段（直线与圆弧）组成的。线段按图形中所给尺寸分为已知线段、中间线段、连接线段三种。为了能迅速而有条理地绘制平面图形，必须对平面图形中的尺寸加以分析，从而确定线段的性质，然后按已知线段、中间线段、连接线段的顺序依次绘图。由于图形中常遇到圆弧连接，因此以平面图形中的圆弧为例，对其尺寸与线段性质进行分析。

1.5.1　尺寸分析

平面图形中的尺寸按其作用可分为定形尺寸和定位尺寸。

1. 定形尺寸

用来确定平面图形中各组成部分的形状和大小的尺寸，称为定形尺寸。例如，圆的直径、圆弧的半径、线段的长度、角度的大小等。如图 1.24 所示，所有直径与半径尺寸均为定形尺寸。

2. 定位尺寸

用来确定平面图形中各组成部分之间相对位置的尺寸，称为定位尺寸。例如，确定圆弧圆心的水平与垂直两个方向位置的尺寸，直线段位置的尺寸等。

标注定位尺寸的出发点称为尺寸基准，平面图形中常用对称线、较大圆弧的中心线或较长轮

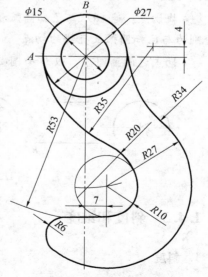

图 1.24　吊钩的平面轮廓图

廓直线作尺寸基准。如图 1.24 所示的尺寸 7 和 4 为定位尺寸，A 和 B 为尺寸基准线。

1.5.2 线段分析

以绘制圆弧为例，要绘出一段完整的圆弧，必须知道其定形尺寸 R 或 ϕ 和确定其圆心位置的水平与垂直两方向的定位尺寸。圆弧按照所给出的尺寸条件可分为以下三种。

1. 已知弧

在平面图形中半径（定形尺寸）及圆心的两个定位尺寸都已标注，这种尺寸齐全的圆弧称为已知弧。在画图时，根据图中所给的尺寸可直接画出已知弧。如图 1.24 中的圆 $\phi15$、$\phi27$ 和圆弧 $R53$ 为已知弧。

2. 中间弧

在平面图形中，半径为已知，但圆心的两个定位尺寸只标注出其一，这种尺寸不齐全的圆弧称为中间弧。中间弧在画图时，需根据图中给出的定形尺寸和定位尺寸及与相邻线段的连接要求才能画出。如图 1.24 中的圆弧 $R10$、$R27$、$R35$ 都为中间弧。

3. 连接弧

在平面图形中，只有半径为已知，圆心的两个定位尺寸都未标注，这种尺寸不齐全的圆弧称为连接弧。连接弧在画图时，需根据图中给出的定形尺寸及与两端相邻线段的连接要求才能画出。如图 1.24 中的圆弧 $R6$、$R20$、$R34$ 都为连接弧。

1.5.3 绘图方法和步骤

为了提高绘图的质量和速度，除了要熟悉制图标准、掌握几何作图的方法和正确使用绘图工具外，还应按一定的步骤进行绘图，使绘图工作有条不紊地进行。

1. 准备工作

（1）准备好所用的绘图工具和仪器，磨削好铅笔及圆规上的铅芯。

（2）安排工作地点，使光线从图板的左前方射入，并将需要的工具放在取用方便之处。

（3）根据所画图形的大小及复杂程度选取比例，确定图纸幅面。再用胶带纸将图纸固定在图板的适当位置。图纸较小时，应将图纸布置在图板的左下方，但要使图板的底边与图纸下边的距离大于丁字尺尺身的宽度。

2. 画底稿

选用较硬的 H 型或 2H 型铅笔轻轻地画出底稿。画底稿的一般步骤是：

（1）画图框及标题栏。

（2）布置图面。按图的大小及标注尺寸所需的位置，将各图形布置在图框中的适当位置。

（3）画图时，应按一定步骤进行，先画基准线、对称中心线、轴线等，再画图形的主要轮廓线，最后画细节部分。以画如图 1.24 所示的吊钩轮廓线为例，作图步骤如图 1.25 所示。

（4）画尺寸线及尺寸界线。

3. 加深

加深时，应该做到线型正确，粗细分明，连接光滑，图面整洁。

加深的一般步骤如下：

（1）先画细线后画粗线，先画曲线后画直线，先画水平方向的线段后画垂直及倾斜方向的线段。

（2）先画图的上方后画图的下方，先画图的左方后画图的右方。

（3）画箭头，填写尺寸数字、标题栏及其他说明。

（4）检查全图，并做必要的修饰。

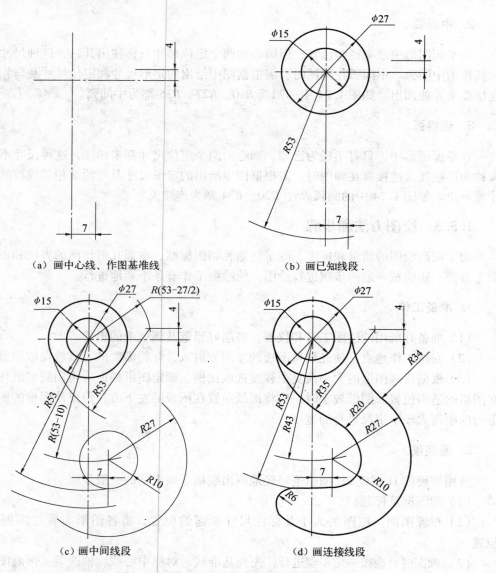

图 1.25　吊钩的平面轮廓图的作图步骤

1.6 草图的画法

草图也称徒手图，是通过目测来估计物体的形状和大小，不借助绘图工具和仪器而徒手绘制的图样。当画设计草图以及现场记录所需技术资料时，常用草图来迅速准确表达，所以徒手草图仍应基本上做到：图形正确、线型分明、比例匀称、字体工整、图面整洁。

画草图一般选用 HB 或 B、2B 的铅笔，也常用印有浅色方格的纸画图。画各种图线时手腕要悬空，小指接触图纸，画图过程中可根据需要随时将图纸转至适当的角度，故图纸不必固定。

画水平直线时，眼睛要看着图线的终点，图纸可放斜一些，由左向右运笔。画铅垂线时，由上向下运笔比较顺手。每条图线最好一笔画完；当直线较长时，也可用目测在直线中间定出几个点，分几段画出。画短线常用手腕运笔，画长线则以手臂动作。

画 30°、45°、60° 的斜线时，按直角边的近似比例定出端点后，连成直线，如图 1.26 所示。

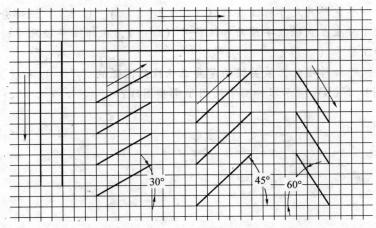

图 1.26 徒手画直线的方法

画直径较小的圆时，按半径目测在中心线上定出四点，然后徒手连成圆，如图 1.27 （a）所示。画直径较大的圆时，可过圆心再画几条不同方向的直线，按半径目测定出一些点，再徒手连成圆，如图 1.27 （b） 所示。

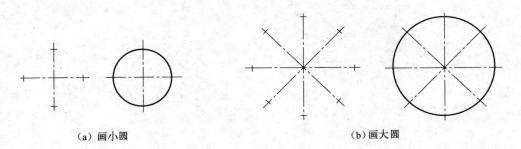

（a）画小圆   （b）画大圆

图 1.27 圆的草图画法

按本节介绍的方法，在草稿纸上体会和练习草图的画法。

1. 填空

（1）图纸的基本幅面共分为（   ）种，其中，A（   ）最大，A（   ）最小；一张 A1 图纸可裁分为（   ）张 A3 图纸；在图纸的周边部分应绘制（   ），在其右下角处应绘有（   ）。

（2）图样的比例是指（   ）大小与（   ）大小之比；当比值（   ）1 时为放大绘制，当比值（   ）1 时为缩小绘制；某零件的长度为 200，当采用 1:2 的比例绘图时，其在图上的长度应为（   ）。

（3）图样中的汉字应采用（   ）体书写，其高度与宽度之比约为（   ）。

（4）机械图样中的图线共有（   ）种，其粗线和细线的宽度之比为（   ）。

（5）图样中一个完整的尺寸标注共有（   ）、（   ）、（   ）三部分组成。在标注直径尺寸时应在直径数字前面加注符号（   ），在标注半径尺寸时应在半径数字前面加注符号（   ）。

（6）进行圆弧连接作图时，最关键的是要正确找到圆弧的（   ）和（   ）。

2. 请分析图 0.2（b）所示零件图中使用了哪些图线？

第2章　正投影法和三视图

知识目标

1. 熟悉正投影的基本特性；
2. 明确三视图的形成方法；
3. 掌握三视图的画法及其投影规律。

技能目标

能根据模型或立体图绘制简单物体的三视图。

 章前思考

1. 机械零件都是三维的立体，而机械图样均为二维的平面图形；你认为该如何用平面图形来表达零件的三维形状呢？

2. 对于如图2.1（a）所示的图形，设计者方便标注尺寸和各种技术要求吗？制造者容易领会设计意图并能加工出符合要求的零件吗？

3. 即使应用这类图形，再加上一些辅助说明能将意图表述清楚了，对于如图2.1（b）所示形体再为复杂的一些零件呢？

（a）轴　　　　　　　　　　（b）箱体

图2.1　机械零件

在工程技术及实践中，人们常遇到各种图样，如机械制造用的机械图样，建筑工程用的建筑图样等。这些图样都是按不同的投影法绘制的，即通过投影的方法将空间的三维物体转换为二维的平面图形来表示。本章将介绍投影法的基本原理和物体三视图的形成、投影规律及其绘制方法。

2.1　投影法及正投影

在日常生活中，人们经常看到，物体在日光或灯光照射时，在地面或墙壁上会产生影子，这就是一种投影现象。经过长期的生产实践，将这种现象进行科学的总结和概括，形成了影子与物体形状之间的对应关系，这种对应关系称为投影法。投影法就是用投射线通过物体，向选定的投影面进行投射，并在该面上得到图形的一种方法。

如图 2.2 所示，把光源 S 抽象为一点，称为投射中心。S 点与物体上任一点的连线（如 SA）称为投射线，平面 P 称为投影面。投射线 SA 与投影面 P 的交点 a 称为空间点 A 在投影面 P 上的投影。同样，b 称为空间点 B 在投影面 P 上的投影。

工程上常用的投影法有中心投影法和平行投影法。

1. 中心投影法

投射线汇交于一点的投影法称为中心投影法，如图 2.3 所示。

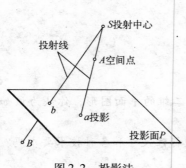

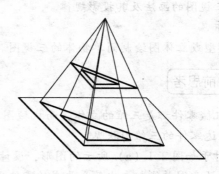

图 2.2　投影法　　　　　　　　　　　　图 2.3　中心投影法

采用中心投影法绘制的图形具有较强的立体感，符合人们的感官视觉，常用于绘制建筑物的外形图。但用中心投影法得到的投影图不反映空间物体的真实大小，且作图复杂、度量性差，因而不适合于绘制机械图样。

2. 平行投影法

投射线相互平行的投影法称为平行投影法。

在平行投影法中，根据投射线与投影面夹角的不同，又分为正投影法和斜投影法。

（1）正投影法：投射线与投影面垂直，如图 2.4 所示。

（2）斜投影法：投射线与投影面倾斜，如图 2.5 所示。

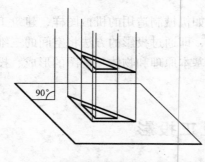

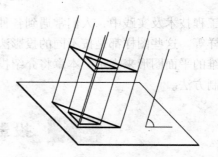

图 2.4　平行投影法——正投影　　　　　图 2.5　平行投影法——斜投影

采用正投影法得到的投影能够反映物体的真实形状和大小，具有较好的度量性，绘制也较为简便。故而在工程上得到了广泛的应用，机械图样也主要是采用正投影法绘制的。因此，正投影法的原理是绘制机械图样的理论基础。后面章节中所用到的投影法，如无特别说明，均是指正投影法。

3．正投影的基本特性

1）真实性

当直线或平面与投影面平行时，直线在该投影面上的投影为实长，平面在该投影面上的投影为实形，如图2.6所示。

2）积聚性

当直线或平面与投影面垂直时，直线的投影积聚为一点，平面的投影积聚成一条直线，如图2.7所示。

3）类似性

当直线或平面与投影面倾斜时，直线的投影仍为一直线，但小于直线的实长；平面的投影是小于平面实形的类似形，即投射后平面形的边数不变、凹凸性不变，但面积变小，如图2.8所示。

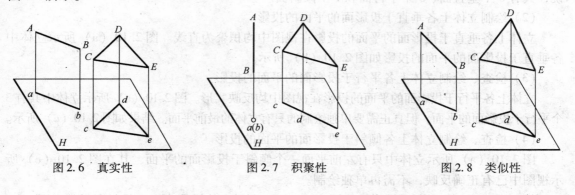

图2.6　真实性　　　　　图2.7　积聚性　　　　　图2.8　类似性

2.2　视图及其画法

按正投影法，我们可以画出物体在一个投影面上的投影。用正投影法所得到的物体的正投影图称为视图，如图2.9所示。

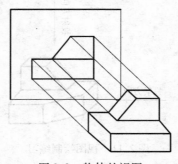

图2.9　物体的视图

绘制物体的视图时，通常要将物体摆正，假想人的视线为投射线，绘制其投影图。下面结合图 2.10（a）所示立体的视图的绘制介绍一面视图的画法。

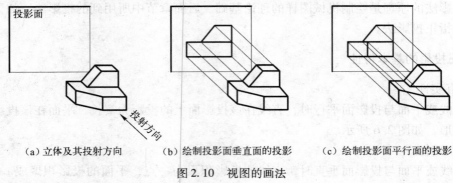

（a）立体及其投射方向　　（b）绘制投影面垂直面的投影　　（c）绘制投影面平行面的投影

图 2.10　视图的画法

（1）分析立体上各面对投影面的相对位置。

立体上各平面对投影面的位置无外乎三种：平行、垂直和倾斜，其投影则依次为反映实形的平面形、直线段及面积缩小的类似形（如图 2.6~2.8 所示）。

具体就图 2.10（a）所示立体而言，其共由 10 个平面围成。不难分析，相对投影面来说，其有 6 个垂直面、3 个平行面和 1 个倾斜面。

（2）绘制立体上各垂直于投影面的平面的投影。

立体上各垂直于投影面的平面的投影在视图中均积聚为直线。图 2.10（a）所示立体中各垂直于投影面的平面的投影如图 2.10（b）所示。

（3）检查、绘制立体上各平行于投影面的平面的投影。

立体上各平行于投影面的平面的投影在视图中均反映实形。图 2.10（a）所示立体中共有 3 个平行于投影面的平面，但真正需要单独绘制的只有立体的最前平面。结果如图 2.10（c）所示。

（4）检查、绘制立体上各倾斜于投影面的平面的投影。

图 2.10（a）所示立体中只有左前平面一个倾斜于投影面的平面，其在图 2.10（c）所示视图中已有正确反映，不需再单独绘制。

故而图 2.10（c）所示图形即为图 2.10（a）所示立体沿箭头方向投射所得的视图。

 练一练

按照上述方法在草稿纸上徒手绘制该立体以图 2.11 所示另两投射方向的一面视图。

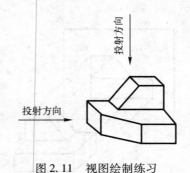

图 2.11　视图绘制练习

2.3 三视图的形成

从图 2.12 中可以看出，三个不同的物体，在一个投影面上的视图完全相同。这说明仅有物体的一个视图，是不能确定空间物体的形状和结构的。为了完整地表达空间的物体，在机械制图中通常采用多个投影面进行投射。

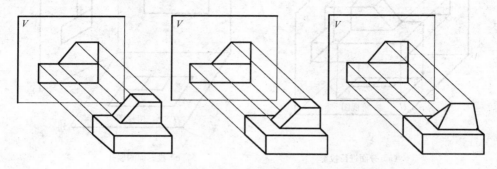

图 2.12　一个视图不能确定物体的形状和结构

为了准确、完整地反映物体的形状，通常将物体放在三个互相垂直的投影面所构成的投影面体系中进行投射，得到三面投影图，简称三视图。

1. 三投影面体系的建立

如图 2.13 所示，设立三个互相垂直的平面作为投影面，并把正对观察者的投影面称为正面，用 V 表示；水平放置的投影面称为水平面，用 H 表示；右侧的投影面称为侧面，用 W 表示。三个投影面的交线 OX、OY、OZ 称为投影轴，简称 X、Y、Z 轴，它们的交点 O 为原点。

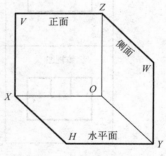

图 2.13　三投影面体系

2. 三视图的形成

如图 2.14（a）所示，把物体放在三投影面体系中，分别向三个投影面投射，得到三个视图：

- 由前向后投射在 V 面上所得的视图称为主视图。
- 由上向下投射在 H 面上所得的视图称为俯视图。
- 由左向右投射在 W 面上所得的视图称为左视图。

3. 投影面的展开

为了将三个视图画在同一平面内，必须把三个互相垂直相交的投影面展开摊平成一个平面。其方法如图 2.14（b）所示，正面（V）保持不动，水平面（H）绕 X 轴向下旋转 $90°$，侧面（W）绕 Z 轴向右旋转 $90°$，使它们与正面（V）处于同一平面内，如图 2.14（c）所示。

投影面展开后 Y 轴被分为两处，分别用 Y_H（在 H 面上）和 Y_W（在 W 面上）表示。

在工程图中，只要求表达物体的形状，而不必表达物体到投影面的距离，且投影面的大小可根据物体的大小任意扩大，故而通常不必画出投影面的边框线和投影轴，各个投影面和视图的名称也不需要标注，可由其位置关系来识别，如图2.14（d）所示。

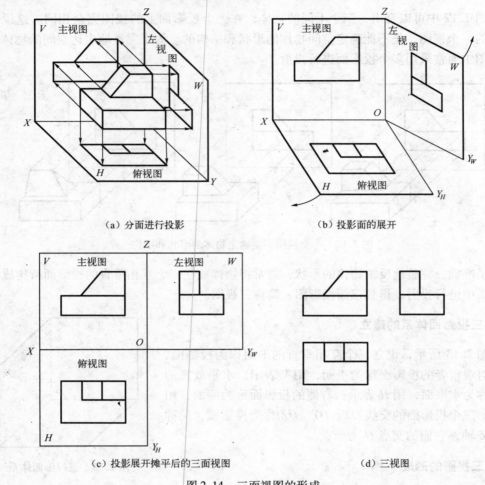

（a）分面进行投影　　　　　　　　　　　　（b）投影面的展开

（c）投影展开摊平后的三面视图　　　　　　　　　（d）三视图

图 2.14　三面视图的形成

2.4　三视图的位置关系和投影规律

从三视图形成的过程中，我们可以归纳、总结出三视图之间的关系以及物体与三视图之间的关系。

2.4.1　三视图之间的关系

1. 三视图的位置关系

如图2.14（c）所示，物体的三视图按规定展开，摊平在同一平面上，其位置关系是：以主视图为准，俯视图在主视图的正下方，左视图在主视图的正右方。画三视图时必须按此关系配置三个视图。

2. 三视图的对应关系

如图 2.15 所示，在三视图中，主视图反映了物体长度和高度方向的尺寸；俯视图反映了物体长度和宽度方向的尺寸；左视图反映了物体高度和宽度方向的尺寸。而每两个视图均共同反映了物体的长、宽、高三个方向中的某一个方向的尺寸：主视图和俯视图同时反映了物体的长度；主视图和左视图同时反映了物体的高度；俯视图和左视图同时反映了物体的宽度。因此，物体三视图之间的对应关系可归纳为：

- 主、俯视图——长对正；
- 主、左视图——高平齐；
- 俯、左视图——宽相等。

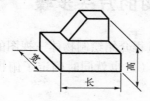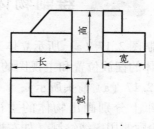

图 2.15 三视图的投影关系

此中的"长对正"，不仅表达了主、俯视图之间具有"长度相等"的关系，而且意味着两视图"上下对正"；此中的"高平齐"，也不仅表明了主、左视图之间具有"高度相等"的关系，而且隐含着两视图"水平对齐"之意。

三视图的投影规律　　主、俯视图长对正；主、左视图高平齐；俯、左视图宽相等；三个视图有联系。

"长对正、高平齐、宽相等"是画图和看图时必须遵循的最基本的投影规律。它不仅适用于整个物体的投影，也适用于物体上每个局部的投影，乃至物体上任何顶点、线段及平面形的投影。

2.4.2　物体与三视图之间的关系

如图 2.16 所示，在三视图中，每个视图都表达了物体上一个方向的形状、两个方向的尺寸和四个方位的关系。具体为：

- 主视图反映了从物体前面向后看的形状，长度和高度方向的尺寸，以及上下、左右方向的位置；
- 俯视图反映了从物体上面向下看的形状，长度和宽度方向的尺寸，以及前后、左右方向的位置；
- 左视图反映了从物体左面向右看的形状，高度和宽度方向的尺寸，以及前后、上下方向的位置。

需要特别注意的是，俯视图、左视图的前后关系，以

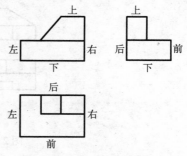

图 2.16 三视图的方位关系

主视图为基准，在俯视图和左视图中，靠近主视图的一边是物体的后面，而远离主视图的一边是物体的前面。因此，在俯视图、左视图上量取宽度时，不但要注意量取的起点，还要注意量取的方向。

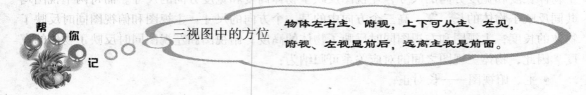

三视图中的方位　物体左右主、俯现，上下可从主、左见，俯视、左视显前后，远离主视是前面。

2.5　绘制物体三视图的方法步骤

下面结合绘制图 2.17（a）所示立体三视图的过程介绍绘制物体三视图的方法和步骤。

（1）确定物体的摆放位置和主视图的投射方向（这也就同时确定了俯视图和左视图的投射方向，如图 2.17（a）箭头所示）；

（2）在草稿纸上分别画出物体的主视图、俯视图和左视图的草图（具体方法见 2.2 节），不可见的轮廓要用虚线绘制（如左视图中下部切口的投影）；

（3）在图纸上画出主视图，如图 2.17（b）所示；

（4）依据"主、俯视图长对正"的投影关系由主视图对应画出俯视图（顺序如图 2.17（c）中向下的箭头所示）；

（5）在主视图的右下方绘制一条倾斜 45° 的辅助线；依据"主、左视图高平齐"和"俯、左视图宽相等"的投影关系由主视图和俯视图对应画出左视图（顺序如图 2.17（d）中向右和向上的箭头所示）；

（6）检查无误后用规定的线型加深、加粗，结果如图 2.17（e）所示。

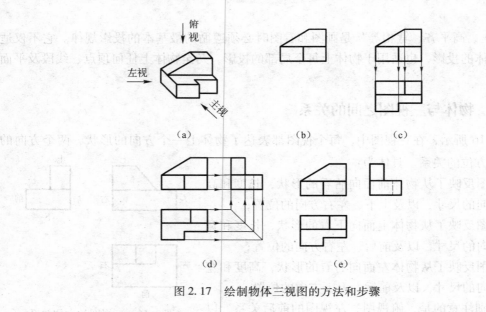

图 2.17　绘制物体三视图的方法和步骤

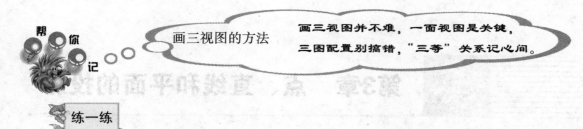

画三视图的方法　画三视图并不难，一面视图是关键，三图配置别搞错，"三等"关系记心间。

在图 2.18 中对照立体图分析三视图的画法，补齐三视图中所缺的图线，在三视图上分别标注出物体的上、下、左、右面以及前面和后面，用细实线分别画出"长对正、高平齐及宽相等"的对应线。

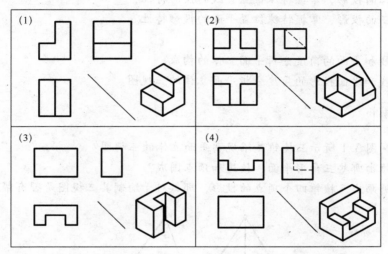

图 2.18　三视图练习

思考题

1. 正投影法主要有哪些基本特性？

2. 三视图之间的投影规律是什么？

3. 在三视图中如何判断物体的上下、左右和前后位置？

第3章 点、直线和平面的投影

知识目标

1. 掌握点的三面投影规律，理解点的投影和直角坐标的关系；
2. 熟悉直线的三面投影，掌握特殊位置直线的投影特性；
3. 熟悉平面的三面投影，掌握特殊位置平面的投影特性。

技能目标

1. 能从点、直线和平面的角度分析平面立体的构成；
2. 能从点、直线和平面投影的角度分析平面立体的三视图。

章前思考

1. 如何绘制图 3.1 所示三棱锥等不规则平面立体的三视图？
2. 该三棱锥由哪些三角形平面、棱边和顶点围成？
3. 如果能够画出三棱锥四个顶点的投影，那么对于绘制其三视图是否有帮助呢？

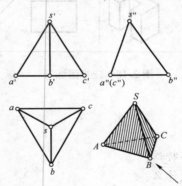

图 3.1 三棱锥及其三视图

第 2 章概略介绍了立体视图的概念及三视图的形成及画法，无论物体具有怎样的构形，它总是由几何元素（点、直线、平面）依据一定的几何关系组合而成的。为了正确地表达空间物体的形状，加深对三视图画法及投影规律的理解，必须熟悉点、直线、平面等几何元素的投影特点和投影规律。

3.1 点的三面投影

3.1.1 点的空间位置和直角坐标

如图 3.2 所示，点的空间位置可由其空间直角坐标值来确定，如 $A(x, y, z)$。

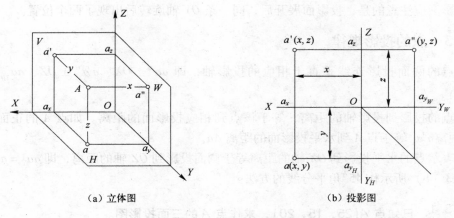

（a）立体图　　　　　　　　　（b）投影图

图 3.2　点的投影和直角坐标

3.1.2　点的三面投影

为了统一起见，规定空间点用大写字母表示，如 A、B、C 等；水平投影用相应的小写字母表示，如 a、b、c 等；正面投影用相应的小写字母加一撇表示，如 a'、b'、c'；侧面投影用相应的小写字母加两撇表示，如 a''、b''、c''。

如图 3.3（a）所示，将点 $A(x，y，z)$ 置于三投影面体系之中，过 A 点分别向三个投影面作垂线（即投射线），交得三个垂足 a、a'、a''，即分别为 A 点的 H 面投影、V 面投影、W 面投影。

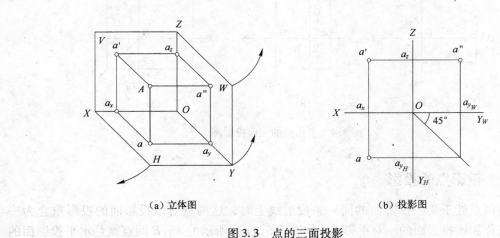

（a）立体图　　　　　　　　　（b）投影图

图 3.3　点的三面投影

A 点在 H 面上的投影 a，称为 A 点的水平投影，它由 A 点到 V、W 两投影面的距离或坐标值 y、x 所决定；A 点在 V 面上的投影 a'，称为 A 点的正面投影，它由 A 点到 H、W 两投影面的距离或坐标值 z、x 所决定；A 点在 W 面上的投影 a''，称为 A 点的侧面投影，它由 A 点到 V、H 两投影面的距离或坐标值 y、z 所决定。

如图 3.3（b）所示，三投影面体系展开后，点的三个投影在同一平面内，即可得到点的三面投影。应注意的是，投影面展开后，同一条 OY 轴旋转后出现了两个位置。

3.1.3 点的投影规律

（1）点的两面投影连线垂直于相应的投影轴，即 $aa' \perp OX$、$a'a'' \perp OZ$、$aa_{y_H} \perp OY_H$、$a''a_{y_W} \perp OY_W$。

（2）点的投影到投影轴的距离，等于该点到相应投影面的距离。如点 A 的正面投影到 OX 轴的距离 $a'a_x$ 等于点 A 到水平投影面的距离 Aa。

为了表示点的水平投影到 OX 轴的距离等于侧面投影到 OZ 轴的距离，即 $aa_x = a''a_z$，常采用图 3.3（b）所示作 45°角平分线的方法。

例 3.1 已知点 $A(25，15，20)$，求作点 A 的三面投影图。

解：作图步骤如下。

① 画出投影轴，自原点 O 沿 OX 轴向左量取 $x = 25$，得点 a_x，如图 3.4（a）所示；

② 过 a_x 作 OX 轴的垂线，在垂线上自 a_x 向上量取 $z = 20$，得点 A 的正面投影 a'，自 a_x 向下量取 $y = 15$，得点 A 的水平投影 a，如图 3.4（b）所示；

③ 过 O 向右下方作 45°辅助线，并过 a 作 OY_H 垂线与 45°线相交，然后再由此交点作 OY_W 轴的垂线，与过 a' 点且垂直于 OZ 轴的投影线相交，交点即为 a''，如图 3.4（c）所示。

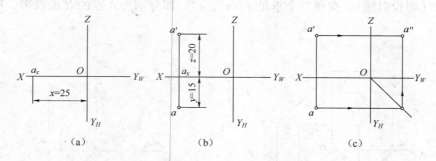

图 3.4 求作点的三面投影图

3.1.4 重影点的投影

当空间两点处于某一投影面的同一条投射线上时，这两点对该投影面的投影重合为一点，这两点称为该投影面的一对重影点。如图 3.5（a）所示的 A、B 两点就是水平投影面的一对重影点。

重影点可见性判别的原则是：两点之中，对重合投影所在的投影面的距离或坐标值较大的点是可见的，而另一点是不可见的。即前遮后、上遮下、左遮右。因此，图 3.5（a）中 A 点为可见、B 点为不可见。

标记时，应将不可见点的投影用括号括起来。如图 3.5（b）中，B 点的水平投影 b。

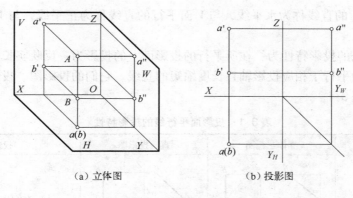

（a）立体图　　　　　　　（b）投影图

图 3.5　重影点的投影

3.2　直线的三面投影

一般情况下，直线的投影仍是直线。特殊情况下，若直线垂直于投影面，则直线在该投影面上的投影积聚为一点。

3.2.1　直线的投影

直线的投影可由直线上两点的同面投影连接得到。如图 3.6 所示，分别作出直线上两点 A、B 的三面投影，将其同面投影相连，即得到直线 AB 的三面投影。

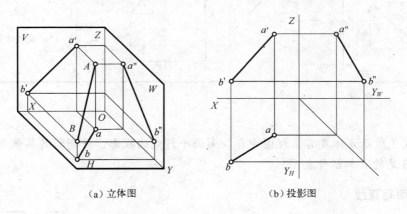

（a）立体图　　　　　　　（b）投影图

图 3.6　直线的投影

3.2.2　各种位置直线的投影特性

空间直线根据其对三个投影面的位置不同，可分为三类：投影面平行线、投影面垂直线和一般位置直线。投影面平行线和投影面垂直线又称为特殊位置直线。

1. 投影面平行线

与一个投影面平行的直线称为投影面平行线。它平行于一个投影面，与另外两个投影面倾斜。与 H 面平行的直线称为水平线，与 V 面平行的直线称为正平线，与 W 面平行的直线称为侧平线。

投影面平行线的投影特性为：在所平行的投影面上的投影为一反映实长的倾斜直线；其余两个投影分别为平行于相应投影轴且长度缩短的直线。它们的投影图、投影特性及其在三视图中的应用见表 3.1。

表 3.1　投影面平行线的投影特性

	立体图	立体三视图	直线投影图	投影特性
正平线				(1) $ab // OX$，$a''b'' // OZ$，长度缩短 (2) $a'b'$ 反映实长
水平线				(1) $c'b' // OX$，$c''b'' // OY_W$，长度缩短 (2) cb 反映实长
侧平线				(1) $c'a' // OZ$，$ca // OY_H$，长度缩短 (2) $c''a''$ 反映实长

练一练

分析图 3.7 所示立体及其三视图中各投影面平行线的投影，并判断其具体类型及端点的可见性（不可见的点加括号表示）。

2. 投影面垂直线

与一个投影面垂直的直线称为投影面垂直线。它垂直于一个投影面，与另外两个投影面平行。与 H 面垂直的直线称为铅垂线，与 V 面垂直的直线称为正垂线，与 W 面垂直的直线称为侧垂线。

投影面垂直线的投影特性为：在所垂直的投影面上的投影积聚为一点；其余两个投影均为平行于某一投影轴且反映实长的直线。它们的投影图、投影特性及其在三视图中的应用见表 3.2。

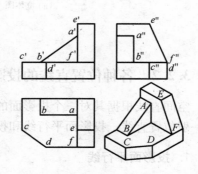

图 3.7　三视图中投影面平行线的投影

表3.2 投影面垂直线的投影特性

	立体图	立体三视图	直线投影图	投影特性
正垂线				(1) $a'b'$ 积聚成一点 (2) $ab // OY_H$, $a''b'' // OY_W$, 并反映实长
铅垂线				(1) ac 积聚成一点 (2) $a'c' // OZ$, $a''c'' // OZ$, 并反映实长
侧垂线				(1) $a''d''$ 积聚成一点 (2) $a'd' // OX$, $ad // OX$, 并反映实长

练一练

分析图3.8所示立体及其三视图中各投影面垂直线的投影，并判断其具体类型及端点的可见性（不可见的点加括号表示）。

3. 一般位置直线

一般位置直线与三个投影面都倾斜，因此在三个投影面上的投影都是长度缩短的倾斜直线，如图3.6及图3.9中所示的 *AB* 直线。

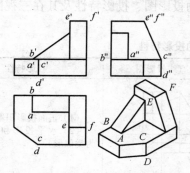

图3.8 三视图中投影面垂直线的投影

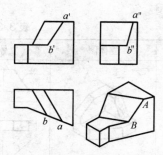

图3.9 三视图中一般位置直线的投影

3.3 平面的三面投影

一般情况下，平面图形的投影仍是其类似形。特殊情况下，若平面垂直于投影面，则平面在该投影面上的投影积聚为一条直线。

3.3.1 平面的投影

平面的投影可由围成平面的各边及顶点的投影确定，如图3.10所示。

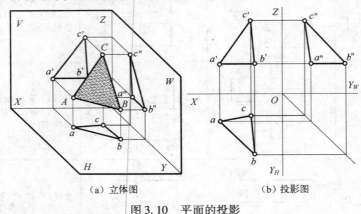

（a）立体图　　　　　　　　　　（b）投影图

图 3.10　平面的投影

3.3.2 各种位置平面的投影特性

空间平面根据其对三个投影面的位置不同，可分为三类：投影面垂直面、投影面平行面和一般位置平面。投影面垂直面和投影面平行面又称为特殊位置平面。

1. 投影面垂直面

在三投影面体系中，垂直于一个投影面、倾斜于另外两个投影面的平面，称为投影面垂直面。垂直于 H 面的平面，称为铅垂面；垂直于 V 面的平面，称为正垂面；垂直于 W 面的平面，称为侧垂面。

投影面垂直面的投影特性为：在所垂直的投影面上的投影积聚为一倾斜于相应投影轴的直线；其余两个投影均为小于实形的类似形。它们的投影图、投影特性及其在三视图中的应用见表3.3。

表3.3　投影面垂直面的投影特性

	立体图	立体三视图	直线投影图	投影特性
正垂面				（1）正面投影积聚成直线 （2）水平投影和侧面投影为类似形
铅垂面				（1）水平投影积聚成直线 （2）正面投影和侧面投影为类似形

续表

	立体图	立体三视图	直线投影图	投影特性
侧垂面	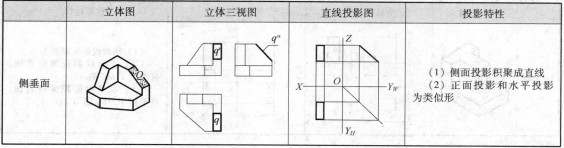			（1）侧面投影积聚成直线 （2）正面投影和水平投影为类似形

分析图 3.11 所示立体及其三视图中各投影面垂直面的投影，并判断其具体类型。

2. 投影面平行面

在三投影面体系中，平行于一个投影面、垂直于另外两个投影面的平面，称为投影面平行面。平行于 H 面的平面，称为水平面；平行于 V 面的平面，称为正平面；平行于 W 面的平面，称为侧平面。

投影面平行面的投影特性为：在所平行的投影面上的投影反映实形；其余两个投影积聚为平行于相应投影轴的直线。它们的投影图、投影特性及其在三视图中的应用见表 3.4。

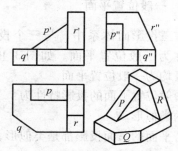

图 3.11 三视图中投影面垂直面的投影

表 3.4 投影面平行面的投影特性

	立体图	立体三视图	平面投影图	投影特性
正平面				（1）正面投影反映实形 （2）水平投影积聚成直线，且平行于 OX 轴 （3）侧面投影积聚成直线，且平行于 OZ 轴
水平面				（1）水平投影反映实形 （2）正面投影积聚成直线，且平行于 OX 轴 （3）侧面投影积聚成直线，且平行于 OY_W 轴

续表

	立体图	立体三视图	平面投影图	投影特性
侧平面				（1）侧面投影反映实形 （2）正面投影积聚成直线，且平行于 OZ 轴 （3）水平投影积聚成直线，且平行于 OY_H 轴

练一练

分析图 3.12 所示立体及其三视图中各投影面平行面的投影，并判断其具体类型。

3. 一般位置平面

在三投影面体系中，与三个投影面均倾斜的平面，称为一般位置平面。如图 3.10 及图 3.13 所示，$\triangle ABC$ 均为一般位置平面。

一般位置平面的投影特性为：三个投影均为小于实形的类似形。

若平面的三面投影都是类似形，则该平面一定是一般位置平面。

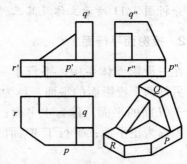

图 3.12 三视图中投影面平行面的投影

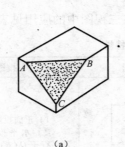
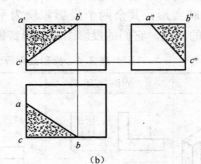

（a） （b）

图 3.13 一般位置平面及其投影

思考题

1. 立体的平面三视图与立体顶点、边线及平面的投影有什么关系？

2. 已知一点的任意两个投影，能够做出第三个投影吗？由两个投影可知道空间点的几个坐标？

3. 投影面平行线和投影面垂直线各有什么位置特点？其各分为哪三种？投影分别有什么特性？

4. 根据直线的任意两个投影能判断其空间位置吗？请举例说明。

5. 投影面平行面和投影面垂直面各有什么位置特点？其各分为哪三种？投影分别有什么特性？

6. 根据平面的任意两个投影能判断其空间位置吗？请举例说明。

第4章 基本几何体的视图

知识目标

1. 熟悉棱柱、棱锥和棱台的视图画法；
2. 熟悉圆柱、圆锥和圆球的视图画法。

技能目标

能正确绘制和识读各种基本几何体的三视图。

章前思考

图4.1所示形体为工程中常见的零部件，请分析它们分别是由哪些基本几何体组合而成的？你能否画出这些基本几何体的三视图？

（a）螺栓毛坯 （b）水管阀门

图4.1 常见零部件的几何构成

任何复杂的立体都可以视为由若干基本几何体经过叠加、切割以及穿孔等方式而形成。熟记常见基本几何体及其三视图，对于深入学习制图是非常重要的。基本几何体按其表面性质分为平面几何体和曲面几何体两类。平面几何体的表面完全由平面所围成，如棱柱、棱锥和棱台等；曲面几何体的表面由曲面或曲面和平面共同围成，如圆柱、圆锥、圆球等。本章将介绍常见基本几何体的视图。

4.1 平面几何体的视图

工程上常见的平面几何体有棱柱和棱锥，棱台可看做是棱锥的变形。

平面几何体的表面由若干个平面所围成，几何体上相邻两表面的交线称为棱线。画平面几何体的视图，实质就是画出围成几何体的各表面、棱线和顶点的投影，并将不可见部分的投影用虚线表示。

4.1.1 棱柱

正棱柱的形体特征是：顶面和底面为平行且相等的正多边形，各棱面与底面相垂直，均为矩形。

1. 视图分析

图 4.2 所示为一正六棱柱的立体图及其三视图。正六棱柱的三视图即六棱柱的顶面、底面、各棱面和棱线在三个投影面上投影的组合，这些平面和直线的投影均符合第 3 章所述平面和直线的投影特性。如正六棱柱的顶面和底面为水平面，它们在俯视图中的投影为反映实形的正六边形；在主视图和左视图中的投影积聚为一直线段。棱面 ABCD 为铅垂面，因此，在俯视图中的投影积聚为一直线段，而在主视图和左视图中的投影均为类似形（矩形）。棱线 AD 为铅垂线，在俯视图中的投影积聚为六边形的顶点 a（d），在主视图和左视图中的投影为反映实长的直线段。

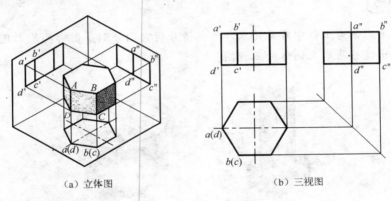

(a) 立体图　　　　　　　　　　(b) 三视图

图 4.2　正六棱柱的立体图及其三视图

不难分析，正棱柱三视图的特征是：一个视图为多边形，多边形反映顶面和底面的实形，其边线为各棱面的积聚性投影；其他两个视图均由矩形组成，图形内的线为棱线的投影，矩形为棱面的投影。

2. 视图画法

以六棱柱为例，画棱柱三视图的步骤如图 4.3 所示。

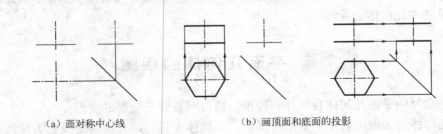

(a) 画对称中心线　　　　　　　　　(b) 画顶面和底面的投影

图 4.3　棱柱三视图的画图步骤

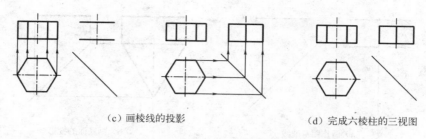

（c）画棱线的投影 （d）完成六棱柱的三视图

图4.3 棱柱三视图的画图步骤（续）

4.1.2 棱锥

正棱锥的形体特征是：底面为多边形，各棱面均为三角形，各条棱线交于一点（即锥顶），锥顶位于过底面中心的垂直线上。

1. 视图分析

图4.4所示为一正三棱锥的立体图及其三视图。棱锥的底面△ABC为一水平面，它在俯视图中的投影△abc反映实形，在主视图和左视图中的投影分别积聚为一直线段。棱锥的棱面△SAB、△SBC是一般位置平面，它们在各个视图中的投影均为类似形。棱面△SAC为侧垂面，其在左视图中的投影 s″a″（c″）积聚为一直线段，在主视图和俯视图中的投影均为类似形。三棱锥的各条棱线均为一般位置直线，在各个视图中的投影均为反映类似性的直线段，直线段交于锥顶的投影。

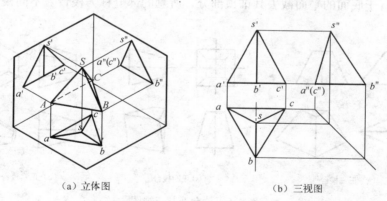

（a）立体图 （b）三视图

图4.4 正三棱锥的立体图及其三视图

可见，正棱锥三视图的特征是：三个视图均由三角形组成，其中一个视图的外形轮廓为多边形，反映底面的实形，其他两个视图的外形轮廓均为三角形；图形内的线为各棱线的投影，三角形为各棱面的投影。

2. 视图画法

以三棱锥为例，画棱锥三视图的步骤如图4.5所示。

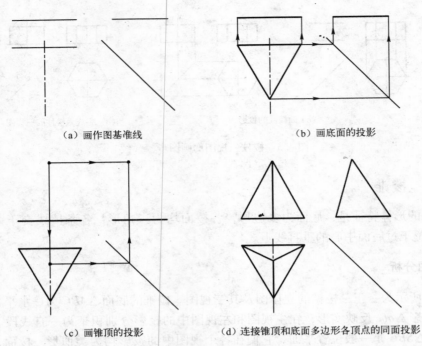

（a）画作图基准线　　　　　　　　　（b）画底面的投影

（c）画锥顶的投影　　　　　（d）连接锥顶和底面多边形各顶点的同面投影

图 4.5　棱锥三视图的画图步骤

3. 棱台的三视图

棱锥被平行于底面的平面截去其锥顶部分，所剩的部分称为棱台。不同棱台及其三视图如图 4.6 所示。

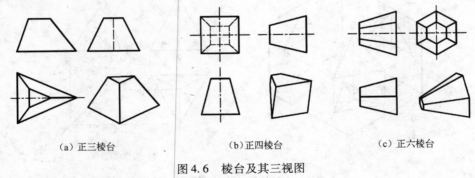

（a）正三棱台　　　　　　　（b）正四棱台　　　　　　　（c）正六棱台

图 4.6　棱台及其三视图

练一练

仿照前述棱锥的方法分析棱台三视图的特征。

4.2　曲面几何体的视图

常见的曲面几何体是回转体。回转体是由回转面或回转面和平面围成的立体。回转面是由一动线（可以是直线或曲线）绕轴线旋转而成的。该动线称为母线，回转面上任意位置的母线称为素线。

画回转体的视图，就是要画出其上回转面和平面的投影。由于回转面的表面光滑无棱，故在画回转面的投影时，必须按不同的投影方向，把确定该回转面范围的轮廓素线画出，这种轮廓素线同时也是回转面在视图上可见与不可见的分界线，又称为转向轮廓线。在回转体的视图中，轴线的非积聚性投影以及圆的对称中心线均需用点画线绘制。

工程上最常用的回转体有圆柱、圆锥和圆球等。

4.2.1 圆柱

圆柱由圆柱面、顶面和底面所围成。

1. 视图分析

图4.7所示为圆柱轴线垂直于 W 面时的立体图和三视图。圆柱的顶面和底面为侧平面，其在左视图中的投影为反映实形的圆，在主视图和俯视图中的投影积聚为一直线段。

由于圆柱的轴线为侧垂线，圆柱面上所有的素线均为侧垂线，因此圆柱面在左视图中的投影积聚为圆周。圆柱面在主视图中的投影为一矩形，矩形的上下两条边是圆柱面上最上和最下两条素线的投影，也是前、后两半个圆柱面投影可见与不可见的分界线（即圆柱面投影的前后转向轮廓线）。圆柱面在俯视图中的投影也为一矩形，矩形的前后两条边是圆柱面上最前和最后两条素线的投影，也是上、下两半个圆柱面投影可见与不可见的分界线（即圆柱面投影的上下转向轮廓线）。

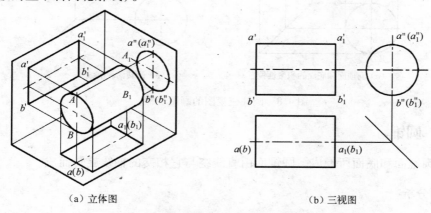

| （a）立体图 | （b）三视图 |

图4.7 圆柱的立体图及其三视图

不难分析，圆柱三视图的特征是：一个视图为圆，该圆反映顶面和底面实形，圆的圆周是圆柱面的积聚性投影；其他两个视图为相等的矩形，矩形的两条相互平行的边分别是圆柱顶面和底面的积聚性投影，另两边是圆柱面投影的转向轮廓线。

在圆柱的三视图中，为圆的视图上应用点画线画出对称中心线，对称中心线的交点为圆柱轴线的投影；为矩形的两个视图上也应用点画线画出轴线的投影。

练一练

分析并徒手画出轴线铅垂放置及轴线正垂放置的圆柱的三视图。

2. 视图画法

以轴线垂直于 H 面的圆柱为例，画圆柱三视图的步骤如图4.8所示。

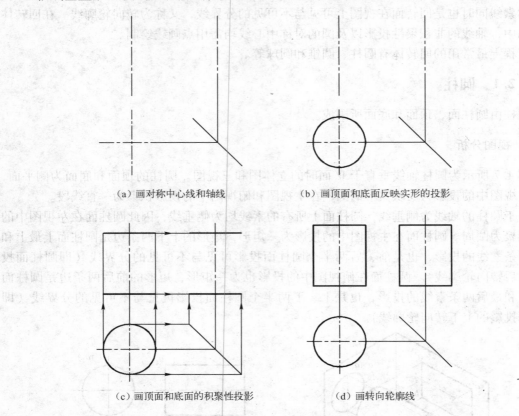

（a）画对称中心线和轴线　　　　　（b）画顶面和底面反映实形的投影

（c）画顶面和底面的积聚性投影　　　　（d）画转向轮廓线

图4.8　圆柱三视图的画图步骤

4.2.2　圆锥

圆锥由圆锥面和底面所围成。圆锥面由直线绕与它相交的轴线旋转而成。

1. 视图分析

图4.9所示为圆锥轴线垂直于 H 面时的立体图和三视图。圆锥的底面为水平面，其在俯视图中的投影为反映实形的圆，在主视图和左视图中的投影积聚为一直线段。

圆锥面在俯视图中的投影与底面圆的投影重合，其在主视图中的投影为一三角形，三角形的左、右两条边是圆锥面上最左和最右两条素线的投影，也是前、后两半个圆锥面投影可见与不可见的分界线（即圆锥面投影的前后转向轮廓线）。圆锥面在左视图中的投影也为一三角形，三角形的前、后两条边是圆锥面上最前和最后两条素线的投影，也是左、右两半个圆锥面投影可见与不可见的分界线（即圆锥面投影的左右转向轮廓线）。

可知，圆锥三视图的特征是：一个视图为圆，该圆反映底面实形，同时也是圆锥面的投影；其他两个视图为相等的等腰三角形，三角形的底边是圆锥底面的积聚性投影，其余两边是圆锥面投影的转向轮廓线。

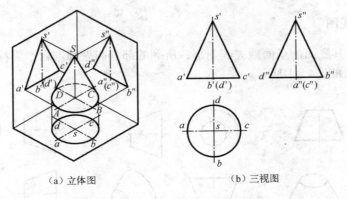

（a）立体图   （b）三视图

图 4.9   圆锥的立体图及其三视图

在圆锥的三视图中，为圆的视图上应用点画线画出对称中心线，对称中心线的交点为圆锥轴线的投影，同时也是锥顶的投影；为三角形的两个视图上也应用点画线画出轴线的投影。

分析并徒手画出轴线正垂放置及轴线侧垂放置的圆锥的三视图。

2. 视图画法

以轴线垂直于 W 面的圆锥为例，画圆锥三视图的步骤如图 4.10 所示。

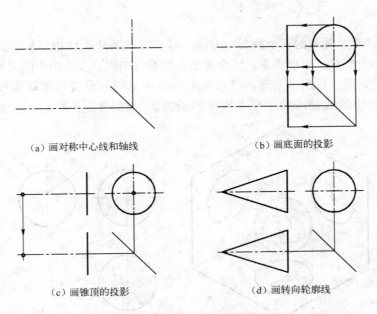

（a）画对称中心线和轴线   （b）画底面的投影

（c）画锥顶的投影   （d）画转向轮廓线

图 4.10   圆锥三视图的画图步骤

3. 圆台的三视图

圆锥被平行于其底面的平面截去其上部，所剩的部分叫做圆锥台，简称圆台。不同方位的圆台及其三视图如图 4.11 所示。

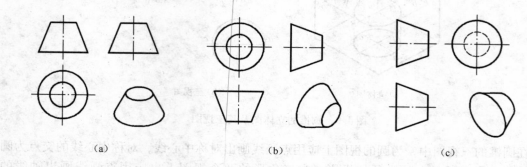

（a）　　　　　　　　　　（b）　　　　　　　　　　（c）

图 4.11　圆台及其三视图

仿照前述圆锥的方法分析圆台三视图的特征。

4.2.3　圆球

圆球由球面所围成。球面由一圆周绕其任一直径为轴旋转而成。

1. 视图分析

如图 4.12 所示，圆球的三个视图均为圆，其直径与圆球直径相等，它们分别是圆球面三个投影的转向轮廓线。但应注意：三个圆的具体意义不同。主视图中的圆是球面上最大正平圆的投影，它是前、后两半个球面投影可见与不可见的分界线（即球面投影的前后转向轮廓线）；俯视图中的圆是球面上最大水平圆的投影，它是上、下两半个球面投影可见与不

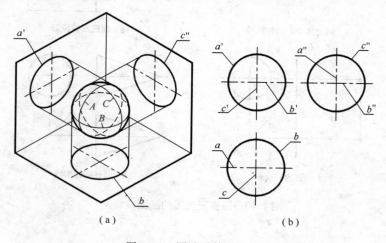

（a）　　　　　　　　　　（b）

图 4.12　圆球及其三视图

可见的分界线（即球面投影的上下转向轮廓线）；左视图中的圆是球面上最大侧平圆的投影，它是左、右两半个球面投影可见与不可见的分界线（即球面投影的左右转向轮廓线）。这三个最大圆在另两个视图中的投影，都与圆的相应中心线重合。

不难分析，圆球三视图的特征是：三个视图都是与球直径相等的圆，它们分别是球面投影的转向轮廓线。

在圆球的三视图中，各视图上应用点画线画出圆的对称中心线。

2. 视图画法

画圆球三视图的步骤如图 4.13 所示。

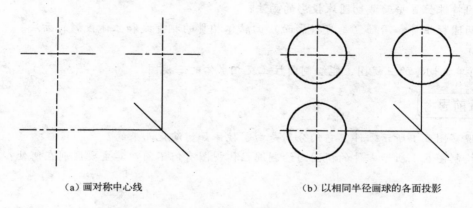

（a）画对称中心线   （b）以相同半径画球的各面投影

图 4.13 圆球三视图的画图步骤

 **思考题**

1. 正棱柱的三视图具有什么特性？
2. 正棱锥的各条棱线在三个视图中的投影是否具有积聚性？
3. 圆柱的三视图和圆锥的三视图有何不同？试分析两组三视图中圆视图的含义？
4. 请分析圆球三视图中三个圆的含义，指出球面投影的各条转向轮廓线在各视图中的投影。

第5章 截切体和相贯体的视图

知识目标

1. 掌握用特殊位置平面截切平面体和圆柱体的截交线和立体投影的画法；
2. 了解用特殊位置平面截切圆球投影的画法；
3. 掌握两圆柱正贯和同轴（垂直投影面）回转体相贯的相贯线和立体投影的画法。

技能目标

能绘制简单截切体的三视图，能绘制圆柱正交相贯体的三视图。

 章前思考

1. 观察图5.1所示零件，它们分别是由圆柱体如何演化而来的？
2. 绘制图5.1所示零件的视图与绘制圆柱体视图有何不同？其主要区别在何处？

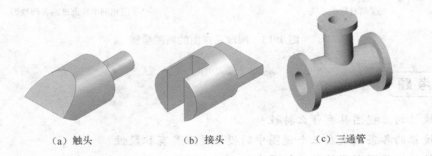

　（a）触头　　　　　　（b）接头　　　　　　（c）三通管

图5.1　截切和相贯类典型零件

　　基本几何体在形成机器零件时，因结构的需要往往要截切掉一部分，这种被平面截切后的基本几何体称为截切体。在工程上还常常会遇到基本几何体相交后产生的机械形体，通常把由相交立体构成的立体叫做相贯体。熟悉截切体和相贯体的视图画法是绘制复杂机械形体视图的基础。

5.1 截 切 体

　　几何体被平面截切后，在它的外形上会产生表面交线，这些表面交线称为截交线，如图5.2所示。截交线所围成的封闭平面称为截断面。为了清楚地表达截切体的形状，必须正确画出其上截断面的投影，关键是求出截交线的投影。

5.1.1 截交线的性质及一般作图方法

1. 截交线的性质

（1）截交线既在截平面上，又在立体表面上，因此截交线是截平面与立体表面的共有线，截交线上的点为截平面与立体表面的共有点。

（2）由于立体表面是封闭的，因此截交线是封闭的平面图形。

（3）截交线的形状取决于立体的形状以及立体与截平面的相对位置。

2. 截交线的一般作图方法

当截交线的投影为简单曲线（直线、圆）时，可根据投影的对应关系直接求出；当截交线的投影为非简单曲线（如椭圆等）时，可根据截交线的共有性，采用表面取点法求出，即先求出截交线上一系列点的投影，再将这些点光滑地连接成线。本章主要介绍前一种情况下截交线的作图。

5.1.2 平面立体的截交线

如图5.2所示，平面立体的截交线是一个封闭多边形。多边形的各边是平面立体各表面与截平面的交线，多边形各顶点是平面立体各棱线与截平面的交点。因此，求平面立体的截交线可归结为下述两种基本方法：

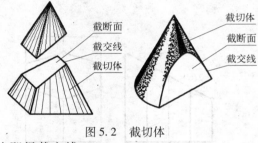

图5.2 截切体

（1）求出各棱面与截平面的交线，即得截交线。

（2）求出各棱线与截平面的交点，并顺次相连即得截交线。

例5.1 如图5.3所示，完成六棱柱被正垂面截切后的左视图。

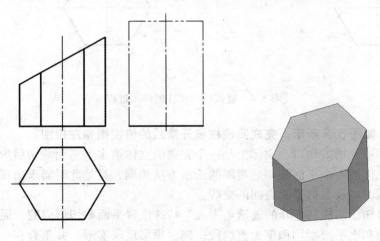

图5.3 六棱柱被截切

分析： 要完成六棱柱被正垂面截切后的视图，即在完整六棱柱的视图之上求出产生的截断面的投影，并去掉被截去六棱柱的投影。而截断面由截交线所围成，故求出截交线即可确定截断面。因截平面与六棱柱的六个棱面都相交，所以截交线为六边形，六边形的各个顶点在六棱柱的六条棱线上，用方法（2）求截交线较为方便。

解：具体作图步骤如图 5.4 所示。

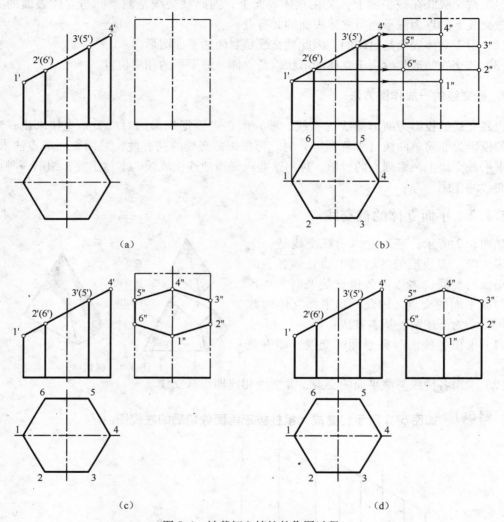

（a）　　　　　　　　　　　　　（b）

（c）　　　　　　　　　　　　　（d）

图 5.4　被截切六棱柱的作图过程

例 5.2　**如图 5.5 所示，完成四棱柱被开槽后的俯视图和左视图。**

分析：立体被开槽或切口，实际上是一个完整的立体被多个平面截切后形成的。其视图的绘制方法和立体被一个平面截切后视图的绘制方法相同，只是此时需求出每个截平面截切后产生的截交线，以及各截平面之间的交线。

由图 5.5 可知，四棱柱上开的通槽是由三个特殊位置平面截切形成的。通槽的两侧面为侧平面，其正面和水平投影均积聚为直线段，侧面投影反映实形，并重合在一起。通槽的底面是水平面，其正面和侧面投影均积聚成直线段，水平投影反映实形。由于棱柱的前、后两条棱线在切口之上的部分已被截去，故对应部分的侧面投影不存在。

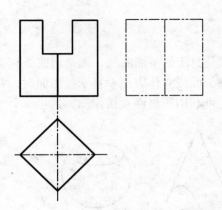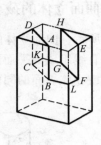

图 5.5 四棱柱被开槽

解：具体作图步骤如图 5.6 所示。

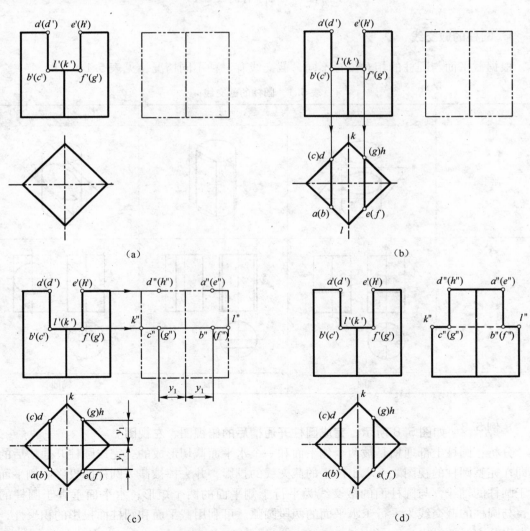

图 5.6 开槽四棱柱的作图过程

5.1.3　曲面立体的截交线

如图 5.7 所示，曲面立体的截交线或是封闭的平面曲线，或是由曲线和直线组成的平面图形，或是由直线组成的平面图形。当截平面或立体表面垂直于投影面时，截交线的投影就积聚在截平面或立体表面的同面投影上，可利用积聚性直接作图。

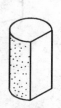

图 5.7　曲面立体的截交线

1. 圆柱的截交线

根据截平面与圆柱的相对位置不同，截交线有三种不同情况，见表 5.1。

表 5.1　圆柱的截交线

截平面位置	垂直于轴线	平行于轴线	倾斜于轴线
轴测图			
投影图			
截交线	圆	矩形	椭圆

例 5.3　如图 5.8 所示，完成圆柱开通槽后的俯视图、左视图。

分析：圆柱上部通槽是被两个侧平面和一个水平面截切形成的。完成圆柱开通槽后的视图即在完整圆柱的视图之上求出产生的截交线的投影，并去掉被截去圆柱的投影。侧平面平行于圆柱的轴线，与圆柱面的截交线为平行于侧平面的两个矩形；水平面垂直于圆柱的轴线，与圆柱面的截交线为平行于水平面的两段圆弧。可利用截平面和圆柱面投影的积聚性，直接求出截交线的投影。

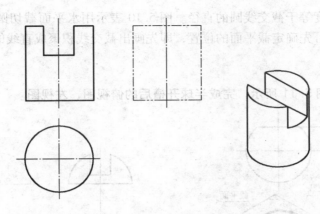

图 5.8 圆柱开通槽

解： 具体作图步骤如图 5.9 所示。

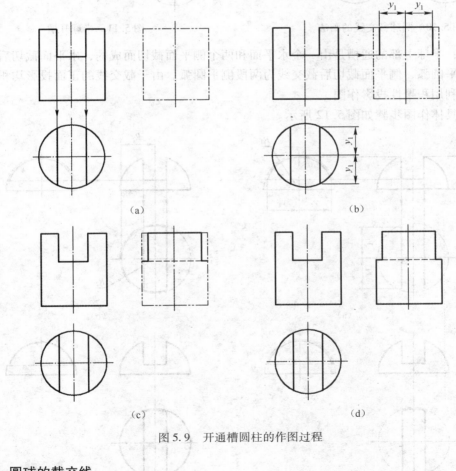

（a）　　　　　　　　　　　（b）

（c）　　　　　　　　　　　（d）

图 5.9 开通槽圆柱的作图过程

2. 圆球的截交线

圆球与截平面相交，其截交线都是圆。

当截平面平行于投影面时，截交线在该投影面上的投影反映实形，其余两个投影积聚为直线段，线段的长度等于截交线圆的直径。图 5.10 表示用水平面截切圆球时的截交线的画法。画图时，一般可先确定截平面的位置，即先画出截交线积聚成直线的投影，然后再对应画出圆的投影。

例 5.4 如图 5.11 所示，完成半球开槽后的俯视图、左视图。

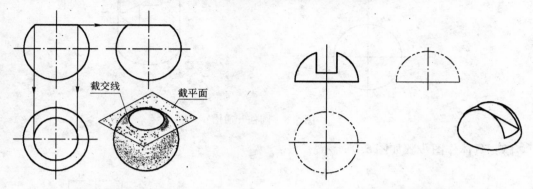

图 5.10　圆球截交线的画法　　　　　　　　　图 5.11　半球开槽

分析： 半球上部的通槽是由一个水平面和两个侧平面截切而成的，水平面截切后截交线为两段水平圆弧，侧平面截切后截交线为两段侧平圆弧。由于截交线的正面投影均积聚成直线段，可利用积聚性投影作图。

解： 具体作图步骤如图 5.12 所示。

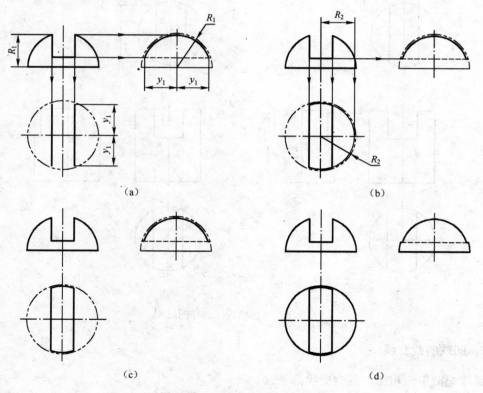

图 5.12　开槽半球的作图过程

*5.2 相 贯 体

两立体相交时，它们的表面所产生的交线称为相贯线。常见的是两回转体表面的相贯线。例如，在图 5.13 所示的三通管和接头上就均含有两个回转体的相贯线。在绘制相贯体的视图时，不可回避地必须画出其表面上相贯线的投影。由相贯线的概念可知，相贯线是两相交立体表面的共有线，同时属于相贯的两个表面。

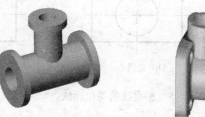

（a）三通管　　　　　　　　　　　（b）接头

图 5.13　相贯体

1. 正交圆柱相贯线的求法

如图 5.14 所示，两圆柱的轴线垂直相交，称为正交，其相贯线为一封闭的马鞍形空间曲线，且左右、前后均对称。由于该相贯线的水平投影与直立圆柱面的水平投影重合，其侧面投影与水平圆柱面的侧面投影（一段圆弧）重合，因此只需求作它的正面投影。

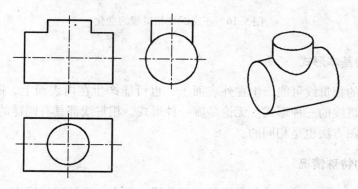

图 5.14　两圆柱正交相贯

相贯线的实际投影为双曲线，在机械制图中，为作图方便，常采用简化画法，即用圆弧来代替相贯线的投影。具体画法如图 5.15 所示，以相贯两圆柱中大圆柱的半径为圆弧的半径，圆弧的圆心位于小圆柱的轴线上，圆弧凸向大圆柱的轴线方向。

如图 5.16 所示，随着两正交圆柱的直径发生变化，其相贯线的形状也会发生变化，当两圆柱的直径相等时，相贯线为平面曲线椭圆，其正面投影积聚为两相交直线。

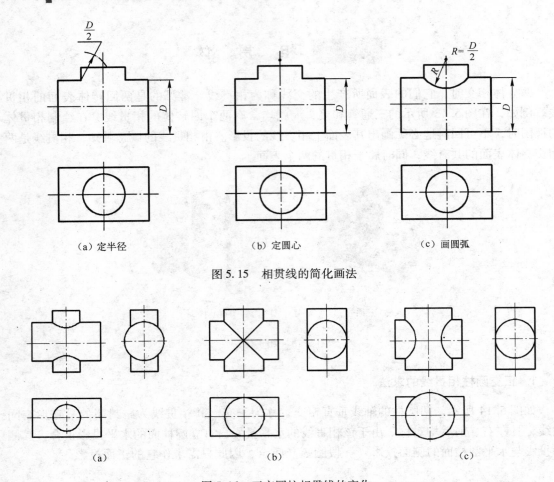

（a）定半径　　　　　　　　　（b）定圆心　　　　　　　　　（c）画圆弧

图 5.15　相贯线的简化画法

（a）　　　　　　　　　　（b）　　　　　　　　　　（c）

图 5.16　正交圆柱相贯线的变化

2. 相贯线的基本形式

两立体表面的相贯线可能产生在外表面上，也可能产生在内表面上，图 5.17 给出了两圆柱正交时，相贯线的三种形式。无论是哪一种形式，相贯线都具有同样的形状，求出这些相贯线投影的作图方法也是相同的。

3. 相贯线的特殊情况

在一般情况下，两回转体的相贯线是空间曲线，但在一些特殊情况下，也可能是平面曲线或直线。

（1）两同轴回转体的相贯线是垂直于轴线的圆，当轴线平行于某投影面时，相贯线在该投影面上的投影是直线段，在与轴线垂直的投影面上的投影反映交线圆的实形，如图 5.18（a）所示。

（2）当轴线平行的两圆柱相交时，其相贯线是平行轴线的两条直线，如图 5.18（b）所示。

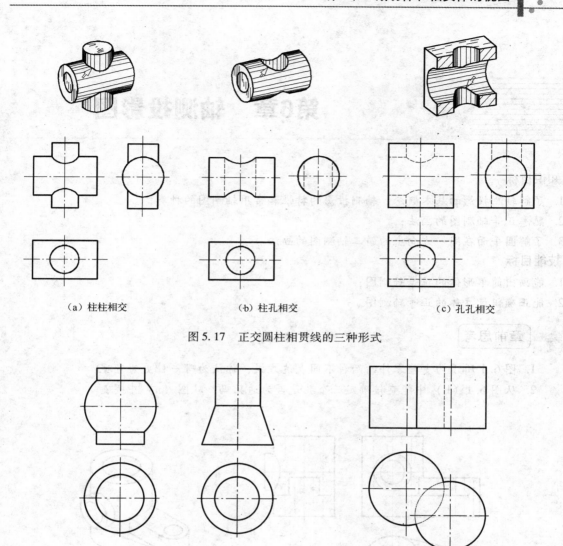

（a）柱柱相交　　　　　（b）柱孔相交　　　　　（c）孔孔相交

图 5.17　正交圆柱相贯线的三种形式

（a）同轴回转体相交　　　　　（b）轴线平行的两圆柱相交

图 5.18　相贯线的特殊情况

思 考 题

1. 画截切体和相贯体视图的关键分别是什么？
2. 什么是截交线？什么是相贯线？
*3. 正交圆柱的相贯线可以用什么代替？如何代替？
*4. 曲面立体的相贯线有哪些常见的特殊情况？

第6章 轴测投影图

知识目标

1. 了解轴测投影的基本概念、轴测投影的特性和常用轴测图的种类；
2. 熟悉正等轴测图的画法；
3. 了解圆平面在同一方向上的斜二轴测图的画法。

技能目标

1. 能画出简单形体的正等轴测图；
2. 能正确识读立体的正等轴测图。

 **章前思考**

1. 图 6.1 所示为支座零件的两种不同表达方式，你认为哪一种更为直观？
2. 从图 6.1（b）中能直接确定三个孔是否为通孔吗？从图（a）中呢？

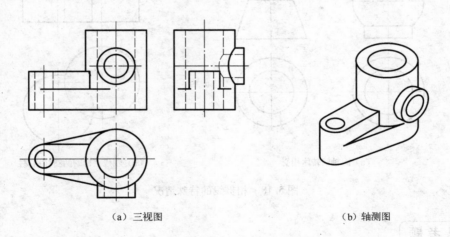

（a）三视图 　　　　　　　　　　　　　　　（b）轴测图

图 6.1　支座的不同表达方式

以三视图为代表的多面正投影图能准确地表达出物体的结构形状，而且作图方便，所以它是工程上常用的图样。但是这种图样缺乏立体感，具有一定看图能力的人才能看懂。为了帮助看图，工程上常采用轴测图作为正投影图的辅助图样。轴测图通常称为立体图，其直观性强，但不能准确反映物体的真实形状与大小，因而生产中只将其作为一种辅助图样，常用来说明产品的结构和使用方法等。

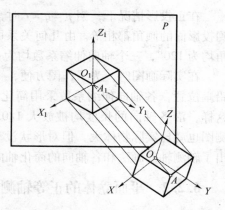

6.1 轴测投影的基本知识

6.1.1 轴测投影的概念

图 6.2 表明了轴测投影的形成方法。将物体连同其参考直角坐标系,沿不平行于任一坐标面的方向,用平行投影法将其投射在单一投影面上所得到的图形,称为轴测投影图(简称轴测图)。它能同时反映出物体长、宽、高三个方向的尺度,富有立体感。

图 6.2 中,平面 P 称为轴测投影面;空间直角坐标轴 OX、OY、OZ 在轴测投影面上的投影 O_1X_1、O_1Y_1、O_1Z_1 称为轴测投影轴,简称轴测轴;轴测轴之间的夹角 $\angle X_1O_1Y_1$、$\angle X_1O_1Z_1$、$\angle Y_1O_1Z_1$,称为轴间角;空间点 A 在轴测投影面上的投影 A_1 称为轴测投影;由于物体上三个直角坐标轴对轴测投影

图 6.2 轴测投影的形成方法

面倾斜角度不同,所以在轴测图上各条轴线的投影长度也不同。直角坐标轴的轴测投影的单位长度与相应直角坐标轴上的单位长度的比值,称为轴向伸缩系数,分别用 p、q、r 表示。对于常用的轴测图,三条轴的轴向伸缩系数是已知的,这样,就可以在轴测图上按轴向伸缩系数来度量长度。

轴测投影有两种基本形成方法:一是将物体倾斜放置,使轴测投影面与物体上的三个坐标面都处于倾斜位置,用正投影的方法得到轴测投影,称之为正轴测图,如图 6.2 所示;二是不改变物体和轴测投影面的相对位置,用斜投影方法得到轴测投影,称之为斜轴测图。

6.1.2 轴测投影的特性

由于轴测图是用平行投影法得到的,所以它具有平行投影法的投影特性。

(1)平行性:空间互相平行的直线,它们的轴测投影仍互相平行。物体上平行于坐标轴的线段,在轴测图上仍平行于相应的轴测轴。

(2)定比性:物体上平行于坐标轴的线段的轴测投影与原线段实长之比,等于相应的轴向伸缩系数。这样,凡是与坐标轴平行的直线段,就可以在轴测图上沿着轴向进行作图和度量。所谓"轴测"就是指"可沿各轴测轴测量"的意思。

6.1.3 轴测图的分类

根据投射方向不同,轴测图可分为两类:正轴测图和斜轴测图。根据轴向伸缩系数的不同,每类轴测图又可分为等测、二测和三测三种。工程上使用较多的是正轴测图中的正等测和斜轴测图中的斜二测,本章只介绍这两种轴测图的画法。

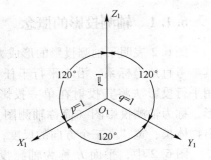

6.2 正等轴测图的画法

6.2.1 轴间角和轴向伸缩系数

在正投影情况下，当 $p=q=r$ 时，三个坐标轴与轴测投影面的倾角都相等。由几何关系可以证明，其轴间角均为 $120°$，三个轴向伸缩系数均为：$p=q=r\approx0.82$。

在实际画图时，为了作图方便，一般将 O_1Z_1 轴取为铅垂位置，各轴向伸缩系数采用简化系数 $p=q=r=1$。这样，沿各轴向的长度均被放大 $1/0.82\approx1.22$ 倍，轴测图也就比实际物体大，但对形状没有影响。图 6.3 给出了轴测轴的画法和各轴向的简化轴向伸缩系数。

图 6.3　正等轴测图的轴间角和简化轴向伸缩系数

6.2.2 平面立体的正等轴测图

画平面立体正等轴测图的方法有：坐标法、切割法和叠加法。

1. 坐标法

使用坐标法时，先在视图上选定一个合适的直角坐标系 $OXYZ$ 作为度量基准，然后根据物体上每一点的坐标，定出它的轴测投影。

例 6.1 **画出图 6.4（a）中正六棱柱的正等轴测图。**

解：将直角坐标系的原点 O 放在顶面中心位置，并确定坐标轴；再作轴测轴，并在其上采用坐量取的方法，得到顶面各点的轴测投影；接着从顶面 1、2、3、6 点沿 Z 向向下量取 h 高度，得到底面上的对应点；分别连接各点，用粗实线画出物体的可见轮廓，擦去不可见部分，得到六棱柱的轴测投影。

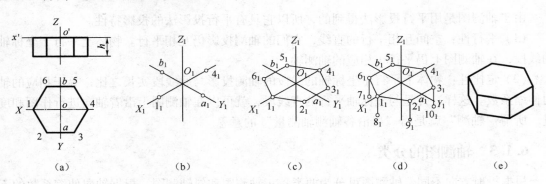

（a）　　　　　（b）　　　　　（c）　　　　　（d）　　　　　（e）

图 6.4　坐标法画正等轴测图

在轴测图中，为了使画出的图形更明显，通常不画出物体的不可见轮廓，上例中坐标系原点放在正六棱柱顶面有利于沿 Z 轴方向从上向下量取棱柱高度 h，避免画出多余作图线，使作图简化。

2. 切割法

切割法又称方箱法，适用于画由长方体切割而成的立体的轴测图，它是以坐标法为基础，先用坐标法画出完整的长方体，然后按形体分析的方法逐块切去多余的部分。

例6.2　**画出图6.5（a）中三视图所示垫块的正等轴测图。**

解：首先根据尺寸画出完整的长方体（如图6.5（b）所示）；再用切割法分别切去左上角的三棱柱（如图6.5（c）所示）、左前方的三棱柱（如图6.5（d）所示）；擦去作图线，描深可见部分即得垫块的正等轴测图（如图6.5（e）所示）。

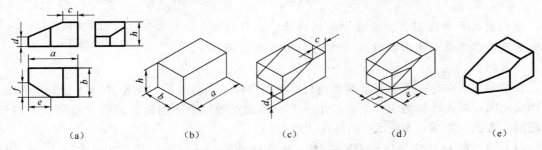

（a）　　　　　　（b）　　　　　　（c）　　　　　　（d）　　　　　　（e）

图6.5　切割法画正等轴测图

3. 叠加法

叠加法是先将物体分成几个简单的组成部分，再将各部分的轴测图按照它们之间的相对位置叠加起来，并画出各表面之间的连接关系，最终得到物体轴测图的方法。

例6.3　**画出图6.6（a）中三视图所示立体的正等轴测图。**

解：先用形体分析法将物体分解为底板Ⅰ、竖板Ⅱ和筋板Ⅲ三个部分；再分别画出各部分的轴测投影图，擦去作图线，描深后即得物体的正等轴测图，具体如图6.5（b）～（e）所示。

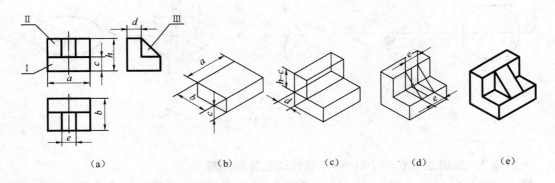

（a）　　　　　　（b）　　　　　　（c）　　　　　　（d）　　　　　　（e）

图6.6　叠加法画正等轴测图

在绘制复杂零件的轴测图时，常常要将两种方法综合使用。

6.2.3 回转体的正等轴测图

1. 平行于坐标面的圆的正等轴测图

常见的回转体有圆柱、圆锥、圆球、圆台等。在作回转体的轴测图时，首先要解决圆的轴测图的画法问题。圆的正等轴测图是椭圆，三个坐标面或其平行面上的圆的正等轴测图是大小相等、形状相同的椭圆，只是长短轴方向不同，如图 6.7 所示。

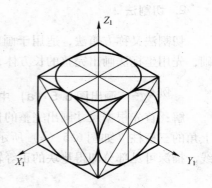

图 6.7 平行于坐标面的圆的正等轴测图

练一练

分析图 6.7 中椭圆长、短轴方向的规律，在草稿纸上分别徒手示意性地画出轴线沿 X 方向和 Y 方向的圆柱的正等轴测图。

在实际作图中，一般不要求准确地画出椭圆曲线，经常采用"菱形法"进行近似作图，将椭圆用四段圆弧连接而成。下面以水平面上圆的正等轴测图为例，说明"菱形法"近似作椭圆的方法。如图 6.8 所示，具体作图过程如下：

（1）通过圆心 O 作坐标轴 OX 和 OY，再作圆的外切正方形，切点为 1、2、3、4（如图 6.8（a）所示）；

（2）作轴测轴 O_1X_1、O_1Y_1，从点 O_1 沿轴向量得切点 1_1、2_1、3_1、4_1，过这四点作轴测轴的平行线，得到菱形，并作菱形的对角线（如图 6.8（b）所示）；

（3）过 1_1、2_1、3_1、4_1 各点作菱形各边的垂线，在菱形的对角线上得到四个交点 O_2、O_3、O_4、O_5，这四个点就是代替椭圆弧的四段圆弧的中心（如图 6.8（c）所示）；

（4）分别以 O_2、O_3 为圆心，O_21_1、O_33_1 为半径画圆弧 1_12_1、3_14_1；再以 O_4、O_5 为圆心，O_41_1、O_52_1 为半径画圆弧 1_14_1、2_13_1，即得近似椭圆（如图 6.8（d）所示）；

（5）加深四段圆弧，完成全图（如图 6.8（e）所示）。

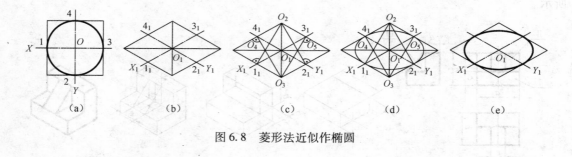

图 6.8 菱形法近似作椭圆

例6.4 **画出如图6.9（a）所示圆柱的正等轴测图。**

解：如图 6.9（b）～（d）所示，先在给出的视图上定出坐标轴、原点的位置，并作圆的外切正方形；再画轴测轴及圆外切正方形的正等轴测图的菱形，用菱形法画顶面和底面上的椭圆；然后作两椭圆的公切线；最后擦去多余作图线，描深后即完成全图。

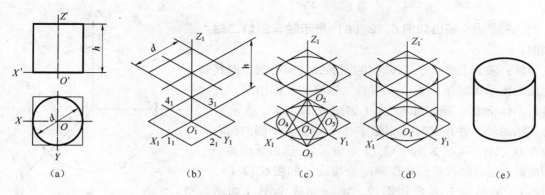

图 6.9　作圆柱的正等轴测图

2. 圆角的正等轴测图

在机械零件上经常会遇到由四分之一圆柱面形成的圆角，画图时就需画出由四分之一圆周组成的圆弧，这些圆弧在轴测图上正好为近似椭圆的四段圆弧中的一段。因此，这些圆角的画法可由菱形法画椭圆演变而来。

如图 6.10 所示，根据已知圆角半径 R，找出切点 1、2、3、4，过切点作切线的垂线，两垂线的交点即为圆心 O_1、O_2。以此圆心到切点的距离为半径画圆弧，即得圆角的正等轴测图。顶面画好后，将 O_1、O_2 沿 Z 轴向下移动距离 h，即得下底面两圆弧的圆心 O_3、O_4。画弧后描深即完成全图。

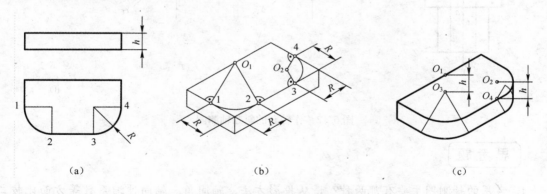

图 6.10　作圆角的正等轴测图

*6.3　斜二轴测图的画法

最常采用的斜轴测图是使物体的 *XOZ* 坐标面平行于轴测投影面所得的轴测图。在斜二轴测图中，轴测轴 X_1 和 Z_1 仍为水平方向和铅垂方向，即轴间角 $\angle X_1 O_1 Z_1 = 90°$，物体上平行于坐标 *XOZ* 的平面图形都能反映实形，轴向伸缩系数 $p = r = 2q = 1$。为了作图简便，通常取轴间角 $\angle X_1 O_1 Y_1 = \angle Y_1 O_1 Z_1 = 135°$。图 6.11 给出了轴测轴的画法和各轴向的轴向伸缩系数。

平行于 $X_1 O_1 Z_1$ 面上的圆的斜二测投影还是圆，且大小不变。由于斜二轴测图能如实表达物体正面的形状，因而它适合表达某一方向的复杂形状或只有一个方向有圆的物体。

例6.5 画出如图6.12（a）所示轴套的斜二轴测图。

解： 轴套上平行于 XOZ 面的图形都是同心圆，而其他面的图形很简单，所以采用斜二轴测图。作图时，先进行形体分析，确定坐标轴（如图6.12（a）所示）；再作轴测轴，并在 Y_1 轴上根据 $q=0.5$ 定出各个圆的圆心位置 O_1、A_1、B_1（如图6.12（b）所示）；然后画出各个端面圆及通孔的投影，并作圆的公切线（如图6.12（c）所示）；最后擦去多余作图线，加深完成全图（如图6.12（d）所示）。

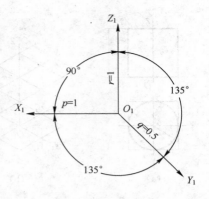

图6.11 斜二轴测图的
轴间角和轴向伸缩系数

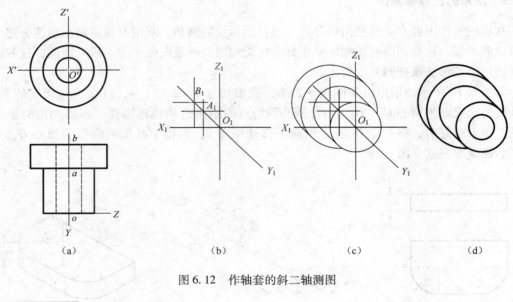

（a）　　　　　（b）　　　　　（c）　　　　　（d）

图6.12 作轴套的斜二轴测图

思 考 题

1. 常用的轴测图主要有哪两种？请从投影方法、轴间角、轴向伸缩系数等方面比较二者的不同。

2. 请分析轴测投影图中"轴测"的含义。

3. 请从立体感、表达立体的准确性和全面性、绘图的方便性三方面比较三视图和轴测图的优缺点。

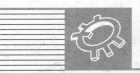

第7章　组合体的视图及尺寸标注

知识目标

1. 理解组合体的组合形式和画法，熟悉形体分析法；
2. 掌握组合体三视图的画法；
3. 掌握读组合体视图的方法与步骤；
4. 能识读和标注简单组合体的尺寸。

技能目标

能根据组合体绘制其三视图并标注尺寸，能由组合体的三视图想象其空间形状。

 章前思考

1. 图 7.1 所示零件分别由哪些基本体组合而成？是通过什么方式组合的？
2. 这些零件的三视图与构成它们的基本体的三视图之间有什么关系？
3. 如何才能完整、清晰地标注出零件的尺寸呢？

（a）螺栓毛坯　　　　　　（b）阀芯　　　　　　（c）支座

图 7.1　常见零件

　　工程实际中，任何复杂的机械形体都可以看成是由基本体按一定的方式组合而成的，由两个或两个以上的基本体构成的物体称为组合体。本章以基本体为基础，进一步学习组合体的画图和看图方法，以及组合体的尺寸标注方法。

7.1　组合体的组合形式和形体分析

1. 组合体的组合形式

　　组合体的形状有简有繁，各不相同，但就其组合形式而言，不外乎叠加、切割和综合三种基本形式。

　　（1）叠加式：由若干个基本体叠加而成，如图 7.2（a）所示。

（2）切割式：在基本体上进行切割、开槽、钻孔后得到的形体，如图7.2（b）所示。

（3）综合式：既有叠加又有切割而得到的组合体，如图7.2（c）所示。常见的组合体大部分为综合式组合体。

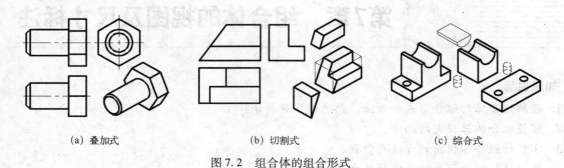

（a）叠加式　　　　　　　　　　（b）切割式　　　　　　　　　　（c）综合式

图 7.2　组合体的组合形式

2. 相邻两表面的连接关系

无论是叠加还是切割，由于各形体之间的相对位置不同，其表面连接关系有：平齐、相切和相交，如图7.3所示。

（a）平齐　　　　　　　　　　（b）相切　　　　　　　　　　（c）相交

图 7.3　组合体相邻表面的连接关系

1）平齐

两立体表面平齐，实际上就是"共面"，不存在分界的问题，故在视图中没有"分界线"的投影，如图7.4所示。

2）相切

两立体表面相切时，相切处是光滑过渡的，没有分界线，所以在相切处不画出切线。如图7.5所示，底板顶面在主、左视图中应画到切线的切点处，但不应画出切线。

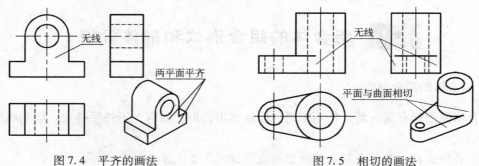

图 7.4　平齐的画法　　　　　　　　　　图 7.5　相切的画法

3）相交

两立体表面相交时，其表面的交线就是相贯线，在视图中应画出立体表面的交线，即相贯线的投影，如图 7.6 所示。

3. 形体分析法

假想把复杂的物体分解成由若干基本体按不同方式组合而成，进而分析各形体之间的相对位置和连接方式，使得组合体的画图、读图和标注尺寸问题得以简化，这种分析和处理复杂形体的思维方法称为形体分析法，而这一过程则称为形体分析。

如图 7.2（c）所示的组合体，可看成是由两个

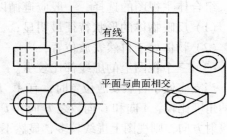

图 7.6　相交的画法

基本体叠加而成，上部为切割了一个半圆柱槽的四棱柱，下部为切割了两个小圆柱孔的四棱柱。

7.2　组合体视图的画法

画组合体视图的基本方法是形体分析法，对组合体进行合理地分解后，依次画出各基本体的视图，再根据各基本体之间的组合方式和表面连接关系修正视图，绘制出完整的组合体视图。具体画图时一般按以下步骤进行：

（1）形体分析；

（2）选择主视图；

（3）选比例、定图幅；

（4）绘图。

下面以图 7.7（a）所示的支座为例，介绍画组合体视图的方法和步骤。

1. 形体分析

根据组合体的结构形状将其假想分解为若干个基本体，并分析各个基本体之间的组合方式、相对位置及表面连接关系，为下一步画图打好基础。如图 7.7（b）所示，支座可以分解为底板、圆柱筒、圆柱凸台和半圆头耳板四个基本体。其中，底板叠加在圆柱筒左侧，其前后表面与圆柱筒的外圆柱面相切；圆柱凸台叠加在圆柱筒前方，与圆柱筒相交；半圆头耳板相交于圆柱筒右侧，其上表面与圆柱筒顶面平齐。

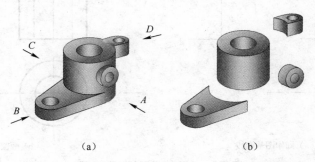

（a）　　　　　　　　　　（b）

图 7.7　支座

2. 选择主视图

组合体主视图的选择，一般应遵循以下原则：
（1）反映物体的形状特征最明显；
（2）物体处于自然安放位置；
（3）三个视图上的虚线都比较少。

当支座处于自然安放位置时，有 A、B、C、D 四个主视图的投射方向可供选择。从形状特征的角度比较，A 向和 C 向较之 B 向和 D 向反映支座的形状特征更明显；若以 C 向为主视图的投射方向，则视图上虚线较多，显然不如 A 向。因此选择 A 向作为支座主视图的投射方向。

当主视图的投射方向确定后，俯视图和左视图的投射方向也就随之确定了。

3. 选比例、定图幅

画图之前，首先要根据物体的真实大小和复杂程度选定画图的比例，在可能的情况下，尽量选取 1:1 的比例，以便于读图者直接从图上看出物体的真实大小。

确定作图比例之后，再根据图样的大小选取合适幅面的图纸。需要注意的是，选取图幅既要考虑图形的大小，还要给尺寸标注和标题栏等留出足够的空间。

4. 绘图

绘制组合体的三视图一般按照如下步骤进行。

（1）布图：布置好三个视图在图纸上的位置，画出作图基准线。作图基准线一般选物体的对称平面、较大的端面或圆柱的轴线、中心线等。

（2）打底稿：按照形体分析，逐个画出各基本体的三视图，并处理好表面之间的连接关系。在画每个基本体的视图时，应该将该立体的三个视图同时画出，以便于保证投影关系并提高绘图效率。具体画图时，应先画反映该立体形状特征的那个视图，然后画出其余两个视图。

（3）检查、加深：在检查的过程中，擦去多余的图线，重点检查各结构之间的分界处。检查无误后即可加深，加深的一般步骤是：先圆后直，先细后粗，先上后下，先左后右。

支座三视图的绘制过程，如图 7.8 所示（为表达清晰，图中每步所画基本体的视图加粗表示）。

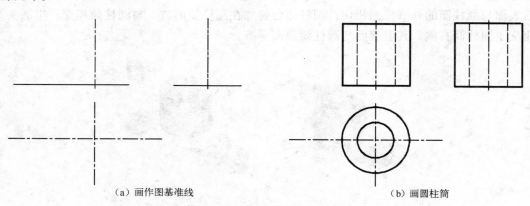

　（a）画作图基准线　　　　　　　　　　　　　　　　　　（b）画圆柱筒

图 7.8　支座三视图的绘制过程

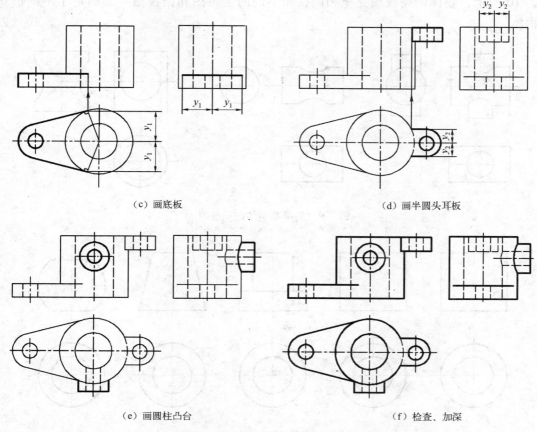

（c）画底板   （d）画半圆头耳板

（e）画圆柱凸台   （f）检查、加深

图7.8 支座三视图的绘制过程（续）

7.3 读组合体视图

画图是运用正投影规律用若干个视图来表达物体形状的过程。读图则是根据物体的视图，经过投影及空间分析，想象出物体空间形状的过程。可见，读图是画图的逆过程。为了正确、迅速地读懂视图，必须掌握读图的基本要领和基本方法。

7.3.1 读图的基本要领

1. 熟悉基本体的视图

组合体是由若干个基本体组合而成的。若要读懂组合体的视图，必须先读懂各基本体的视图。图7.9所示为一些基本体的三视图。

2. 联系几个视图一起看

组合体的形状是由一组视图共同确定的，每个视图只能反映物体一个方向的形状，因此必须将一组视图联系起来，互相对照着看，才能确定物体各部分的结构形状。如

图 7.10 所示，物体的俯视图完全相同，而不同的主视图和俯视图一起确定了不同形状的物体。

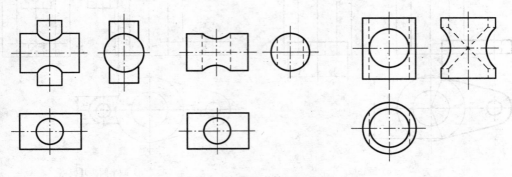

图 7.9 简单基本体的三视图

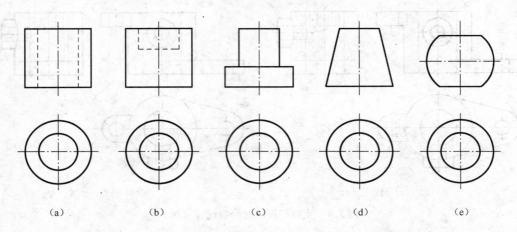

图 7.10 一个视图相同的不同物体

如图 7.11 所示，物体的主、俯视图完全相同，但它们表达了不同形状的物体。

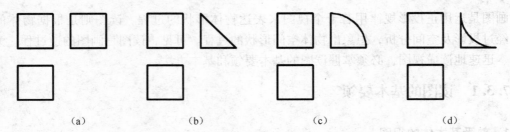

图 7.11 两个视图相同的不同物体

3. 注意利用特征视图

特征视图是指反映物体的形状特征和各组成部分之间的位置特征最明显的视图。

如图 7.12（a）所示底板的三视图，假如只看主、左两个视图，那么除了底板的长、宽及厚度以外，其他形状不能确定。如果将主、俯视图配合起来看，即使不要左视图，也能确定它的形状。显然，俯视图是反映该物体形状特征最明显的视图。用同样的分析方法可知，

图 7.12（b）中的主视图、图 7.11 中的左视图是反映物体形状特征最明显的视图。

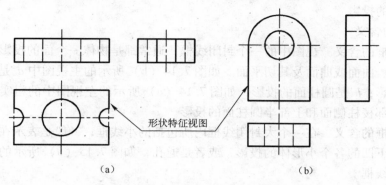

（a）　　　　　　　　　　　　　　　　　　　（b）

图 7.12　形状特征视图

在图 7.13 中，如果只看主、俯视图，物体上凸出和凹进结构的位置不能确定。因为，这两个图可以表示为图 7.13（a）的情况，也可以表示为图 7.13（b）的情况。但如果将主、左视图配合起来看，则凸出和凹进结构的位置就可以确定。显然，左视图是反映该物体各组成部分之间相对位置特征最明显的视图。

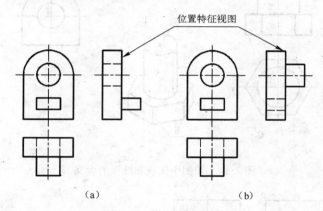

（a）　　　　　　　　　　　　　　（b）

图 7.13　位置特征视图

读图时，应该注意利用物体的形状特征视图和位置特征视图，这样才能够准确地判断物体各部分结构的形状和具体位置，从而正确、迅速地读懂视图。

4. 明确视图中图线和线框的含义

视图是由若干个封闭线框组成的，而每个线框又是由若干条图线组成的。因此，弄清视图中图线和线框的含义，是看图必须具备的基础知识。

1）图线的含义

视图中图线的含义有以下 3 种：

- 表面有积聚性的投影，如图 7.14（a）所示的主视图中 1' 是圆柱顶面积聚性的投影；
- 两表面交线的投影，如图 7.14（a）所示的主视图中 2' 是六棱柱两个棱面交线的投影；

- 回转面转向轮廓线的投影，如图 7.14（a）所示的主视图中 3' 是圆柱面正面投影转向轮廓线的投影。

2）线框的含义

- 单个线框的含义　视图中的一个封闭线框，通常都是物体一个面的投影，该表面可以是平面、曲面或曲面及其切平面。如图 7.14（b）所示的主视图中 a' 是六棱柱最前棱面的投影；b' 是圆柱面的投影；如图 7.14（c）所示的左视图中的粗实线线框是半圆头板下部棱柱侧面和上部半圆柱面的投影。

- 相套线框的含义　在一个大封闭线框内所包括的小线框，一般是表示在大形体基础上上凸或下凹的各个小形体的投影，或者是通孔，如图 7.15（a）所示的俯视图中相套的两圆线框。

- 相邻线框的含义　视图中相邻的两个封闭线框，通常表示物体上位置不同（相交、相错）的两个表面的投影，如图 7.15（b）所示的俯视图中相邻的两矩形线框。

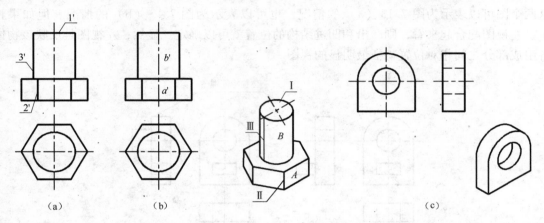

图 7.14　视图中图线和线框的含义

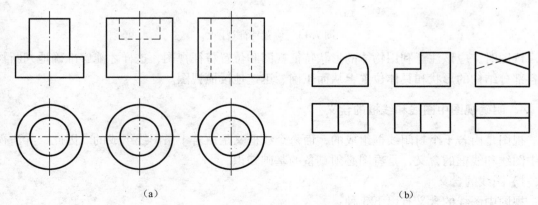

图 7.15　相套线框和相邻线框的含义

7.3.2　形体分析法读图

读组合体视图的基本方法也是形体分析法。读图时，要以表达组合体形状特征较明显的视图（通常是主视图）入手，在视图上按线框将组合体划分为几个部分（即几个基本体），然后根据投影关系，找到各线框所表示的部分在其他视图中的投影；接着读懂每一部分所表示的基本体的形状；最后再根据投影关系，分析出各基本体的相对位置，综合想象出整个组合体的结构形状。现以图 7.16 所示的组合体三视图为例说明运用形体分析法读组合体视图的方法与步骤。

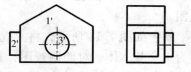
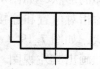

1. 根据视图分线框

在表达组合体形状特征较明显的主视图中划分线框，将组合体划分为 3 个封闭线框，可以认为该组合体由 3 个基本体组合而成，如图 7.16 所示。

图 7.16　形体分析法读图

2. 对照投影明形体

根据投影关系，找到主视图中线框 1' 在俯、左视图中的投影，可以想象出这是一个五棱柱，如图 7.17（a）所示；主视图中线框 2' 对应在俯、左视图中的投影分别是一个矩形线框，不难想象出它是一个四棱柱，如图 7.17（b）所示；同样可以找到主视图中线框 3' 对应在俯、左视图中的投影也是矩形线框，很容易想象出这是一个圆柱，如图 7.17（c）所示。

3. 确定位置想整体

在读懂组合体 3 个基本体的形状的基础上，再根据组合体的三视图所显示的 3 个基本体之间的相对位置和连接关系，把 3 个基本体构成一个整体，就能想象出该组合体的整体形状，如图 7.17（d）所示。

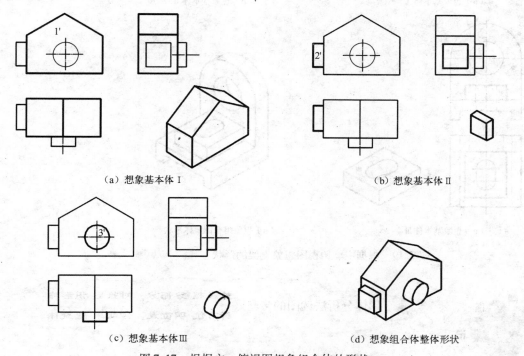

（a）想象基本体 I

（b）想象基本体 II

（c）想象基本体 III

（d）想象组合体整体形状

图 7.17　根据主、俯视图想象组合体的形状

例7.1 如图 7.18 所示，已知支架的主、俯视图，补画左视图。

解： 如图 7.18 所示，将主视图划分为 3 个封闭线框，即将支架分解为 3 个基本体。对照俯视图，找到每个基本体对应在俯视图中的投影，想象该基本体的形状，如图 7.19（a）～（c）所示。根据图 7.18 所示 3 个基本体的相对位置和连接关系，将 3 个基本体进行组合，想象出整个支架的形状，如图 7.19（d）所示。再由想象出的支架的形状，按照形体分析法，画出其左视图。具体作图过程如图 7.20 所示。

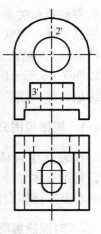

图 7.18 支架的
主、俯视图

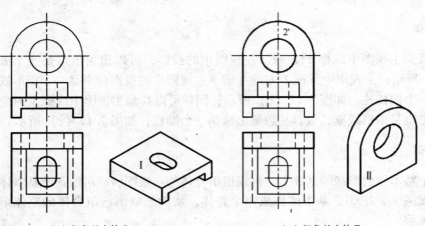

（a）想象基本体Ⅰ　　　　　　（b）想象基本体Ⅱ

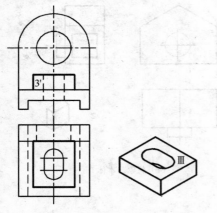

（c）想象基本体Ⅲ　　　　　　（d）想象组合体整体形状

图 7.19 根据主、俯视图想象支架的形状

帮 你 记

形体分析法读图的步骤

按线框 分部分，对投影 识形体；
析方位 明位置，合起来 想整体。

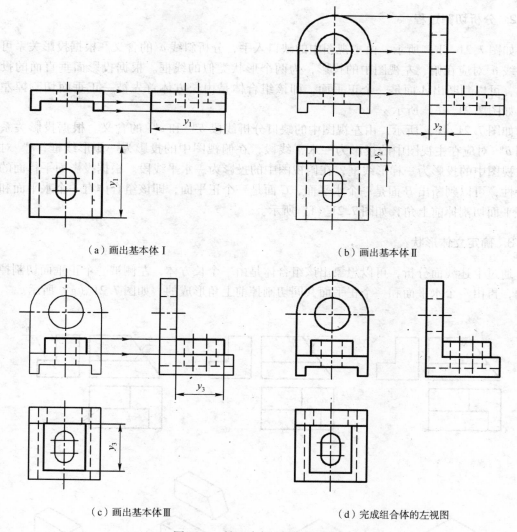

（a）画出基本体Ⅰ　　　　　　　　　　　　　（b）画出基本体Ⅱ

（c）画出基本体Ⅲ　　　　　　　　　　　　　（d）完成组合体的左视图

图 7.20　补画支架左视图的步骤

7.3.3　线面分析法读图

读形体比较复杂的组合体的视图时，在运用形体分析法的同时，对于不易读懂的部分，常常使用线面分析法来帮助想象和读懂视图。对于以切割为主的组合体，读图时也常常采用线面分析法。

线面分析法是利用线、面的投影特性，通过分析组合体表面的面、线的形状和相对位置得到组合体整体形状的方法。组合体上的面、线的投影规律仍然符合第 3 章所述面、线的投影规律。现以图 7.21 所示的组合体三视图为例说明运用线面分析法读组合体视图的方法与步骤。

1. 还原基本形体

由于图 7.21 （a）所示组合体的三个视图的外形轮廓均为长方形，主、左视图上有缺角，可以想象出该组合体是由一个长方体被切割掉若干部分所形成的，如图 7.21 （d）所示。

2. 分析切割过程

如图7.21（b）所示，由主视图中的缺口入手，分析斜线 a' 的含义。根据投影关系可找到斜线 a' 对应在俯、左视图中的投影，为两个形状类似的线框。根据投影面垂直面的投影特性，可以判断出 A 面是一个正垂面，即该组合体是由长方体首先被一正垂面切割掉左上角，如图7.21（e）所示。

如图7.21（c）所示，由左视图中的缺口分析线段 b'' 和 c'' 的含义。根据投影关系可找到 b'' 对应在主视图中的投影为一水平线段，在俯视图中的投影为一矩形线框；c'' 对应在主视图中的投影为一梯形线框，在俯视图中的投影为一水平线段。根据投影面平行面的投影特性，可以判断出 B 面是一个水平面，C 面是一个正平面，即该组合体有一个水平面和一个正平面切割掉前上角，如图7.21（f）所示。

3. 确定立体形状

通过上述线面分析，可以想象出该组合体是由一个长方体，左侧被一个正垂面切割掉左上角，再由一个水平面和一个正平面共同切割掉前上角形成的，如图7.21（g）所示。

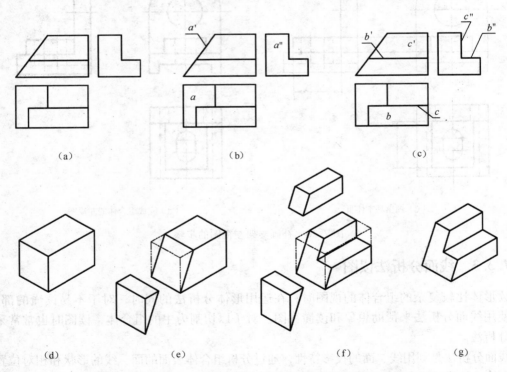

图7.21　线面分析法读组合体视图的步骤

线面分析法　线面分析来读图，基本形体先确定；
读图的步骤　切割过程细分析，立体形状渐次明。

7.3.4　补视图和补图线

补画第三视图和补画已给视图中所缺的图线是培养读图、画图能力和检验是否读懂视图的一种有效手段。在补图或补线时，首先需要根据已知的两个完整视图或三个不完整的视图，想象出立体的空间形状，然后根据想象的立体形状补画出第三视图或视图上所缺图线，其基本方法是形体分析法和线面分析法。

1. 补视图

例 7.2 如图 7.22 所示，已知组合体的主、俯视图，补画左视图。

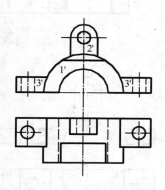

图 7.22　补画组合体的左视图

解： 运用形体分析法，可将组合体分解为 3 个基本体，如图 7.22 所示。根据每个基本体在主、俯视图中的投影，可以想象该基本体的形状。对于局部难以想象的地方，尤其是切割形成的结构应采用线面分析法进行分析（如基本体Ⅰ上前方切割出的缺口）。接着，根据 3 个基本体的相对位置和连接关系，将它们进行组合，想象出整个组合体的形状，如图 7.23 所示。最后由想象出的组合体的形状，按照形体分析法，画出其左视图。具体作图过程如图 7.24 所示。

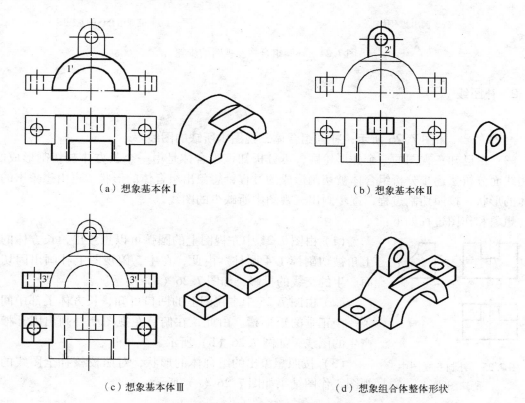

（a）想象基本体Ⅰ　　　　　　　　　　（b）想象基本体Ⅱ

（c）想象基本体Ⅲ　　　　　　　　　　（d）想象组合体整体形状

图 7.23　根据主、俯视图想象组合体的形状

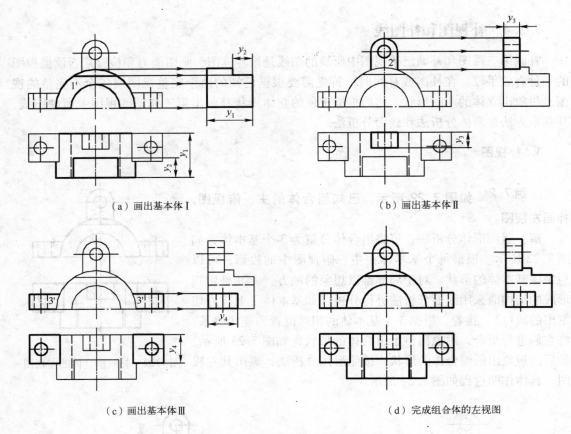

（a）画出基本体Ⅰ

（b）画出基本体Ⅱ

（c）画出基本体Ⅲ

（d）完成组合体的左视图

图 7.24　补画组合体左视图的步骤

2. 补图线

例 7.3　如图 7.25 所示，补画组合体三视图中所缺的图线。

解：由已知三视图的三个外形轮廓，可分析知该组合体是由一个长方体被切割形成的。利用线面分析法逐步分析组合体被切割形成的过程，想象出组合体的形状。再由想象出的组合体的形状，按照切割过程，逐步画出三视图中所缺少的图线。

想象和作图过程如下：

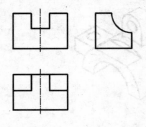

图 7.25　补画三视图中
所缺图线

（1）由图 7.25 中左视图上的圆弧可以想象出，长方体的前上角被切割掉 1/4 圆柱。由此，在主、俯视图上补画出因切角而产生的交线的投影，如图 7.26（a）所示。

（2）由图 7.25 中主视图上的凹口可知，长方体上部中间挖了一个正垂的矩形槽。由此，在俯、左视图上补画出因开槽而产生的图线，如图 7.26（b）所示。

（3）按照想象出的组合体的形状，对照校核补全图线的三视图，作图结果如图 7.26（c）所示。

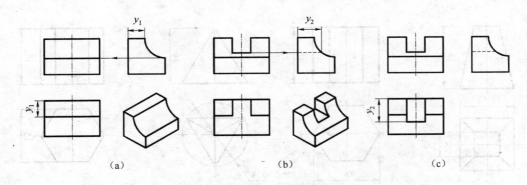

图7.26 补画图线的过程

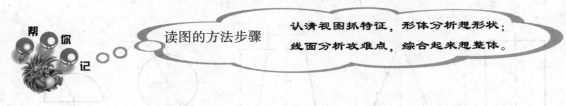

读图的方法步骤

认清视图抓特征，形体分析想形状；
线面分析攻难点，综合起来想整体。

7.4 组合体的尺寸标注

组合体的视图只表达其结构形状，它的大小必须由视图上所标注的尺寸来确定。在组合体上标注尺寸的基本要求是：正确、完整、清晰。正确，是指所注尺寸要符合国家标准《机械制图》中"尺寸注法"的规定；完整，是指所注尺寸要齐全，既无遗漏，也不重复；清晰，是指尺寸在排列和布局上要均匀美观，便于看图。

7.4.1 基本体的尺寸标注

1. 基本几何体的尺寸标注

标注基本几何体的尺寸，一般要标注其长、宽、高三个方向的尺寸，图7.27是几种常见基本几何体的尺寸标注示例。对于回转体来说，通常只要标注出径向尺寸（直径尺寸数字前需加注符号"ϕ"）和轴向尺寸。当完整地标注了回转体的尺寸后，一个视图即可确定其形状。

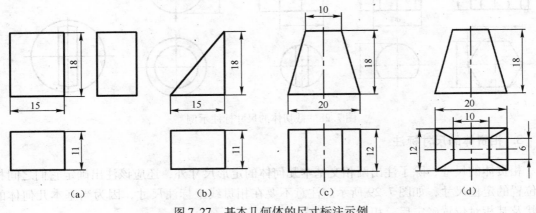

图7.27 基本几何体的尺寸标注示例

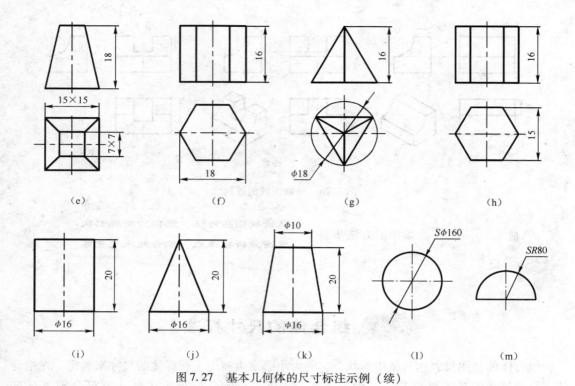

图 7.27 基本几何体的尺寸标注示例（续）

2. 截切体的尺寸标注

被截切的基本几何体，除了标注基本几何体的定形尺寸外，还应该注出确定截平面位置的定位尺寸，如图 7.28 所示。注意不要在截交线上标注尺寸，因为当基本几何体的形状及其与截平面的相对位置确定后，截交线就随之确定了。图中加上括号的尺寸为参考尺寸。

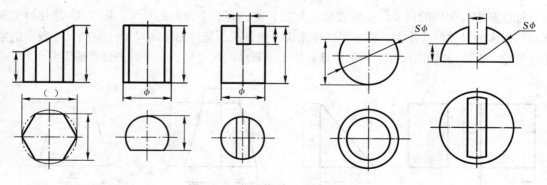

图 7.28 截切体的尺寸标注示例

3. 相贯体的尺寸标注

相贯体的尺寸，除了注出两相交基本几何体的定形尺寸外，还应该注出确定它们之间相对位置的定位尺寸，如图 7.29 所示。注意不要在相贯线上标注尺寸，因为当基本几何体的形状及其相对位置确定后，相贯线也随之确定了。

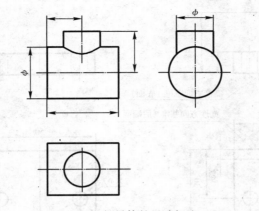

图 7.29　相贯体的尺寸标注

4. 常见形体的尺寸标注

常见形体的尺寸标注方法具有一定的形式和规律，如图 7.30 所示。

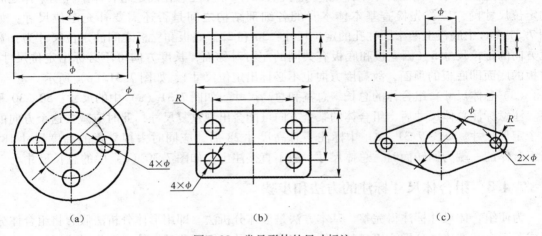

图 7.30　常见形体的尺寸标注

7.4.2　组合体的尺寸分析

1. 尺寸基准

尺寸基准是尺寸标注的起点。在标注组合体中各基本体的定位尺寸时，必须首先确定其长、宽、高三个方向的尺寸基准。通常选择组合体的对称平面、较大的端面、底面，以及主要回转体的轴线等作为尺寸基准。如图 7.31（a）所示，组合体长、宽、高三个方向的尺寸基准分别选左右对称面、底板后端面和底板底面。

2. 尺寸种类

（1）定形尺寸　确定各基本体的形状和大小的尺寸。如图 7.31（b）所示，底板的定形尺寸为 50、30、10、$2 \times \phi 7$ 和 $R3$；立板的定形尺寸为 22、6、18。

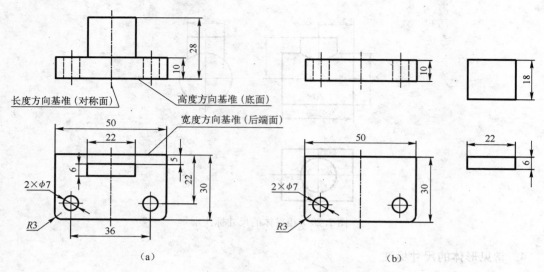

图 7.31　组合体的尺寸分析

（2）定位尺寸　确定各基本体之间相对位置的尺寸。注意在确定组合体中各基本体之间的定位尺寸前，应首先检查基本体本身的各细部结构之间是否还需要补充定位尺寸，如图 7.31（a）中底板上两个圆柱孔的定位尺寸：36 和 22。底板和立板之间的定位尺寸为：宽度方向的定位尺寸 5（因立板和底板有共同的左右对称面，长度方向可不必标出定位尺寸；立板的底面即底板的顶面，故高度方向也不必标出定位尺寸），如图 7.31（a）所示。

（3）总体尺寸　组合体的总长、总宽和总高尺寸。如图 7.31（a）中的尺寸：50、30 和 28。注意标注总体尺寸后，组合体的某个方向可能会出现重复尺寸，此时应减去这个方向的一个定形尺寸。如图 7.31（a）中标注了总高尺寸 28 后，应同时去掉立板的高度尺寸 18。当组合体的一端为回转面时，总体尺寸一般不直接注出，如图 7.30（c）中的总长尺寸。

7.4.3　组合体尺寸标注的方法和步骤

为使组合体尺寸标注得完整，基本方法是形体分析法。即用形体分析法假想将组合体分解成若干个基本体，分别注出各基本体的定形尺寸及确定这些基本体之间相对位置的定位尺寸，最后根据组合体的结构特点注出其总体尺寸（总长、总宽、总高尺寸）。

以图 7.32 所示支架为例，说明组合体尺寸标注的方法和步骤。

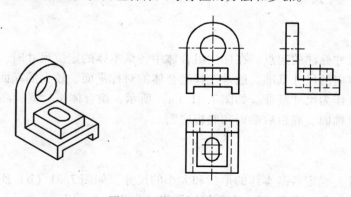

图 7.32　标注支架的尺寸

（1）形体分析，确定尺寸基准。

如图 7.32 所示，支架可看成由 3 个基本体组成，即底板、立板和凸台。根据尺寸基准选择的一般方法，确定其长、宽、高三个方向的尺寸基准分别为左右对称面、底板后端面和底板底面，如图 7.33（a）所示。

（2）逐个标注各基本体的尺寸。

各基本体的尺寸包括其定形尺寸和定位尺寸。

标注底板的尺寸，如图 7.33（b）所示。底板的定形尺寸有长 20、宽 21 和高 6，其底部的矩形通槽应按截切体的尺寸注法，标注出截平面的定位尺寸 15 和 3。底板不需要标注定位尺寸。

标注立板的尺寸，如图 7.33（c）所示。由于立板的长度与底板长度相同，故无须标注，其宽度尺寸为 5，高度尺寸用其上圆柱面的尺寸 $R10$ 和圆柱孔的定位尺寸 18 代替。立板上的圆柱孔需标出定形尺寸 $\phi10$。立板的定位尺寸为尺寸 18。

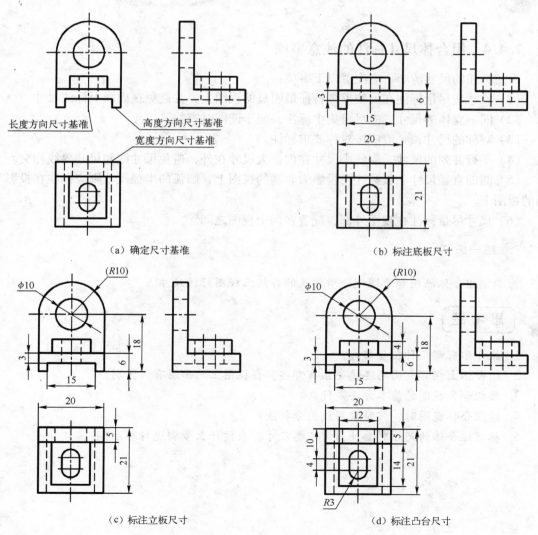

（a）确定尺寸基准　　　　　　　　　　　（b）标注底板尺寸

（c）标注立板尺寸　　　　　　　　　　　（d）标注凸台尺寸

图 7.33　支架尺寸的标注步骤

标注凸台的尺寸，如图7.33（d）所示。凸台的定形尺寸有长12、宽14和高4，及其上长圆形孔的定形尺寸R3和4。定位尺寸为尺寸10。

（3）标注总体尺寸，检查全部尺寸。

支架的总长和总宽尺寸即底板的长度和宽度尺寸20、21；其总高尺寸用尺寸R10和18代替。

最后，对已标注的所有尺寸，按照正确、完整、清晰的要求进行检查、修正，完成尺寸标注。

组合体的尺寸标注方法

组合体上尺寸标，形体分析第一条；
根据结构选基准，基本体尺寸分别标；
定位尺寸勿忘记，总体尺寸安排好；
正确、完整又清晰，方便看图不费劳。

7.4.4 组合体尺寸标注的注意事项

为使标注的尺寸清晰，应注意以下事项：

（1）尺寸应尽量标注在反映形体特征最明显的视图上，并避免在虚线上标注尺寸。

（2）同一立体的尺寸，应尽量集中标注，便于读图时查找。

（3）对称的尺寸，一般应按对称要求标注。

（4）平行并列的尺寸，应使小尺寸在内，大尺寸在外，避免尺寸线和尺寸界线相交。

（5）圆的直径尺寸一般标注在投影为非圆的视图上，圆弧的半径尺寸则应标注在投影为圆的视图上。

（6）尺寸尽量标注在视图外部，配置在两个视图之间。

练一练

为本章组合体画图和看图部分所涉及的各组三视图标注尺寸。

思考题

1. 组合体有哪几种组合形式？

2. 组合体上相邻表面的连接关系有哪些？在视图上的画法有何区别？

3. 画组合体视图的基本方法是什么？

4. 读组合体视图时，何时该用线面分析法？

5. 标注组合体的尺寸时要注出哪几类尺寸？应按什么步骤进行标注？

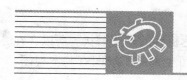

第8章 机件常用表达方法

知识目标

1. 熟悉基本视图的形成、名称和配置关系以及向视图、局部视图和斜视图的画法与标注;
2. 理解剖视图的概念,掌握画剖视图的方法与标注,掌握与基本投影面平行的单一剖切面的全剖视图、半剖视图和局部剖视图的画法与标注;
3. 能识读断面图的画法与标注;
4. 能识读局部放大图和常用图形的简化画法。

技能目标

能根据模型或视图绘制物体的剖视图,能识读物体的剖视图。

章前思考

1. 根据图8.1(a)所示三视图,你能否准确判断出正立方体上挖切掉的是7个角还是8个角?为什么?

2. 图8.1(b)所示压紧杆上左侧斜杆的端部是什么形状?图示三视图是否将这一形状准确地表达出来了?你觉得这样的三视图方便绘图吗?

3. 你认为图8.1(c)所示三视图表达零件的内、外形状是否很清晰?绘图是否很方便?

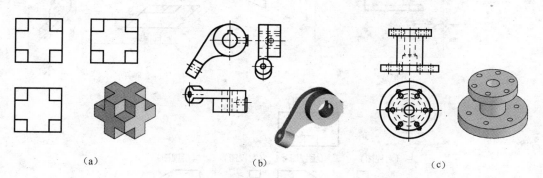

(a)　　　　　　　　　　(b)　　　　　　　　　　(c)

图8.1 零件的视图表达

在生产实际中,机件的结构形状多种多样,其复杂程度也不尽相同,仅采用前面介绍的三视图往往不能准确、完整、清晰地表达其内外形状。因此,国家标准《技术制图》和《机械制图》规定了机件的各种表达方法。在绘制机件图样时,应首先考虑看图方便,再根据机件的结构特点,选用适当的表达方法。

8.1 视　图

视图是采用正投影方法所绘制的机件的图形，主要用于表达机件的外部形状。所以，在视图中一般只画出机件的可见部分，必要时才用虚线表达其不可见部分。视图有基本视图、向视图、局部视图和斜视图四种。

1. 基本视图

1）基本视图的形成与展开

机件向基本投影面投射所得的视图，称为基本视图。

在原有三个投影面的基础上，再对应增设三个投影面，成一个正六面体，如图 8.2（a）所示。六面体的六个面称为基本投影面。将机件置于正六面体内，分别向基本投影面投射，所得视图称为基本视图，如图 8.2 所示。

不难发现，基本视图共有六个，除前述主视图、俯视图、左视图外，还有：

- 右视图——由右向左投射所得的视图；
- 仰视图——由下向上投射所得的视图；
- 后视图——由后向前投射所得的视图。

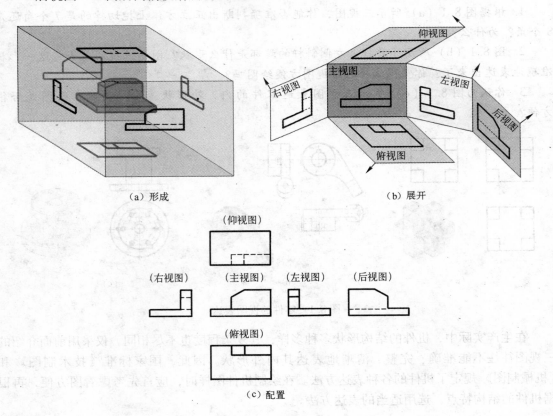

（a）形成　　　　　　　　　　　　（b）展开

（c）配置

图 8.2　基本视图

六个基本投影面展开时，规定正立投影面保持不动，其余各投影面按图8.2（b）所示的箭头方向旋转展开，使之与正立投影面处于同一个平面。

2）基本视图的配置关系

投影面展开后，六个基本视图的配置如图8.2（c）所示，此时一律不标注视图的名称。

六个基本视图间仍保持"长对正、高平齐、宽相等"的投影关系。

2. 向视图

为了合理利用图纸，基本视图可以不按规定位置配置。可以自由配置的基本视图称为向视图。

为了便于读图，要对向视图进行标注。具体方法为：在向视图的上方用大写拉丁字母标出视图的名称；在相应视图的附近用箭头指明投射方向，并标注相同的字母，如图8.3所示。

实际应用时，不必六个视图都画出，在明确表达机件形状的前提下，视图数量越少越好。一般优先考虑主、俯、左三个视图。实际上，如图8.2所示机件，用主、俯两个基本视图即可表达清楚，其他视图均可省略不画。

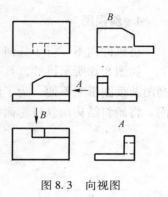

图8.3　向视图

请用适当的基本视图或向视图明确表达出如图8.1（a）所示立体挖切掉的是7个角。

3. 局部视图

将机件的某一部分向基本投影面投射，所得的视图称为局部视图。

如图8.4（a）所示机件，采用主、俯两个基本视图已将机件的大部分形状表达清楚，只有圆筒左侧的 U 形凸台未表达清楚，如果再用一个完整的左视图，则大部分属于重复表达。此时，可只画出表达凸台部分的局部视图，而省略其余部分，如图8.4（b）所示。

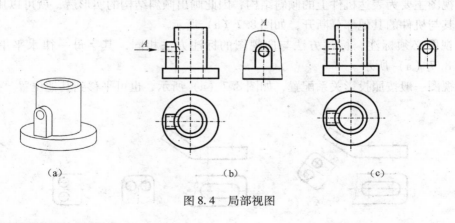

（a）　　　　　　　（b）　　　　　　　（c）

图8.4　局部视图

画局部视图时应注意：

● 局部视图的断裂边界用波浪线表示，如图8.4（b）所示。波浪线相当于机件的断裂线，因此只能画在机件的实体部分，不应超出机件的轮廓线或通过孔、槽等空心结构；为使图形清晰，波浪线也不应与轮廓线重合。

当所表示的局部结构是完整的，且图形的外轮廓线封闭时，波浪线可省略不画，如图 8.4（c）所示。

- 局部视图的标注方法与向视图相同，如图 8.4（b）所示。当局部视图按照投影关系配置，且中间又无其他图形隔开时，标注可以省略，如图 8.4（c）所示。
- 对称机件的视图，可只画一半或四分之一，并在对称中心线的两端画两条与其垂直的平行细实线，如图 8.5 所示。

4. 斜视图

将机件向不平行于任何基本投影面的平面投射，所得的视图称为斜视图。

如图 8.6 所示机件，具有倾斜结构，所以在基本视图中不能反映该结构的真实形状，给画图及读图带来不便。为了清楚表达机件上的倾斜结构，增设一个平行于倾斜结构的新投影面。将倾斜结构向新投影面投射，可得到反映其实形的视图，即斜视图。

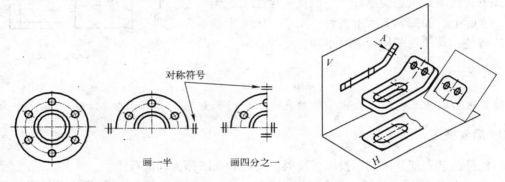

图 8.5　对称时的局部视图　　　　图 8.6　斜视图的形成

画斜视图时应注意：

- 斜视图主要为表达机件上的倾斜结构，因此画出倾斜结构的实形后，就可以用波浪线将其与机件的其他部分断开，如图 8.7（a）所示。
- 斜视图必须标注，标注方法与向视图的标注方法相同，其字母一律水平书写，如图 8.7（a）所示。
- 斜视图一般按照投影关系配置，如图 8.7（a）所示，也可平移到其他位置。必要时，

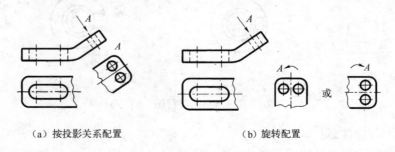

（a）按投影关系配置　　　　　　（b）旋转配置

图 8.7　斜视图的画法与标注

允许将斜视图旋转配置，即将其主要中心线或主要轮廓线旋转至水平或垂直位置，如图8.7（b）所示。此时，必须标注旋转符号，旋转符号为半径等于字体高度的半圆形，表示斜视图的字母应靠近箭头一端。

练一练

请用适当的局部视图和斜视图重新表达如图8.1（b）所示立体，要求图中不能出现椭圆及椭圆弧。

8.2 剖 视 图

用视图表达机件时，机件的内部结构不可见，需要用虚线表示。如果机件的内部形状比较复杂，视图上会出现较多的虚线，或虚线与实线相互重叠、交叉等现象，这样既不便于看图，也不便于画图和标注尺寸。为了清楚地表达机件的内部结构，常采用剖视图的画法。

8.2.1 剖视图的概念

1. 剖视图的形成

假想用剖切面在适当位置剖开机件，移去观察者和剖切面之间的部分，将剩余部分向投影面投射，所得到的图形称为剖视图。

如图8.8所示，假想用剖切面沿前后对称面将机件剖开，移去前半部分，将剩余部分向正立投影面投射，即可得到处于主视图位置上的剖视图。此时，原主视图中表达内部孔的虚线变为实线。

2. 剖面符号

剖切面与机件的接触部分要画出与材料相应的剖面符号。材料不同，剖面符号的画法也不同。

国家标准中规定了不同材料的剖面符号，如表8.1所示。常用的是金属材料的剖面符号（又称剖面线），如图8.8（c）所示。剖面线用与水平方向成45°的细实线画出，间隔应均匀，向右或向左倾斜均可。同一机件，剖面线的倾斜方向和间隔应一致。

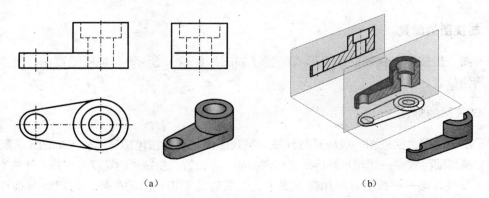

（a）　　　　　　　　　　　　　　（b）

图8.8 剖视图的形成

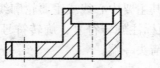

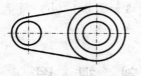

(c)

图 8.8　剖视图的形成（续）

表 8.1　材料的剖面符号

金属材料 （已有规定剖面符号者除外）	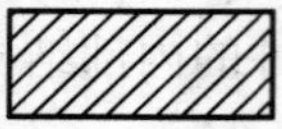	胶合板 （不分层数）	
线圈绕组元件	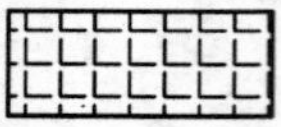	基础周围的泥土	
转子、电枢、变压器 和电抗器等的迭钢片	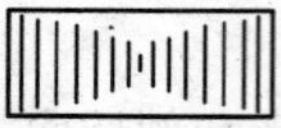	混凝土	
非金属材料 （已有规定剖面符号者除外）		钢筋混凝土	
型砂、填砂、粉末冶金、砂轮、 陶瓷刀片、硬质合金刀片等	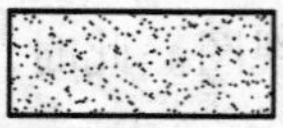	砖	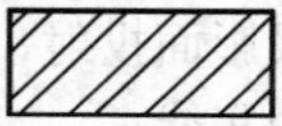
玻璃及供观察用的其他透明材料		格网 （筛网、过滤网等）	
木材	纵剖面	液体	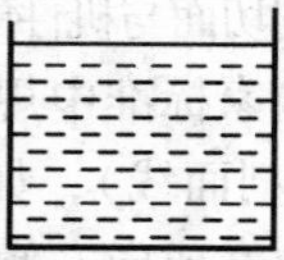
	横剖面		

3. 剖视图的配置

剖视图一般按基本视图的配置形式配置（如图 8.8（c）所示），也可配置在有利于图面布局的其他位置。

4. 剖视图的标注

为了便于读图，剖视图一般应进行标注。剖视图的完整标注包括三部分（如图 8.9 所示）：

（1）剖切面位置——用粗短画标出剖切面的起、止位置，粗短画的宽度等于粗实线的宽度；

（2）投射方向——投射方向用箭头表示，箭头应位于粗短画的外侧，与粗短画垂直；

（3）剖视图名称——用大写拉丁字母标出剖视图名称（如 "A-A"），并在剖切位置的起、止处标出相同字母。

在下列情况下，剖视图的标注可以简化或省略：

（1）当剖视图按投影关系配置，中间没有别的图形隔开时，可以省略箭头，如图8.9所示剖视图，标注的箭头可以省略；

（2）当剖切面通过机件的对称面，且剖视图按投影关系配置，中间没有别的图形隔开时，标注可以全部省略。实际上，图8.9所示剖视图的标注就可以全部省略，结果如图8.8（c）所示。

5. 画剖视图的注意事项

（1）剖切是一种假想，并非真的将机件切去一部分，因此，其他未取剖视的视图仍应完整画出。

（2）在剖视图及其他视图中，已经表达清楚的结构，其虚线省略不画；但当结构形状没有表达清楚时，允许在剖视图和其他视图上画出少量必要的虚线。

图8.9中就省略了全部的虚线；而图8.10中的虚线则不能省略。在其他视图上，虚线的省略也按同样的原则处理。

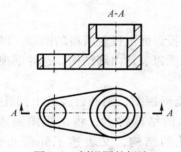

图8.9 剖视图的标注

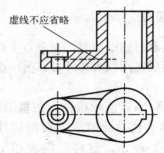

图8.10 剖视图中虚线的省略

（3）剖切面后面的可见轮廓线要全部画出。

如图8.11所示，剖切面之后，阶梯孔台阶面的投影、孔壁交线及机件外部的凸台等可见结构的投影应在剖视图中画出。

（4）国家标准规定，肋板纵向剖切时不画剖面符号，用粗实线将它和邻接部分分开，如图8.12所示。

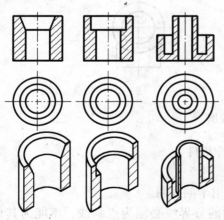

图8.11 剖切面后面的可见轮廓线

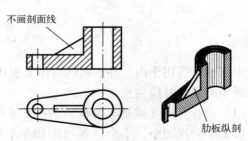

图8.12 肋板剖切时的规定画法

剖视图
的画法

剖切平面注意选，通过轴线、对称面；
剖开机件画后部，切口画上剖面线；
剖视一般要标注，部分内容可以免。

8.2.2 剖视图的种类

按剖切范围的大小，剖视图分为：全剖视图、半剖视图和局部剖视图。

1. 全剖视图

用剖切面完全剖开机件所得的剖视图，称为全剖视图。如前述剖视图实际上均系全剖视图。全剖视图主要应用于机件的外形比较简单或已经表达清楚，而内形需要表达的场合。

2. 半剖视图

当机件具有对称平面时，在垂直于对称平面的投影面上投射所得的图形，以对称中心线为界，一半画成视图以表达外形，另一半画成剖视图以表达内部结构，这种剖视图称为半剖视图。

如图 8.13（a）所示机件，主视图如果采用全剖视图，则凸台及其上圆孔的形状和位置就不能清楚表达。此时，可根据机件左右对称的结构特点，将主视图画成半剖视图，如图 8.12（b）所示。这样，既表达了内部通孔的结构，又表达了外部凸台和圆孔的形状。

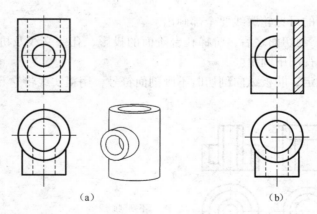

（a）   （b）

图 8.13　半剖视图

半剖视图适用于内、外形状同时需要表达的对称机件。

画半剖视图时应注意：

（1）只有对称（或基本对称）的机件才可以采用半剖视图。

（2）半剖视图中，半个外形视图和半个剖视图的分界线必须为点画线，不能为其他图线，也不应与轮廓线重合。

如图 8.14 所示机件，由于其对称平面的内形上有轮廓线，因此不宜作半剖视图，而可用下面介绍的局部剖视图。

（3）在半剖视图中已经表达清楚的内形，在半个外形视图中不必再画出虚线；但是，在半剖视图中没有表达清楚的内形，则虚线不能省略。

如图 8.15 所示机件，表达底板上阶梯孔的虚线在半剖视图中不应省略。

（4）半剖视图的标注方法及省略条件均和全剖视图相同。

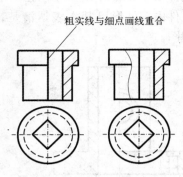

图 8.14 画半剖视图的
注意事项（一）

请采用全剖视图的主视图及采用半剖视图的俯视图重新表达如图 8.1（c）所示立体，要求图中不得出现虚线。

3. 局部剖视图

用剖切面局部地剖开机件，并用波浪线等表示剖切范围，所得的剖视图称为局部剖视图。

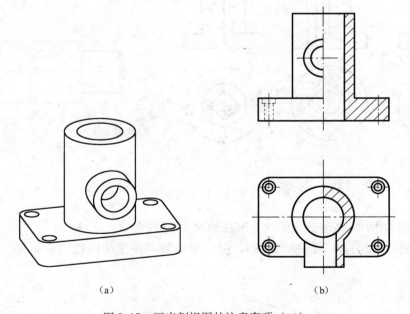

（a）　　　　　　　　　　　　（b）

图 8.15 画半剖视图的注意事项（二）

如图 8.15（b）所示机件，底板上的阶梯孔可以采用局部剖视图来表达，如图 8.16（a）所示。

局部剖视图适用于不宜采用全剖视图及半剖视图表达的机件。如图 8.16（b）所示机件左、右不对称，不能采用半剖视图，而可采用局部剖视图表达。如图 8.16（c）所示的三个机件虽左、右对称但均不能采用半剖视图，而可采用局部剖视图表达。如图 8.16（d）所示机件内、外形已基本表达清楚，只有局部的孔、槽等结构需要表达，也适合采用局部剖视图。

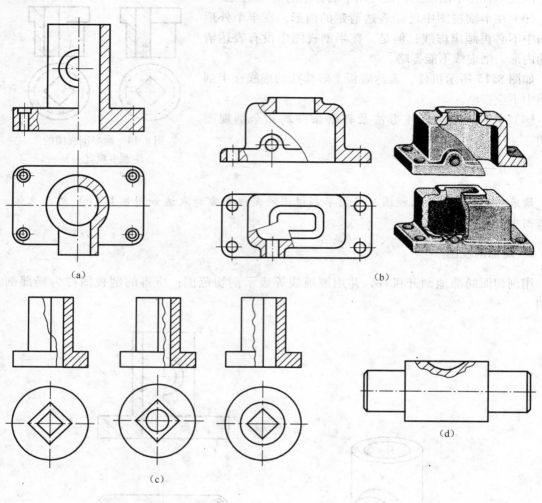

图 8.16　局部剖视图

在局部剖视图中，画波浪线的注意事项如图 8.17 所示。

局部剖视图的标注和全剖视图相同，但由于局部剖视图的剖切位置明显，一般不需要标注。

剖视图种类的选择

外形简单宜全剖，对称机件可半剖；
局部剖视很灵活，部分内形方便表。

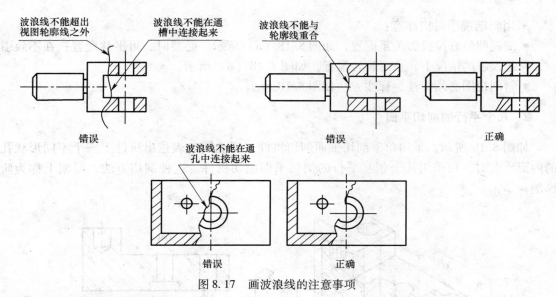

图 8.17 画波浪线的注意事项

8.2.3 剖切面的种类

根据机件结构的特点和表达需要，可选用不同数量和位置的剖切面来剖切机件，国家标准规定了三种剖切平面：单一剖切平面、几个平行的剖切平面和几个相交的剖切平面。

1. 单一剖切平面

（1）平行于基本投影面的剖切平面。

前面介绍的全剖视图、半剖视图及局部剖视图，都是用平行于某一基本投影面的剖切平面剖开机件后得到的剖视图，这是最常用的剖切方法。

（2）不平行于基本投影面的剖切平面。

当机件上倾斜结构的内形在基本视图上不能反映实形时，可以采用不平行于基本投影面的剖切平面剖切机件。这种剖切方法习惯上称为斜剖。

如图 8.18 所示，采用了与基本投影面垂直，并与倾斜结构平行的剖切平面剖切机件上的倾斜部分，再将此部分投射到与剖切平面平行的投影面上，即可得到图示采用斜剖的全剖视图。

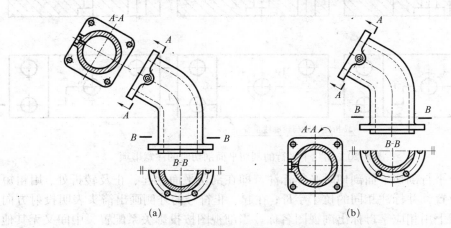

(a)　　　　　　　　　　　(b)

图 8.18 不平行于基本投影面的剖切平面剖切

采用斜剖视图时应注意：

- 剖视图最好按投影关系配置，如图 8.18（a）所示。必要时，可平移配置；在不致引起误解的情况下，也可旋转配置，如图 8.18（b）所示。
- 斜剖视图必须标注，标注方法如图 8.18 所示。

2. 几个平行的剖切平面

如图 8.19 所示，采用单一剖切平面剖切机件，不能同时表达出机件上三个不同形状孔的内形，此时，可采用几个相互平行的剖切平面剖切机件。这种剖切方法，习惯上称为阶梯剖。

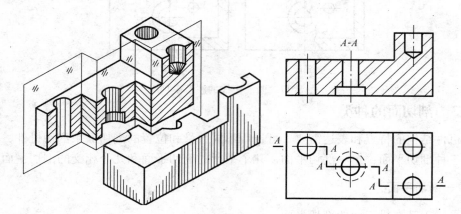

图 8.19　几个相互平行的剖切平面剖切

采用这种剖切方式时，不应在剖视图中画出剖切平面转折处的分界线；避免剖切平面的转折处与轮廓线重合；并避免在剖视图中出现不完整的结构要素，如图 8.20 所示。

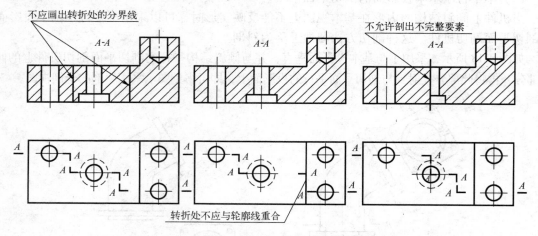

图 8.20　用几个平行的剖切平面剖切时的注意事项

采用几个平行剖切平面剖切时必须标注。即在剖切平面的起、止及转折处，用粗短画表示剖切面的位置，并标注相同的拉丁字母；在起、止符号的外侧画出箭头表明投射方向；在相应的剖视图上用相应字母标出剖视图名称。当剖视图按投影关系配置，中间又无其他图形隔开时，可以省略箭头，如图 8.19 所示。

3. 几个相交的剖切平面

如图 8.21 所示，采用单一剖切平面或几个相互平行的剖切平面剖切机件，不能同时表达出机件上三个不同孔的内形，此时，采用几个相交的剖切平面剖切机件。这种剖切方法，习惯上称为旋转剖。

画剖视图时，应先将机件上被倾斜剖切平面剖切到的部分旋转到与选定的基本投影面平行后，再进行投射，即"先旋转再投射"。

采用几个相交平面剖切时必须标注，标注方法和用几个平行剖切平面剖切时标注相同，如图 8.21 所示。

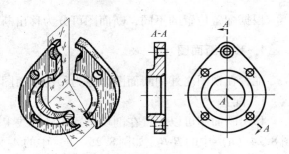

图 8.21　几个相交的剖切平面剖切

8.3　断　面　图

8.3.1　断面图的概念

假想用剖切面将机件的某处切断，仅画出其断面的图形，这个图形称为断面图，简称断面，如图 8.22（a）所示。通常在断面图上要画出剖面符号。

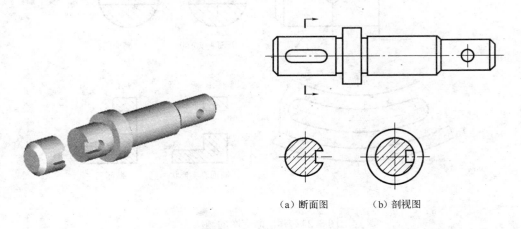

（a）断面图　　　（b）剖视图

图 8.22　断面图的概念

断面图与剖视图的区别主要在于：断面图仅画出剖切处断面的形状，是"面"的投影，而剖视图除了画出剖切处断面的形状外，还需画出断面之后机件留下部分的投影，是"体"的投影，如图 8.22（b）所示。

断面图常用来表达机件某一局部的断面形状，如肋板、轮辐、键槽、销孔及各种型材的断面形状等。

8.3.2 断面图的分类

根据配置位置的不同，断面图可分为移出断面图和重合断面图两种。

1. 移出断面图

配置在视图之外的断面图，称为移出断面图。

1）配置

移出断面图可以配置在剖切位置的延长线上（如图 8.24 中的 *A-A*）、基本视图位置（如图 8.24（a）中的 *B-B*、如图 8.25（a）中的 *A-A*）或其他位置（如图 8.25（a）中的 *B-B*）。

2）画法

移出断面图的轮廓线用粗实线绘制。

＊ 一般情况下，断面图为剖切断面的真实形状，如图 8.22（a）所示。

＊ 特殊情况下，被剖切结构按剖视绘制。

当剖切平面通过回转面形成的孔或凹坑的轴线时，这些结构按剖视绘制，如图 8.23（a）所示。当剖切面剖切非回转面形成的结构，出现完全分开的两个断面时，这些结构按剖视绘制，如图 8.23（b）所示。

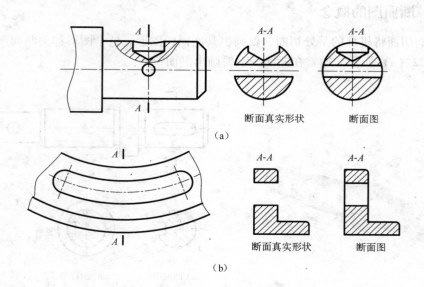

图 8.23 移出断面图的画法

3）标注

（1）移出断面图的标注与剖视图相同，如图 8.24 所示。

（2）已经清楚了的标注内容可以省略。

在基本视图位置上配置的移出断面图和对称移出断面图，可省略箭头，如图 8.25（a）所示。

配置在剖切位置的延长线上的移出断面图，可省略字母；对称移出断面图在剖切位置的延长线上，不必标注，如图 8.25（b）所示。

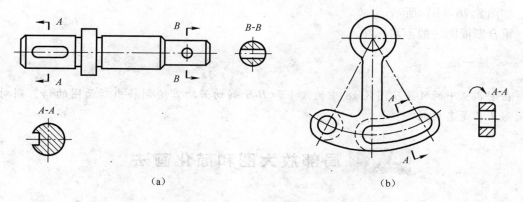

图 8.24 移出断面图的标注

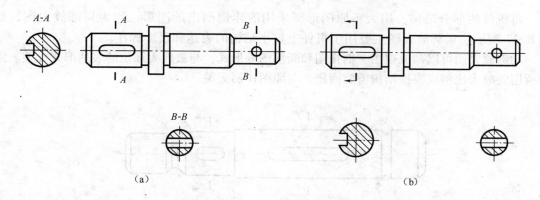

图 8.25 移出断面图的标注省略

2. 重合断面图

在不影响图形清晰的条件下，断面图也可按投影关系画在视图内。画在视图内的断面图，称为重合断面图，如图 8.26 所示。

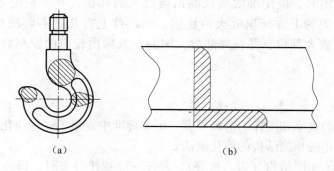

图 8.26 重合断面图

为与视图中的轮廓线相区分，重合断面图的轮廓线用细实线绘制。

当视图中的轮廓线与重合断面图的图形重叠时，视图中的轮廓线仍应连续画出，不可间断，如图 8.26（b）所示。

重合断面图一般不需标注。

在图 8.9 中的 *A-A* 及图 8.18 中的 *A-A* 和 *B-B* 剖切若均需绘制移出断面图的话，则对应的图形又各是怎样的呢？

8.4　局部放大图和简化画法

1. 局部放大图

将机件的部分结构，用大于原图形所采用的比例画出的图形，称为局部放大图，如图 8.27 所示。局部放大图主要用于机件上较小结构的表达和尺寸标注。

局部放大图可以画成视图、剖视图和断面图等形式，与被放大部位的表达形式无关。图形所用的放大比例应根据结构需要而定，与原图比例无关。

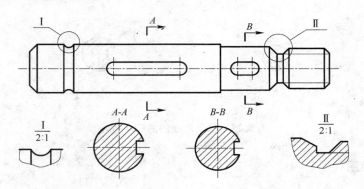

图 8.27　局部放大图

绘制局部放大图时，应用细实线圆圈出被放大的部位，并尽量配置在被放大部位的附近。在局部放大图的上方标出放大的比例。当机件上有几处需要被放大时，必须用罗马数字依次标明被放大部位，并在局部放大图的上方标出相应的罗马数字及所采用比例，如图 8.27 所示。

2. 简化画法

为了提高绘图的效率和图样的清晰程度，国家标准中规定了一些简化画法。

（1）按规律分布的相同结构的简化画法。

当机件具有若干相同结构（齿、槽等），并按一定规律分布时，只需画出几个完整的结构，其余用细实线连接表示，但在图中必须标注该结构的总数，如图 8.28（a）所示。

机件中按规律分布的等直径孔，可以只画出一个或几个，其余用中心线表示其中心位置，并注明孔的总数，如图 8.28（b）所示。

（2）机件中圆柱法兰和类似结构上均匀分布的孔的简化表示。

圆柱法兰和类似零件上的均匀分布孔，可由机件外向该法兰端面方向投射画出，如图 8.28（c）所示。

（3）滚花画法。

网状物、编织物或机件的滚花部分，可在轮廓线附近用粗实线示意画出，并在零件图上或技术要求中注明这些结构的具体要求，如图 8.28（d）所示。

（4）平面的表示法。

当回转体零件上的平面在图形中不能充分表达时，可用平面符号（两条相交的细实线）表达这些平面，如图 8.28（e）所示。

（5）较长机件的折断画法。

较长的机件（轴、杆、型材、连杆等）沿长度方向的形状一致或按一定规律变化时，可断开后缩短绘制，但尺寸仍按实际长度标注，如图 8.28（f）所示。

（6）斜度不大结构的画法。

机件上斜度不大的结构，如在一个图形中已表达清楚，则在其他图形中可按小端画出，如图 8.28（g）所示。

（7）较小结构的简化画法。

机件上的较小结构（如截交线、相贯线）在一个图形中已表达清楚时，其他图形可简化画出，如图 8.28（h）所示。

（8）与投影面倾斜角度小于或等于30°的圆或圆弧，其投影可以用圆或圆弧来代替真实投影的椭圆，各圆的中心按投影决定，如图 8.28（i）所示。

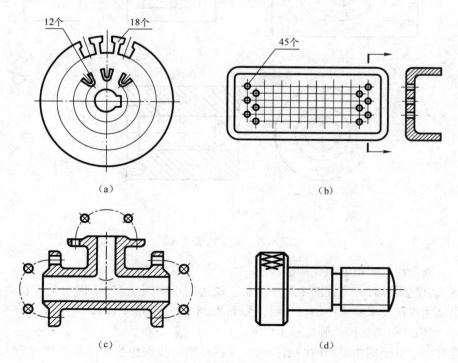

图 8.28　简化画法

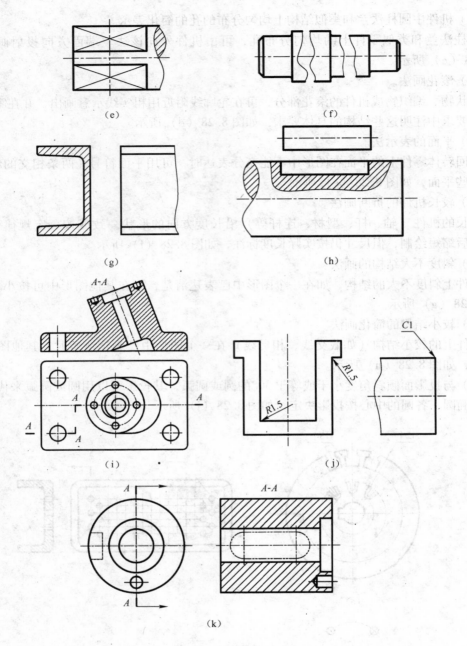

图 8.28　简化画法（续）

（9）小倒角和小圆角的简化画法。

在不致引起误解时，零件图中的小圆角、锐边的小倒圆或 45°小倒角允许省略不画，但必须注明尺寸或在技术要求中加以说明，如图 8.28（j）所示。

（10）剖切平面前结构的画法。

在需要表示位于剖切平面前的结构时，这些结构可按假想投影的轮廓线（细双点画线）画出，如图 8.28（k）所示。

8.5 读剖视图

读剖视图的基本方法和读视图的方法一样，需要"对线条、找投影"，"分部分、想形状"。但在各视图中，剖视图着重表明内部形状，没有剖的视图主要表达外形。因此，读剖视图时，首先要明确剖切位置，弄清各视图的关系，然后根据投影关系看懂各部分的外部形状和内部结构。下面以图8.29（a）所示的图样为例，介绍读剖视图的一般步骤。

1. 明确剖切位置

图8.29（a）中有主、俯、左三个视图，其中，主、俯视图为半剖视图，左视图为全剖视图。判断它们的剖切位置，可依"剖切位置找字母，对称平面不标注"来进行。如俯视图的名称为 A-A，就要在其他视图中去找注有 A-A 的剖切符号，在主视图中找到 A-A 剖切符号，就知道俯视图是从此处剖开的。半剖的主视图和全剖的左视图都没有写明剖视图名称，可以知道主视图是通过机件的前后对称面剖开，左视图是通过机件的左右对称面剖开。

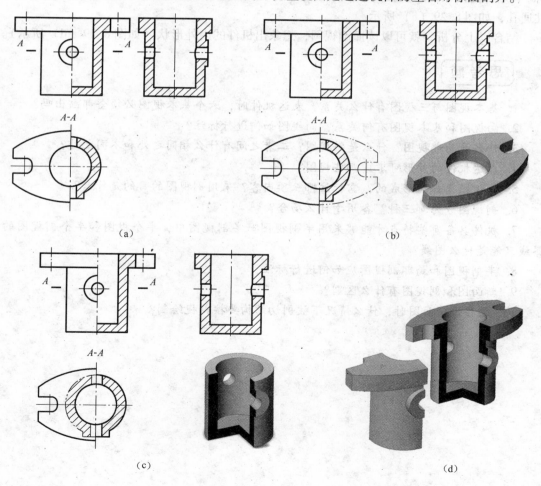

（a）　　　　　　　　　　　（b）

（c）　　　　　　　　　　　（d）

图8.29　读剖视图的步骤

2. 看懂外形

按照"形体分析法"把主视图分为上、下两部分。首先看上部分结构的形状。主、俯视图是半剖视图，可以知道机件左右对称，因此由俯视图的左半边，可以推想出整个外形。具体看图时，先从主视图中最大的线框入手，根据"长对正"，找到对应俯视图中的投影。对照主、俯视图中的投影，可以看出它是一块主体为椭圆的平板，左右两端切平；再从视图右端对照局部投影，可知平板两端开有 U 形的通槽，如图 8.29（b）所示。接着看下部分结构的形状，方法同上。可知机件下部分结构为圆柱，前端有圆柱凸台，如图 8.29（c）所示。

3. 看懂内形

分析剖视图中画剖面线的部分，想象机件内部形状。首先对照主、俯视图中的投影，可知机件内部从上向下打出一个圆柱孔，圆柱孔没有打通；再与左视图中的投影对照，根据"高平齐、宽相等"的投影关系，可知机件前端凸台上有圆柱通孔，后部也有相同大小的圆柱通孔，如图 8.29（c）所示。

结合以上分析，就可以读懂剖视图，想象出机件的内外形状（如图 8.29（d）所示）。

1. 基本视图与三视图有什么关系？表达机件时，六个基本视图必须全部画出吗？

2. 向视图和基本视图有何关系？向视图如何进行标注？

3. 什么是局部视图？什么是斜视图？二者之间有什么相同之处和不同之处？

4. 表达机件的外形可考虑哪些视图？

5. 剖视图是如何形成的？需标注哪三项内容？采用剖视图的目的是什么？

6. 剖视图分为哪三种？各用于什么场合？

7. 机件具备哪些特点才能够采用半剖视图？半剖视图中，半个视图和半个剖视图的分界线只能是什么图线？

8. 半剖视图和局部剖视图应如何进行标注？

9. 断面图和剖视图有什么区别？

10. 画移出断面图时，什么情况下被剖切结构要按剖视绘制？

第9章 标准件、常用件及其规定画法

知识目标

1. 掌握螺纹的规定画法、标注和查表方法；
2. 熟悉常用螺纹紧固件的种类、标记与查表方法；
3. 了解标准直齿圆柱齿轮轮齿部分的名称与尺寸关系，了解键、销的标记以及平键与平键连接、销与销连接的规定画法，了解常用滚动轴承的类型、代号及画法；
4. 能识读弹簧的规定画法，识读和绘制单件和啮合的标准直齿圆柱齿轮图。

技能目标

1. 能识读图样中标准件和常用件的画法；
2. 能根据螺纹及标准件的代号标记获悉其结构形式及有关尺寸。

 章前思考

1. 在日常生活中，你见过哪些装置上有螺纹结构和齿轮结构？这些结构如果用前面所学的正投影法表达，是否方便？你认为可以怎样表达这些标准结构呢？

2. 生活中，当你需要使用螺钉、螺母等大众化的零件时，是否需要自己画出图形送去工厂加工？在购买这些零件时依据的是什么？是谁为我们提供了这样的方便呢？

9.1 概　述

在各种机械设备中，常常会遇到一些通用的零部件，比如螺栓、螺母、螺钉、垫圈、键、销、滚动轴承等。由于这些零件应用广泛、用量很大，并且种类繁多，为了降低成本，保证互换性，一般情况下，对这些零件都是进行专业化的规模生产。为了便于生产和选用，国家有关部门对其结构和尺寸等进行了标准化、系列化，称为标准件。还有一些广泛使用的零件，比如齿轮、弹簧等，它们的部分结构也进行了标准化，这类零件称为常用件。

标准件和常用件的某些结构形状比较复杂（如螺纹、齿轮等），由专门的设备和刀具专业化生产。在绘图时，对这些零件的形状和结构，如螺纹的牙型、齿轮的齿廓等，不需要按真实投影画出，只需根据国家标准规定的画法、代号或标记进行绘制和标注。它们的结构和尺寸，可以根据标记，查阅相应的国家标准或机械零件手册得出。

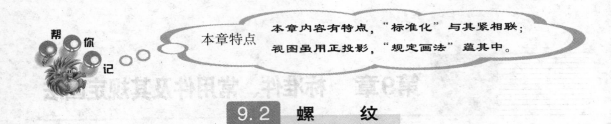

本章特点　本章内容有特点，"标准化"与其紧相联；
视图虽用正投影，"规定画法"蕴其中。

9.2　螺　纹

9.2.1　螺纹的形成

螺纹是指在圆柱、圆锥等回转面上沿着螺旋线所形成的、具有相同轴向断面的连续凸起和沟槽。螺纹起连接或传动作用。加工在圆柱或圆锥外表面上的螺纹，称为外螺纹；加工在圆柱或圆锥内表面的螺纹，称为内螺纹。内、外螺纹总是"成对儿"使用。

形成螺纹的加工方法很多，常见的是在车床上车削螺纹，如图9.1（a）所示；也可碾压螺纹，如图9.1（b）所示；对于直径较小的螺孔，可先用钻头钻出光孔，再用丝锥攻螺纹。

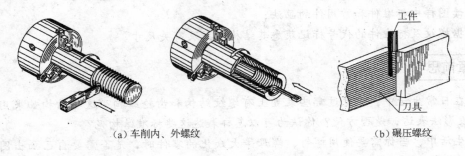

（a）车削内、外螺纹　　　　　　　　　　　（b）碾压螺纹

图9.1　螺纹的加工方法

9.2.2　螺纹的要素

内、外螺纹连接时，螺纹的下列要素必须一致。

1. 牙型

在通过螺纹轴线的剖面上，螺纹的轮廓形状，称为螺纹的牙型。常见的有三角形、锯齿形、梯形和矩形等，如图9.2所示。不同的螺纹牙型，有不同的用途。

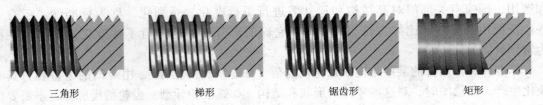

三角形　　　　　　　梯形　　　　　　　锯齿形　　　　　　　矩形

图9.2　螺纹的牙型

2. 公称直径

公称直径是代表螺纹尺寸的直径，指螺纹大径的基本尺寸。

螺纹的直径包括螺纹大径、螺纹小径和螺纹中径，具体含义如图9.3所示。

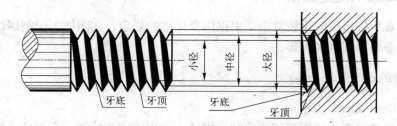

图9.3　螺纹的大径、中径和小径

3. 线数

形成螺纹时螺旋线的条数称为螺纹的线数。

螺纹有单线和多线之分。沿一条螺旋线形成的螺纹，称为单线螺纹；沿两条或两条以上螺旋线形成的螺纹，称为多线螺纹，如图9.4所示。

4. 螺距和导程

螺纹上相邻两牙在中径线上对应两点间的轴向距离，称为螺距，用P表示。同一条螺旋线上相邻两牙在中径线上对应两点间的轴向距离，称为导程，用P_h表示。

螺距和导程之间存在如下的关系：

$$导程 = 螺距 \times 线数$$

显然，单线螺纹的螺距等于导程，如图9.4所示。

5. 旋向

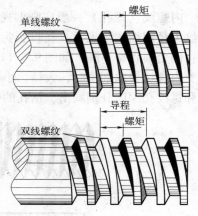

图9.4　螺纹的线数、螺距和导程

螺纹的旋向有左旋和右旋之分。旋转方向与前进方向符合右手关系的螺纹，称为右旋螺纹；符合左手关系的螺纹，称为左旋螺纹，旋向的直观判别方法如图9.5所示。工程上常用的是右旋螺纹，只有在一些不适于采用右旋螺纹的场合才使用左旋螺纹。

判断螺纹的旋向，可以将螺纹轴线直立放置，螺纹向右上倾斜的为右旋螺纹，向左上倾斜的为左旋螺纹。

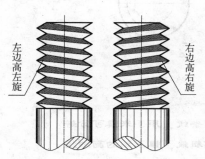

图9.5　螺纹旋向的直观判别方法

内、外螺纹旋合时，螺纹的五项要素必须完全相同。改变上述五项要素中的任何一项，就会得到不同规格和尺寸的螺纹。为便于设计和加工，国家标准对五项要素中的牙型、公称直径和螺距做了规定。凡是上述三项要素都符合标准的螺纹称为标准螺纹；仅牙型符合标准的螺纹称为特殊螺纹；牙型不符合标准的螺纹称为非标准螺纹。

螺纹按用途可分为起连接作用的螺纹和用于传递动力的螺纹。

9.2.3 螺纹的规定画法

螺纹若按真实投影作图比较复杂，根据国家标准的规定，在图样上绘制螺纹时，采用规定画法，而不必画出其真实投影。

1. 外螺纹的规定画法

外螺纹一般用视图来表示。

螺纹大径和螺纹终止线用粗实线绘制，螺纹小径用细实线绘制，在倒角或倒圆处的细实线也应画出。在投影为圆的视图中，大径画粗实线圆，小径画约 3/4 细实线圆弧，倒角圆省略不画，如图 9.6（a）所示。在剖视图中，螺纹终止线只画出大径和小径之间的部分，剖面线应画到粗实线处。

2. 内螺纹的规定画法

内螺纹（螺孔）一般应画剖视图，画剖视图时，螺纹小径和螺纹终止线用粗实线表示。螺纹大径用细实线表示。在投影为圆的视图中，小径画粗实线圆，大径画约 3/4 细实线圆弧，倒角圆省略不画，如图 9.6（b）所示。

内螺纹未取剖视时，大径、小径和螺纹终止线均画虚线；对于不穿通螺孔，应将钻孔深度和螺纹孔深度分别画出，钻孔的锥顶角应画成 120°，如图 9.6（c）所示。

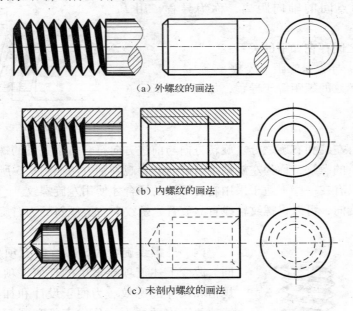

（a）外螺纹的画法

（b）内螺纹的画法

（c）未剖内螺纹的画法

图 9.6　螺纹的规定画法

帮你记　　螺纹的规定画法　　表示螺纹两条线，用手来摸可分辨；摸得到的画粗线，摸不到的画细线。

3. 螺纹连接的规定画法

用剖视图表示内、外螺纹连接时，旋合部分按外螺纹的规定画法绘制，其余部分仍按照单个内、外螺纹各自的规定画法绘制。必须注意，表示大小径的粗实线和细实线应该分别对齐，而与倒角的大小无关，如图9.7所示。

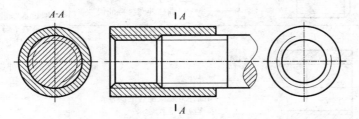

图9.7　螺纹连接的规定画法

9.2.4　螺纹的标记

由于各种螺纹的画法都是相同的，国家标准规定各种标准螺纹用规定的标记标注，并标注在公称直径上，以区别不同种类的螺纹。各种螺纹的特征代号及标注见表9.1。

表9.1　各种螺纹的特征代号及标注

螺纹名称及其种类特征代号		图例及标记注释	备　注
粗牙普通螺纹	M	M10－6g－S 短旋合长度代号 外螺纹中径、顶径（大径）公差带代号 公称直径（大径） 特征代号	1. 粗牙普通螺纹不注螺距，因为一个公称直径只有一个对应的螺距。 2. 细牙普通螺纹应注螺距，因为，同一个公称直径，可有几个不同的螺距。 3. 右旋不注，左旋应注"LH"。 4. 旋合长度分 L、N、S 三种，其中，N 为中等旋合长度，不标注；L 为长旋合长度，S 为短旋合长度，需要标注。
细牙普通螺纹		M12×1－7H－LH 左旋代号 内螺纹中径和顶径（小径）公差带代号 螺距 公称直径（大径） 特征代号	
55°密封管螺纹	圆锥外螺纹 R_2	R_2 3/4 尺寸代号 圆锥外螺纹特征代号	1. 注意：管螺纹的公称直径不是螺纹本身的直径尺寸，而是该螺纹所在管子的公称通径，所以管螺纹的标注采用从大径轮廓线上引出标注的方式。 2. 内、外螺纹均只有一种公差带，不标注。
	圆锥内螺纹 R_C	R_C1/2－LH 左旋代号 尺寸代号 圆锥内螺纹特征代号	

续表

螺纹名称及其种类特征代号		图例及标记注释	备 注
55°密封管螺纹	圆柱外螺纹 R_1	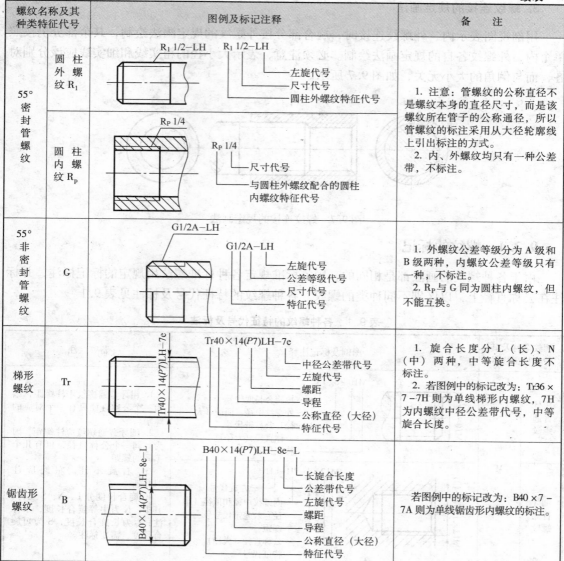$R_1 1/2-LH$　$R_1 1/2-LH$ └─ 左旋代号 └─ 尺寸代号 └─ 圆柱外螺纹特征代号	1. 注意：管螺纹的公称直径不是螺纹本身的直径尺寸，而是该螺纹所在管子的公称通径，所以管螺纹的标注采用从大径轮廓线上引出标注的方式。 2. 内、外螺纹均只有一种公差带，不标注。
	圆柱内螺纹 R_P	$R_P 1/4$ $R_P 1/4$ └─ 尺寸代号 └─ 与圆柱外螺纹配合的圆柱内螺纹特征代号	
55°非密封管螺纹	G	$G1/2A-LH$ $G1/2A-LH$ └─ 左旋代号 └─ 公差等级代号 └─ 尺寸代号 └─ 特征代号	1. 外螺纹公差等级分为 A 级和 B 级两种，内螺纹公差等级只有一种，不标注。 2. R_P 与 G 同为圆柱内螺纹，但不能互换。
梯形螺纹	Tr	$Tr40×14(P7)LH-7e$ $Tr40×14(P7)LH-7e$ └─ 中径公差带代号 └─ 左旋代号 └─ 螺距 └─ 导程 └─ 公称直径（大径） └─ 特征代号	1. 旋合长度分 L（长）、N（中）两种，中等旋合长度不标注。 2. 若图例中的标记改为：$Tr36×7-7H$ 则为单线梯形内螺纹，7H 为内螺纹中径公差带代号，中等旋合长度。
锯齿形螺纹	B	$B40×14(P7)LH-8e-L$ $B40×14(P7)LH-8e-L$ └─ 长旋合长度 └─ 公差带代号 └─ 左旋代号 └─ 螺距 └─ 导程 └─ 公称直径（大径） └─ 特征代号	若图例中的标记改为：$B40×7-7A$ 则为单线锯齿形内螺纹的标注。

9.2.5 螺纹的查表

除从螺纹标记直接读取的螺纹要素外，螺纹的其他要素均可通过查阅相应的国家标准得到。

粗牙普通螺纹的螺距、螺纹小径可由其公称直径查阅附录附表 A.1 得到，如标记为 "M10 – 6g – S" 的粗牙普通螺纹，可由其公称直径 10 mm 查得：螺距为 1.5 mm，螺纹小径为 8.376 mm。

管螺纹的大径、中径、小径及螺距等，可由其尺寸代号查阅附录附表 A.2 得到，如标记为 "G1/2A – LH" 的管螺纹，可由其尺寸代号 1/2 查得：螺纹大径为 20.955 mm、中径为 19.793 mm、小径为 18.631 mm、螺距为 1.814 mm。

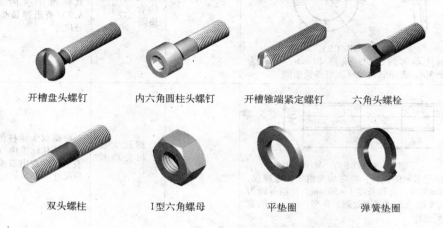

名　称	图例与标记示例	常用产品等级	规格尺寸	备　注

9.3 螺纹紧固件及其连接

通过内、外螺纹的旋合，起连接和紧固作用的零件，称为螺纹紧固件。常用的螺纹紧固件有螺栓、螺柱、螺钉、螺母和垫圈等，如图9.8所示。

开槽盘头螺钉　　内六角圆柱头螺钉　　开槽锥端紧定螺钉　　六角头螺栓

双头螺柱　　　　I型六角螺母　　　　平垫圈　　　　弹簧垫圈

图9.8　常用螺纹紧固件

9.3.1　螺纹紧固件的标记

螺纹紧固件属于标准件，由标准件厂统一生产。一般不需画出它们的零件图，根据设计要求按相应的国家标准进行选取；使用时按规定标记进行外购即可。根据标记可从有关标准查到它们的结构形式和各部分的具体尺寸（参看附录附表 A.3 至附表 A.7）。

常用螺纹紧固件的标记与图例见表9.2。

表9.2　常用螺纹紧固件的标记与图例

名　称	图例与标记示例	常用产品等级	规格尺寸	备　注
六角头螺栓	80　M12 螺栓　GB/T 5782　M12×80 标记示例的说明：螺纹规格 d = M12、公称长度 l = 80 mm、性能等级为 8.8 级、表面氧化、A 级的六角头螺栓	A 级和 B 级	螺栓的螺纹大径 d 和公称长度 l	根据螺栓的标记可从其标准中（附录的附表 A.3）查出螺栓各部分的尺寸
I 型六角螺母	M12 螺母　GB/T 6170　M12 标记示例的说明：螺纹规格 D = M12、性能等级为 10 级、不经表面处理、A 级的 1 型六角螺母	I 型六角螺母 A 级和 B 级	螺纹大径 D	根据螺母的标记可从其标准中（附录的附表 A.6）查出螺母各部分尺寸

名　称	图例与标记示例	常用产品等级	规格尺寸	备　注
弹簧垫圈	 垫圈　GB/T 93　20 标注示例的说明：规格 20 min，材料为 65 Mn、表面氧化的标准型弹簧垫圈		规格尺寸的含义同平垫圈	根据弹簧垫圈的标记可从其标准中（附录的附表 A.7）查出弹簧垫圈的各地分尺寸
双头螺柱	 螺柱　GB/T 897　M10×50 标记示例的说明：两端均为粗牙普通螺纹，$d = M10$，公称长度 $l = 50$ mm、性能等级为 4.8 级、不经表面处理、B 型、$b_m = d$ 的双头螺柱		螺纹大径 d 和公称长度 l	根据双头螺柱的标记，就可以从其标准中（附录的附表 A.5）查出双头螺柱各部分尺寸
开槽圆柱头螺钉	 螺钉　GB/T 65　M5×20 标记示例的说明：螺纹规格 $d = M5$、公称长度 $l = 20$ mm、性能等级为 4.8 级，不经表面处理的开槽圆柱头螺钉		螺纹大径 d 和公称长度 l	根据螺钉的标记就可从其标准中（附录的附表 A.4）查出螺钉的有关尺寸
开槽锥端紧定螺钉	 螺钉　GB/T 71　M6×20 标记示例的说明：螺纹规格 $d = M6$、公称长度 $l = 20$ mm、性能等级为 14H、表面氧化的开槽锥端紧定螺钉		螺纹大径 d 和公称长度 l	同上，查附录的附表 A.4
平垫圈	 螺栓　GB/T 97.1　12 标注示例的说明：公称尺寸 $d = 12$ mm、性能等级为 140 HV 级、不经表面处理的平垫圈	A 级	指与之成套使用的螺栓（或螺柱）的螺纹大径 d	可从附录的附表 A.7 中查出有关垫圈各部分的尺寸

标准件的表达用代号，绘制零件图不需要；
欲知形状和大小，根据代号去查表。

9.3.2 螺纹紧固件的连接画法

螺纹紧固件的基本连接形式分为：螺栓连接、螺钉连接及螺柱连接三种，如图9.9所示。

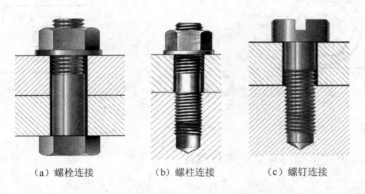

(a) 螺栓连接　　(b) 螺柱连接　　(c) 螺钉连接

图9.9 螺纹紧固件的基本连接形式

1. 基本规定

画螺纹紧固件连接图时，应遵守下列基本规定：

● 两零件的接触面画一条粗实线；不接触的相邻表面，需画两条线。

● 在剖视图中，相邻两零件的剖面线应有明显的区别（或倾斜方向相反，或倾斜方向相同但间隔不等）；同一个零件在各个视图中的剖面线，方向和间隔均应一致。

● 在剖视图中，若剖切平面通过螺纹紧固件（螺栓、螺钉、螺柱、螺母、垫圈）的轴线，则这些紧固件按不剖绘制。

2. 螺栓连接

螺栓连接适用于连接不太厚、而且又允许钻成通孔的零件。常用的紧固件有螺栓、螺母、垫圈。连接时，先在两个被连接件上钻出通孔（通孔孔径应稍大于螺栓杆的直径 d，约为 $1.1d$），将螺栓穿过被连接件的通孔，在制有螺纹的一端装上垫圈，拧上螺母，即完成了螺栓连接。其连接图如图9.10所示。

3. 螺柱连接

当被连接件之一较厚，或不适宜用螺钉连接时，常采用螺柱连接。常用的紧固件有螺柱、螺母和垫圈。连接时，先在较薄的零件上钻出通孔（通孔孔径约为 $1.1d$），并在较厚的零件上加工出螺孔，螺柱一端旋入较厚零件的螺孔中，另一端穿过较薄零件上的通孔，套上垫圈，再用螺母拧紧。其连接图如图9.11所示，若采用弹簧垫圈，则垫圈的开口处可用粗实线绘制，并与水平线成60°角。

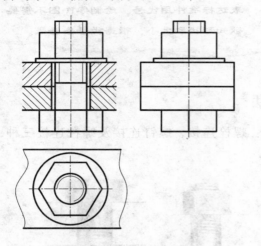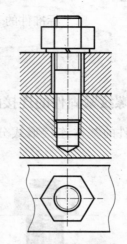

图9.10　螺栓连接的画法　　　　　图9.11　螺柱连接的画法

4. 螺钉连接

螺钉按用途分为连接螺钉和紧定螺钉两种。

1）连接螺钉

连接螺钉一般用于受力不大且不经常拆卸的零件连接。连接时，先在较薄的零件上钻出通孔（通孔孔径约为 1.1d），并在较厚的零件上加工出螺孔，螺钉穿过较薄零件上的通孔再旋入到较厚零件的螺孔。其连接图如图9.12所示，螺钉头部的一字槽在螺钉头端视图中不按投影关系绘图，而画成与水平成45°角的斜线，如图9.12所示。

2）紧定螺钉

紧定螺钉用来固定两零件的相对位置，使两零件之间不产生相对运动。如图9.13中的轴和轮，用一个开槽锥端紧定螺钉旋入轮上的螺孔，并将其尾端压入轴上的凹坑中，以固定轴和轮的相对位置。

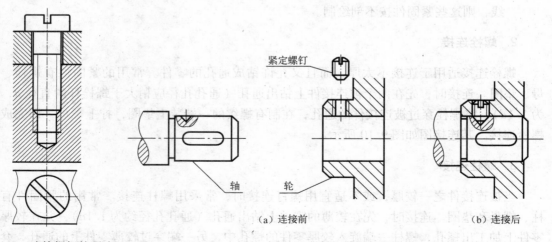

图9.12　连接螺钉的画法　　　　　　　图9.13　紧钉螺钉的画法

9.4 标准直齿圆柱齿轮

齿轮是常用件，常用来在机器或部件中传递动力、改变转速和回转方向。

常见的齿轮传动形式有三种，如图 9.14 所示。圆柱齿轮常用于两平行轴之间的传动；锥齿轮常用于两相交轴之间的传动；蜗轮蜗杆常用于两垂直交叉轴之间的传动。

圆柱齿轮　　　　　　　　　锥齿轮　　　　　　　　　蜗杆蜗轮

图 9.14　常见的齿轮传动形式

圆柱齿轮按轮齿方向的不同分为直齿、斜齿和人字齿。具有标准齿的直齿圆柱齿轮称为标准直齿圆柱齿轮。本节主要介绍标准直齿圆柱齿轮。

1. 名称和代号

图 9.15 所示为标准直齿圆柱齿轮的示意图。

（1）分度圆、齿顶圆、齿根圆　加工齿轮时，作为齿轮轮齿分度的圆称为分度圆，直径用 d 表示。分度圆是齿轮设计和加工时进行各部分尺寸计算的基准圆。通过齿轮各齿顶端的圆称为齿顶圆，直径用 d_a 表示。通过齿轮各齿槽底部的圆称为齿根圆，其直径用 d_f 表示。

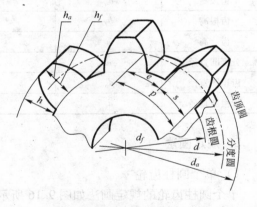

图 9.15　标准直齿圆柱齿轮的示意图

（2）齿距、齿厚、槽宽　分度圆上相邻两齿廓对应点之间的弧长，称为齿距，用 p 表示；每个齿廓在分度圆上的弧长，称为齿厚，用 s 表示；一个齿槽齿廓间的弧长，称为槽宽，用 e 表示。在标准齿轮中，$s = e$，$p = e + s$。

（3）模数、齿数　齿轮上轮齿的个数，称为齿数，用 z 表示。当齿轮齿数为 z 时，分度圆周长 $= \pi d = zp$，则 $d = \dfrac{p}{\pi}$。令 $\dfrac{p}{\pi} = m$，则 $d = mz$。这里，m 就是齿轮的模数。

模数 m 是设计、制造齿轮的重要参数，其数值已在国家标准中进行了标准化，如表 9.3 所示。

表9.3 标准模数系列（摘自 GB/T 1357—1993）

第一系列	0.1	0.12	0.15	0.2	0.25	0.5	0.4	0.5	0.6	0.8
	1	1.25	1.5	2	2.5	3	4	5	6	8
	10	12	16	20	25	32	40	50		
第二系列	0.35	0.7	0.9	1.75	2.25	2.75	(3.25)	3.5	(3.75)
	4.5	5.5	(6.5)	7	9	(11)	14	18	22
	28	(30)	36	45					

（4）齿高、齿顶高、齿根高　齿顶圆到齿根圆之间的径向距离称为齿高，用 h 表示。它被分度圆分成两部分：齿顶圆到分度圆之间的径向距离称为齿顶高，用 h_a 表示；分度圆到齿根圆之间的径向距离称为齿根高，用 h_f 表示。显然 $h = h_a + h_f$。

对于标准齿轮，$h_a = m$，$h_f = 1.25m$，则 $h = 2.25m$。

2. 尺寸关系

标准直齿圆柱齿轮轮齿部分的尺寸关系如表9.4所示。

表9.4　标准直齿圆柱齿轮轮齿部分的尺寸关系

基本几何要素：模数 m；齿数 z		
名　称	代　号	计 算 公 式
齿顶高	h_a	$h_a = m$
齿根高	h_f	$h_f = 1.25m$
齿　高	h	$h = 2.25m$
分度圆直径	d	$d = mz$
齿顶圆直径	d_a	$d_a = m(z+2)$
齿根圆直径	d_f	$d_f = m(z-2.5)$

3. 规定画法

1）单个圆柱齿轮

单个圆柱齿轮的规定画法如图9.16所示，具体如下：

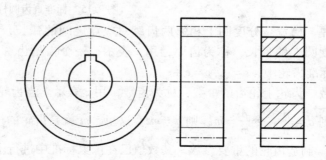

图9.16　单个圆柱齿轮的规定画法

- 齿顶圆和齿顶线用粗实线绘制；
- 分度圆和分度线用点画线绘制；
- 齿根圆和齿根线用细实线绘制，也可以省略不画。
- 在剖视图中，当剖切平面通过齿轮的轴线时，轮齿一律按不剖处理，齿根线用粗实线绘制。

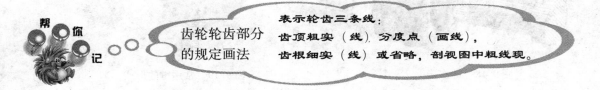

帮你记

齿轮轮齿部分的规定画法

表示轮齿三条线：
齿顶粗实（线）分度点（画线），
齿根细实（线）或省略，剖视图中粗线现。

2）啮合的圆柱齿轮

圆柱齿轮啮合的规定画法如图9.17所示。画图时分两部分：啮合区和非啮合区。非啮合区按单个齿轮的画法绘制；啮合区按如下规定画法绘制。

- 在投影为圆的视图中 啮合区内的两分度圆相切；两齿顶圆均用粗实线绘制或省略，如图9.17（a）和图9.17（b）所示。
- 在投影为非圆的视图中 采用剖视时，啮合区内的两分度线重合，用细点画线绘制；两齿根线均用粗实线绘制；齿顶线一条用粗实线绘制，另一条用虚线绘制或省略不画。

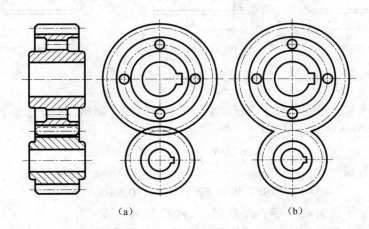

（a） （b）

图9.17 圆柱齿轮啮合的规定画法

除轮齿部分采用规定画法外，齿轮的其他部分仍采用投影画法。

9.5 键连接和销连接

9.5.1 键连接

键主要用于连接轴和轴上的转动零件（如齿轮、带轮、链轮等），起传递扭矩的作用，如图 9.18 所示。键是标准件，其结构形式和尺寸可在其标准中查取。常用的键有普通平键、半圆键和钩头楔键等，如图 9.19 所示。

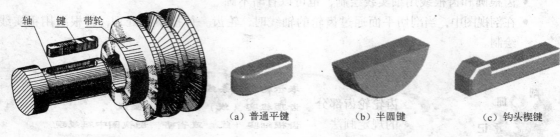

图 9.18　键连接　　　　　　　　　　　　　　　图 9.19　常用键的形式

（a）普通平键　　　　（b）半圆键　　　　（c）钩头楔键

1. 平键的形式和标记

普通平键又有 A 型（圆头）、B 型（平头）和 C 型（半圆头）三种，其画法如图 9.20 所示。

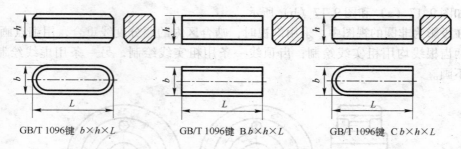

GB/T 1096 键　$b \times h \times L$　　　　GB/T 1096 键　B $b \times h \times L$　　　　GB/T 1096 键　C $b \times h \times L$

图 9.20　普通平键的画法

键的标记由名称、形式与尺寸、标准编号三部分组成。例如，A 型普通平键，$b = 16\,\mathrm{mm}$、$h = 10\,\mathrm{mm}$、$L = 100\,\mathrm{mm}$，其标记为：

$$\text{GB/T 1096 键}\quad 16 \times 10 \times 100$$

又如，B 型普通平键，$b = 16\,\mathrm{mm}$、$h = 10\,\mathrm{mm}$、$L = 100\,\mathrm{mm}$，其标记为：

$$\text{GB/T 1096 键}\quad \text{B } 16 \times 10 \times 100$$

标记时，A 型平键省略 A 字，而 B 型、C 型应写出 B 或 C 字。

对于轮毂和轴上键槽的尺寸，可依据连接轴的直径从相应国家标准中查到（参看附录附表 A.8）。

2. 平键连接

采用普通平键连接时，先将键嵌入轴上的键槽内，再将轮毂上的键槽对准轴上的键，把轮安装在轴上，从而实现轴或轮转动时的相互传动。

平键连接的画法如图 9.21 所示。当剖切平面通过轴和键的轴线或对称面时，轴和键均按不剖绘制。注意键的顶面和轮毂上键槽的底面有间隙，应画两条线。

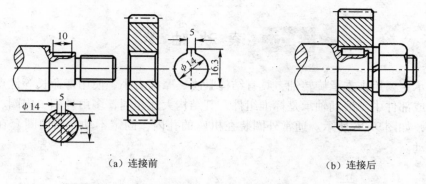

（a）连接前　　　　　　　　　　　　（b）连接后

图9.21　平键连接的画法

9.5.2　销连接

销主要用于零件间的定位、连接和锁定。销是标准件，其结构形式和尺寸可在其标准中查得（参看附录附表 A.9）。常用的销有圆柱销、圆锥销和开口销等，如图9.22 所示。圆柱销和圆锥销主要起连接和定位作用；开口销常与带孔螺栓以及六角开槽螺母配合使用，将开口销穿过螺母上的槽和螺栓上的孔后，把销的尾部叉开，以防止螺母和螺栓松脱。

（a）圆柱销　　　　　　（b）圆锥销　　　　　　（c）开口销

图9.22　常用的销

圆柱销和圆锥销的连接画法如图9.23 和图9.24 所示。当剖切平面通过销的轴线时，销按不剖绘制。

采用圆柱销和圆锥销连接时，其销孔加工一般采用配作（即将被连接的两零件装配后一次钻孔加工），以保证销的装配。

图9.25 所示为带孔螺栓和开槽螺母用开口销锁紧防松的连接图。

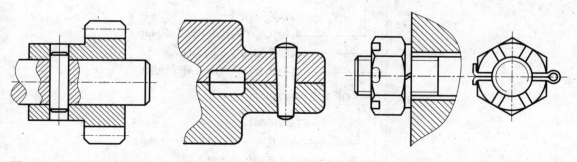

图9.23　圆柱销的连接画法　　图9.24　圆锥销的连接画法　　图9.25　用开口销锁紧防松

9.6 滚 动 轴 承

滚动轴承主要用来支承旋转轴，具有结构紧凑、摩擦力小、使用寿命长等优点，被广泛应用于机器或部件中。滚动轴承是标准组件，其结构大体相同，多由外圈、内圈、滚动体及隔离罩组成，如图 9.26 所示。通常外圈装在机座的孔内，固定不动；而内圈套在转动的轴上，随轴转动。

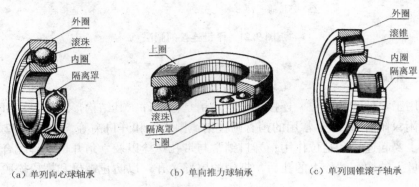

（a）单列向心球轴承　　　　　　（b）单向推力球轴承　　　　　　（c）单列圆锥滚子轴承

图 9.26　滚动轴承的结构

滚动轴承按其可承受的载荷方向分为：向心轴承、推力轴承和向心推力轴承，附录附表 A.10 中给出了每类轴承中一种较典型轴承的形式与尺寸。

1. 代号和标记

滚动轴承的规定标记由三部分组成：轴承名称、轴承代号、标准编号。其中轴承代号由前置代号、基本代号、后置代号组成。无特殊要求时，一般均以基本代号表示。基本代号由轴承类型代号、尺寸系列代号、内径代号构成。

例如，

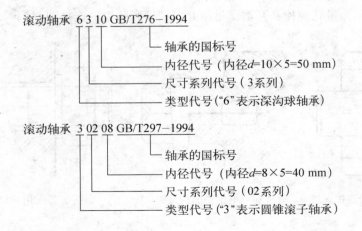

2. 画法

在装配图中，滚动轴承是根据其代号，从国家标准中查出外径 D、内径 d 和宽度 B 或 T 等几个主要尺寸来进行绘图的。当需要较详细地表达滚动轴承的主要结构时，可采用规定画法；只需简单地表达滚动轴承的主要结构特征时，可采用特征画法。表 9.5 列出了三种常用滚动轴承的规定画法和特征画法。

在剖视图中，当不需要确切地表达滚动轴承外形轮廓、载荷特征、结构特征时，可采用通用画法，即在矩形线框中央正立十字形符号（十字形符号不与线框接触，如图 9.27 所示）。

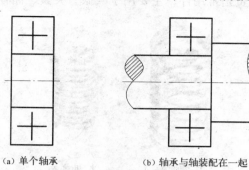

(a) 单个轴承　　　　(b) 轴承与轴装配在一起

图 9.27　滚动轴承的通用画法

表 9.5　常用滚动轴承的结构形式、画法和用途

轴承类型及国标号	结构形式	规定画法	特征画法	用　　途
深沟球轴承 GB/T276—1994 60000 型				主要承受径向力
圆锥滚子轴承 GB/T297—1994 30000 型				可同时承受径向力和轴向力
平底推力球轴承 GB/T301—1995 51000 型				承受单方向的轴向力

9.7 弹 簧

弹簧是常用件，主要用于减振、夹紧、储存能量和测力等。常用的弹簧如图9.28所示。

压缩弹簧　　　　拉伸弹簧　　　　扭转弹簧　　　平面涡卷弹簧

图9.28　常用的弹簧

本节主要以圆柱螺旋压缩弹簧为例介绍弹簧的规定画法等内容。

1. 圆柱螺旋压缩弹簧的规定画法

1）单个弹簧的画法

- 弹簧在平行于轴线的投影面上的视图中，各圈的投影转向轮廓线画成直线，如图9.29所示。
- 有效圈数在4圈以上的弹簧，中间各圈可省略不画，当中间部分省略后，可适当缩短图形的长度，如图9.29所示。
- 螺旋弹簧均可画成右旋，但左旋螺旋弹簧不论画成左旋或右旋，一律加注"左"字。

2）装配图中弹簧的画法

- 被弹簧挡住部分的结构一般不画，可见部分应从弹簧的外轮廓线或弹簧钢丝断面的中心线画起，如图9.30（a）所示。
- 螺旋弹簧被剖切时，允许只画弹簧钢丝（简称簧丝）断面，当簧丝直径小于等于2mm时，其断面可涂黑表示，如图9.30（b）所示，也可采用示意画法，如图9.30（c）所示。

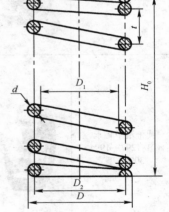

图9.29　单个弹簧的规定画法

2. 圆柱螺旋压缩弹簧的各部分名称及尺寸关系

圆柱螺旋压缩弹簧的各部分名称及尺寸关系如图9.29所示。

- 材料直径 d　弹簧钢丝的直径。
- 弹簧中径 D_2　弹簧的平均直径。

  弹簧内径 D_1　弹簧的最小直径，$D_1 = D_2 - d$。

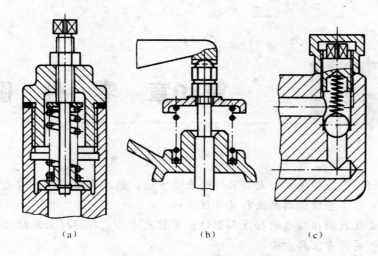

(a)　　　　　(b)　　　　　(c)

图 9.30 装配图中弹簧的画法

弹簧外径 D　弹簧的最大直径，$D = D_2 + d$。

- 节距 t　除两端支撑圈外，弹簧上相邻两圈对应两点之间的轴向距离。
- 有效圈数 n　弹簧能保持相同节距的圈数。
- 支撑圈数 n_2　为使弹簧工作平稳，将弹簧两端并紧磨平的圈数。支撑圈仅起支撑作用，常用 1.5、2、2.5 圈三种形式。
- 弹簧总圈数 n_1　弹簧的有效圈数和支撑圈数之和，$n_1 = n + n_2$。
- 自由高度 H_0　弹簧未受载荷时的高度，$H_0 = nt + (n_2 - 0.5) d$。
- 展开长度 L　制造弹簧所需簧丝的长度，$L = n_1 \sqrt{(\pi D_2)^2 + t^2}$。

思考题

1. 什么是标准件？什么是常用件？常见零件中哪些属于标准件，哪些属于常用件？

2. 代号 $M36 \times 2 - 6g$ 的含义是什么？

3. 常用的螺纹紧固件有哪些？采用螺栓连接、螺钉连接及螺柱连接时分别需要哪些螺纹紧固件？

4. 采用规定画法绘制啮合的圆柱齿轮图时两分度圆之间有什么关系？哪些部分同单个圆柱齿轮的规定画法一样？其余部分应如何画出？

5. 如何标记普通平键和圆柱销？

6. 滚动轴承的画法有哪些？如何采用通用画法表示滚动轴承？

第10章 零件图

知识目标

1. 熟悉零件图的视图选择原则和典型零件的表示方法，熟悉典型零件图的尺寸标注；
2. 了解零件上常见工艺结构的画法和尺寸注法；
3. 掌握表面结构及表面粗糙度的标注和识读，掌握尺寸公差在图样上的标注和识读；
4. 掌握识读零件图的方法和步骤；
5. 理解绘制零件图的方法和步骤。

技能目标

1. 能识读中等复杂程度的零件图；
2. 能绘制简单零件的零件图。

章前思考

1. 在加工一个零件时，工人师傅依据的是什么？在检验生产出来的零件是否合格时，工人师傅依据的又是什么？

2. 你认为零件图中应该将零件的哪些信息表达出来？如果只给定了零件的形状和大小，一定能够加工出合格的零件吗？

任何机器或部件都是由若干个零件按照一定的装配关系装配而成的。表达零件结构、大小及技术要求等的图样，称为零件图。制造机器或部件必须先依据零件图加工制造零件。零件图反映了机器或部件对零件的要求，考虑了零件结构的合理性，是制造和检验零件的直接依据，也是生产部门组织生产的重要技术文件。

在机器或部件的生产中，除标准件以外的所有零件均需绘制零件图，依据零件图进行零件的制造和检验。

10.1 零件图的内容

如图 10.1 所示，一张完整的零件图应具有以下四项内容：

（1）一组视图　用来完整、清晰地表达零件的内、外形状以及各部分的相对位置。根据零件的具体情况，可以选择基本视图、剖视图、断面图以及局部放大图等。

（2）完整的尺寸　将零件在制造和检验时所需要的全部尺寸正确、完整、清晰、合理地标注出来。

（3）技术要求　用符号或文字说明零件在制造、检验等过程中应达到的一些技术要求，如表面粗糙度、尺寸公差、形状和位置公差、热处理要求等。用文字描述的技术要求一般注写在标题栏上方图纸空白处。

（4）标题栏 填写零件名称、材料、数量、比例以及设计、审核人员的签名等。

10.2 零件图的视图选择和表达方法

零件图应恰当地选用视图、剖视图、断面图等表达方法，将零件的各部分结构形状，完整、清晰地表达出来，在保证看图方便的前提下，力求绘图简便。为此，要对零件进行结构形状分析，依据零件的结构特点、用途及主要加工方法，选择好主视图和其他视图，确定合理的表达方案。图 10.1 所示为主动齿轮轴的零件图。

1. 主视图的选择

主视图是一组视图的核心，它的选择直接影响到其他视图的数量和表达方法的确定，更直接影响到画图、看图的方便程度。选择主视图时，主要考虑两方面的内容：零件的摆放位置和主视图的投射方向。

1）零件的摆放位置

一般选择零件的加工位置、工作位置或自然位置。

（1）零件的加工位置。

加工位置是指零件在制造过程中，在机床上的装夹位置。在选择零件的摆放位置时，应该尽量与其加工位置相一致，以便于加工时看图。

例如，轴、套类回转体零件，其主要加工工序是车削或磨削，故常按加工位置选择主视图，即将轴线水平放置，如图 10.2 所示。

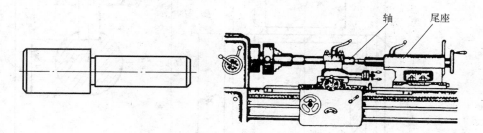

图 10.2 轴的加工位置

（2）零件的工作位置或自然位置。

工作位置是指零件在机器或部件中工作时的位置。摆放位置应该尽量与零件的工作位置相一致，以便于把零件和整台机器联系起来，想象其工作情况，并方便将零件图和装配图进行对照。

如图 10.3（a）所示的吊车吊钩和汽车拖钩，虽然形状类似，但由于工作位置不同，主视图的摆放位置也不同；图 10.3（b）所示的车床尾座，主视图也反映了其工作位置。

当零件的工作位置倾斜时，可将零件自然、平稳放置。

2）主视图的投射方向

要将最能反映零件各组成部分的结构形状及其相对位置的方向，作为主视图的投射方向。所选视图应能达到看后即对零件的基本形状、特征有明显印象的目的。

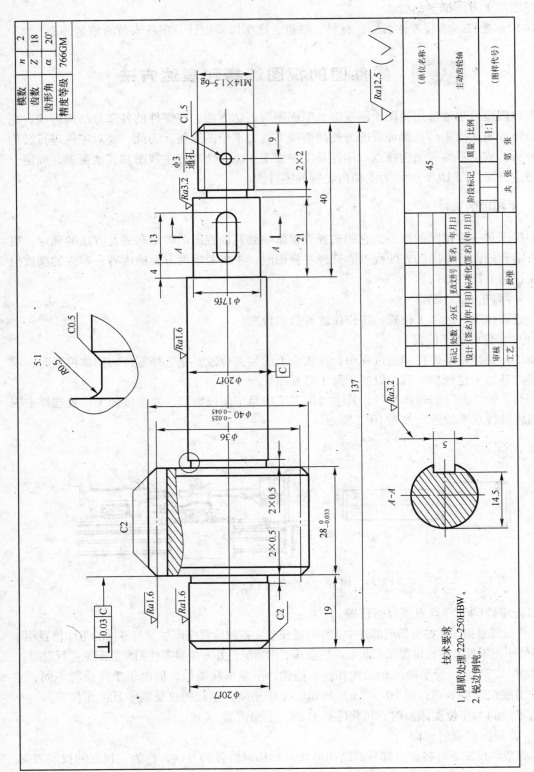

图 10.1　主动齿轮轴的零件图

如图10.3（b）所示的车床尾座，在 A、B、C 三个方向中，方向 A 反映其结构特征最为明显，因此作为主视图的投射方向。

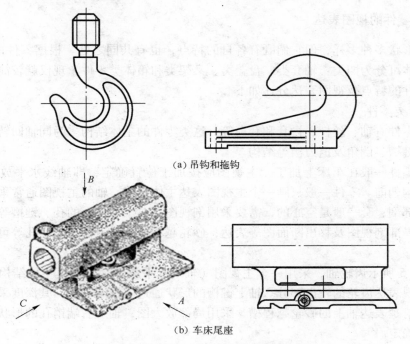

（a）吊钩和拖钩

（b）车床尾座

图 10.3 零件的工作位置

2. 其他视图的选择

主视图确定后，还要选择其他视图表达没有表达清楚的零件内、外结构。

其他视图的选择一般应该从以下两个方面进行考虑。

（1）所选视图要目的明确、重点突出。应该使每个视图都有明确的表达重点，既要将需表达部分的结构和形状表达清楚，又要避免重复表达。

通常是用基本视图或在基本视图上采用剖视来表达零件的主要结构形状；用局部视图、断面图或局部放大图等方法表达零件的局部形状和细小结构。

（2）在满足完整、清晰表达零件的前提下，应使视图数量尽量地少。

例如，轴、套筒、衬套、薄垫片等零件，标注尺寸后用一个视图就可表达清楚，此时不需要选择其他视图，如图10.4所示。

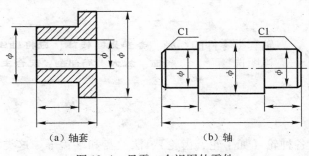

（a）轴套   （b）轴

图 10.4 只需一个视图的零件

零件图的视图选择是一个比较灵活的问题，同一个零件可以有多种视图表达方案。在选择时，应将各种表达方案综合考虑，加以比较，力求使"看图方便、绘图简单"。

3. 典型零件的视图表达

零件的形状多种多样，但它们既有各自的特点，也有共同之处。根据零件的结构特点，常见零件大体可分为四类：轴套类、盘盖类、叉架类和箱体类零件。现仅就较简单的轴套类和盘盖类零件的特点及视图表达分述如下。

1）轴套类零件

轴套类零件有轴、丝杠、衬套和套筒等。这类零件的主体结构多为同轴回转体，上面通常具有孔、键槽、倒角及退刀槽等结构。

轴套类零件一般在车床上加工，主视图应按加工位置确定，即轴线水平放置；轴上的孔、键等结构朝前。零件一般只画一个主视图表达主体结构。轴的主视图通常采用视图或在视图上做局部剖；套一般是空心的，需要采用剖视图。对于零件上的孔、键槽等结构，可用局部视图、局部剖视图及移出断面图等表达；砂轮越程槽、退刀槽、中心孔等可用局部放大图表达。

如图 10.5 所示齿轮轴，采用一个主视图（轴线水平放置）表达其主体结构，主视图上采用局部剖视表达齿轮的轮齿部分。轴上键槽的形状通过主视图表达，其深度采用移出断面图表达；为清楚表达轴上的砂轮越程槽，采用局部放大图；轴上右端销孔的形状及深度可通过尺寸标注确定。

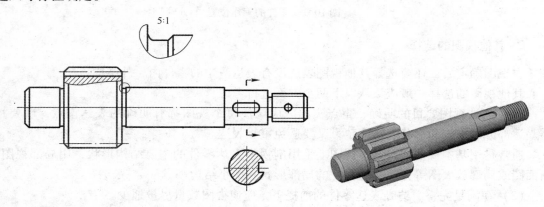

图 10.5　齿轮轴的视图表达

轴套类零件的视图选择　　轴、套多是回转体，应将轴线放水平；断面、放大、局部剖，配合主视来表明。

2）盘盖类零件

盘盖类零件包括各种轮（如手轮、齿轮）、法兰盘和端盖等。这类零件的主要形体是回转体，且径向尺寸一般大于轴向尺寸，其上通常有孔、轮辐、肋板等结构。

　　盘盖类零件的毛坯有铸件或锻件，机械加工以车削为主，因此主视图一般按加工位置水平放置。零件一般需要两个基本视图，一个是轴向剖视图，另一个是径向视图。根据结构特点，视图具有对称面时，可做半剖；无对称面时，可做全剖或局部剖。零件上不在同一个平面的多个孔、槽，可用旋转剖、阶梯剖等方法表达，还可采用简化画法；其他结构如轮辐、肋板等可用断面图表达。

　　如图10.6所示端盖，主视图按加工位置将轴线水平放置，表达了端盖的主体结构。为表达端盖的端面形状及其上孔的数量和分布情况，采用了左视图。对于端盖内的通孔及端面上均布孔的结构，采用阶梯剖的方法将主视图画成全剖视图进行表达。

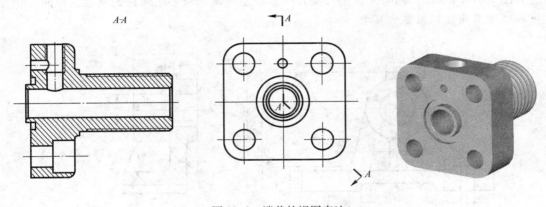

图10.6　端盖的视图表达

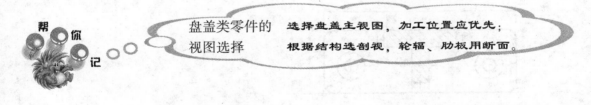

盘盖类零件的视图选择　选择盘盖主视图，加工位置应优先；根据结构选剖视，轮辐、肋板用断面。

练一练

　　为实际零件或习题集上立体图所示零件选择合适的表达方案并用草图具体表述之。

10.3　零件的尺寸标注

　　零件图上标注的尺寸，除了要求正确、完整、清晰之外，还要求合理。合理是指标注的尺寸既要满足设计要求，保证零件的使用性能，又要满足工艺要求，便于零件的制造、检验。要做到合理标注尺寸，需要较多机械设计和机械制造方面的知识，本节主要介绍一些合理标注尺寸的基本知识。

10.3.1 尺寸基准

尺寸基准是尺寸标注的起点，合理标注尺寸，必须选择合适的尺寸基准。

1. 常用尺寸基准

尺寸基准一般选择零件上较大的加工面、与其他零件的结合面、零件的对称面、重要的端面以及轴和孔的轴线、对称中心线等。

如图 10.7 所示轴承座，高度方向的尺寸基准是基准 B，这是轴承座的安装面，也是最大的加工面；长度方向的尺寸基准是轴承座的前后对称面 C；宽度方向的尺寸基准是重要端面 D。

如图 10.8 所示轴，轴向（也是长度方向）以左端面（重要端面）为基准，径向（也是高度和宽度方向）以轴线为基准。

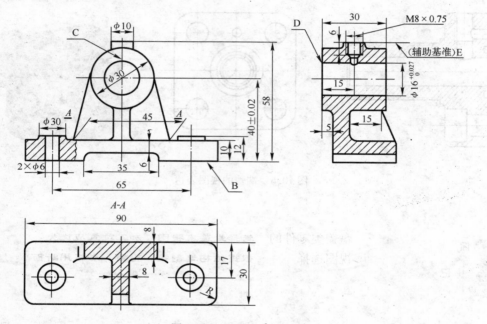

图 10.7 基准的选择（一）

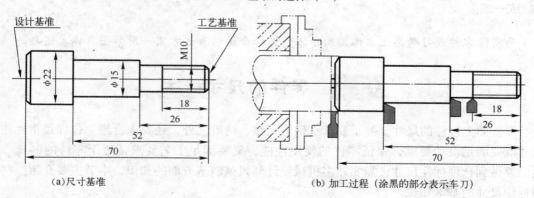

（a）尺寸基准   （b）加工过程（涂黑的部分表示车刀）

图 10.8 基准的选择（二）

2. 设计基准和工艺基准

尺寸基准根据用途又分为设计基准和工艺基准。

设计基准是用来确定零件在部件中准确位置的基准。工艺基准是为便于加工测量而选定的基准。如图10.7所示轴承座，为确定轴承座所支撑轴的准确高度，以底面 B 为高度方向的基准，这个基准即为设计基准；为便于测量顶面上螺孔的深度，以顶面 E 为高度方向的另一个基准，这个基准即为工艺基准。再如图10.8所示轴，设计时，使用左端面作为基准，即设计基准；为便于加工测量，以右端面为轴向另一个基准，即工艺基准。

3. 主要基准和辅助基准

零件在每个方向上起主要作用的基准称为主要基准，根据需要还可以增加一些辅助基准。主要基准常选这个方向的设计基准。辅助基准与主要基准之间应该有直接的尺寸联系。

如图10.7所示轴承座，基准 B 是高度方向上的主要基准；基准 C 是长度方向上的主要基准；基准 D 是宽度方向上的主要基准；基准 E 是高度方向上的辅助基准。再如图10.8所示轴，轴线为径向主要基准，左端面为轴向主要基准，右端面为轴向辅助基准。

10.3.2　尺寸标注的注意事项

1. 零件上的重要尺寸必须从主要基准直接注出

重要尺寸是指直接影响零件在机器或部件中的工作性能和准确位置的尺寸。为了使零件的重要尺寸不受其他尺寸误差的影响，应在零件图中直接把重要尺寸注出，以保证设计要求。

如图10.9（a）所示轴承座，轴承孔的高度尺寸 A 和安装孔的间距尺寸 L 为重要尺寸，因此要从主要基准，即轴承座的底面和左右对称平面直接注出，而不应如图10.9（b）所示，通过其他尺寸 B、C 和90、E 间接计算得到，从而造成尺寸误差的积累。

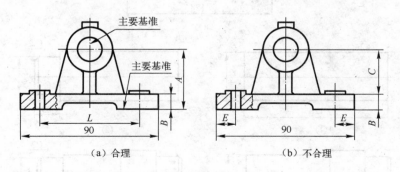

（a）合理　　　　　　　　　　　（b）不合理

图10.9　重要尺寸直接注出

2. 避免出现封闭尺寸链

如图10.10（a）所示轴，在轴向尺寸标注中，不仅对全长尺寸（A）进行了标注，而且对轴上各段长度尺寸（B、C、D）连续地进行了标注，这就形成了封闭的尺寸链。这在尺寸标注中应该避免。因为尺寸 A 是尺寸 B、C、D 之和，而每个尺寸在加工后都有误差，则尺寸 A 的误差为另外三个尺寸的误差之和，可能达不到精度要求。所以，应选择其中的一个次要尺寸（如 C）空出不标（称为开口环），以便所有的尺寸误差都积累到这一段，保证重要尺寸的精度，如图 10.10（b）所示。

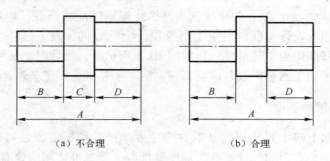

(a) 不合理　　　　　　　　　　(b) 合理

图 10.10　避免出现封闭尺寸链

3. 标注的尺寸应便于加工和测量

如图 10.11（a）所示轴，尺寸 51 是设计要求的重要尺寸，应该直接注出，长度方向其他尺寸按加工顺序注出。由图 10.11（b）所示轴的加工顺序可以看出，从下料到每一加工工序，都在图中直接注出所需尺寸。

标注尺寸时，还应考虑测量、检验的方便。如图 10.12（a）所示套筒，尺寸 l_1 不便于测量，应按图 10.12（b）标注。

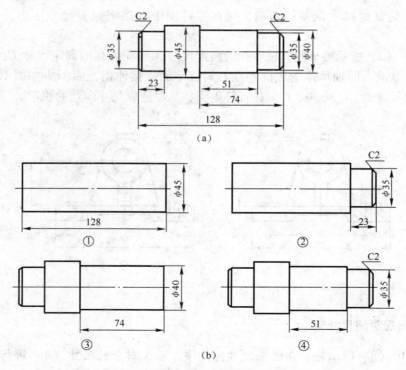

图 10.11　尺寸标注应符合加工顺序

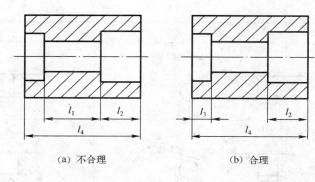

(a) 不合理 　　　　　　　　(b) 合理

图 10.12　尺寸标注应便于测量

帮你记

零件图尺寸标注的合理性

标注尺寸要合理，考虑设计和工艺；
主要基准必须有，辅助基准按需选。
重要尺寸直接标，其他尺寸按形体；
避免封闭尺寸链，加工测量要方便。

10.3.3　常见孔的尺寸注法

零件上常见孔的尺寸注法见表 10.1。

表 10.1　常见孔的尺寸注法

类　型		旁　注　法	普　通　注　法
光孔	一般孔	$4 \times \phi 4 \downarrow 10$　　　$4 \times \phi 4 \downarrow 10$	$4 \times \phi 4$　　10
	精加工孔	$4 \times \phi 4H7 \downarrow 8$　　$4 \times \phi 4H7 \downarrow 8$ 孔$\downarrow 10$　　　　孔$\downarrow 10$	$4 \times \phi 4H7$　　8　10
螺孔	通孔	$3 \times M6\text{-}7H$　　　$3 \times M6\text{-}7H$	$3 \times M6\text{-}7H$

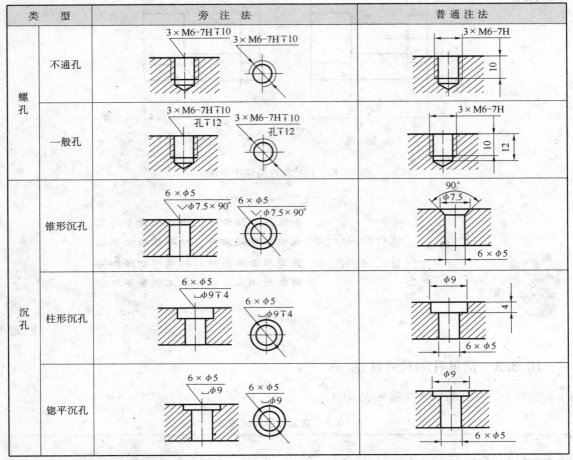

类　　型		旁　注　法	普　通　注　法
螺孔	不通孔	3×M6-7H▽10　　3×M6-7H▽10	3×M6-7H
	一般孔	3×M6-7H▽10 孔▽12　　3×M6-7H▽10 孔▽12	3×M6-7H
沉孔	锥形沉孔	6×φ5 ▽φ7.5×90°　　6×φ5 ▽φ7.5×90°	90° φ7.5 6×φ5
	柱形沉孔	6×φ5 ⊔φ9▽4　　6×φ5 ⊔φ9▽4	φ9 4 6×φ5
	锪平沉孔	6×φ5 ⊔φ9　　6×φ5 ⊔φ9	φ9 6×φ5

10.3.4　典型零件的尺寸注法

本节将以两类典型零件的尺寸标注为例，介绍零件图上尺寸标注的过程与方法。基本方法仍然是形体分析法，同时还应考虑加工和测量的方便。

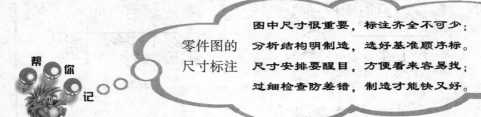

零件图的尺寸标注

图中尺寸很重要，标注齐全不可少；
分析结构明制造，选好基准顺序标。
尺寸安排要醒目，方便看来容易找；
过细检查防差错，制造才能快又好。

1. 轴套类零件

轴套类零件的尺寸主要是轴向尺寸和径向尺寸，径向尺寸的主要基准是轴线，可由它标注出各段轴的直径；轴向尺寸基准常选择重要的端面及轴肩，通常有多个辅助基准。

由于这类零件的主体结构是同轴回转体，因此零件图上的定位尺寸相对较少。在标注尺寸时，重要尺寸必须直接标注出来，其余尺寸一般按加工顺序标注。为了清晰和便于测量，在剖视图上，内、外结构尺寸应分开标注，如图10.13所示。

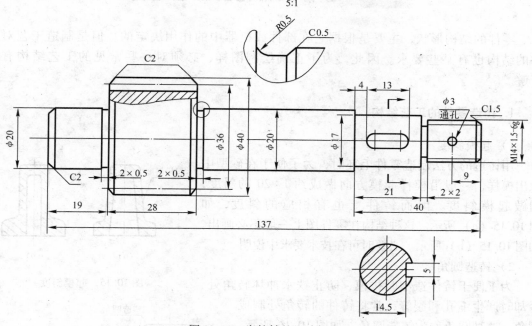

图 10.13　齿轮轴的尺寸标注

2. 盘盖类零件

盘盖类零件的尺寸一般为两大类：轴向尺寸和径向尺寸。通常选用通过轴孔的轴线作为径向主要尺寸基准。长度方向的主要尺寸基准，常选用重要的端面。

这类零件定形和定位尺寸都较明显，尤其是在圆周上分布的小孔的定位圆直径是这类零件的典型定位尺寸，多个小孔一般采用如"个数×φ直径"形式标注，角度定位尺寸可不标注。通常，零件的内、外结构尺寸应分开标注，如图10.14所示。

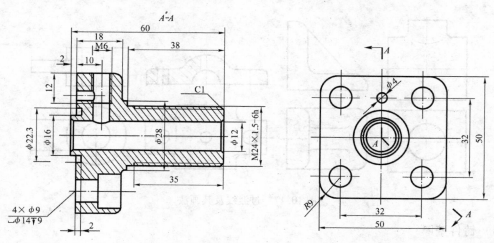

图 10.14　端盖的尺寸标注

10.4　零件上常见的工艺结构

零件的结构形状，主要是根据它在部件或机器中的作用决定的。但是制造工艺对零件的结构也有某些要求。因此，为了正确绘制图样，必须对一些常见的工艺结构有所了解。

1. 铸造零件的工艺结构

1）起模斜度

用铸造的方法制造零件毛坯时，为了便于在砂型中取出模样，一般沿模样起模方向做成约 1 : 20 的斜度，叫做起模斜度。因而铸件上也有相应的斜度，如图 10.15（a）所示。这种结构在零件图上一般不必画出，如图 10.15（b）所示。必要时可在技术要求中说明。

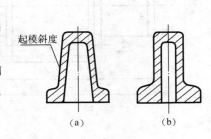

图 10.15　起模斜度

2）铸造圆角

为了便于铸件造型时拔模，防止铁水冲坏转角处、冷却时产生缩孔和裂缝，常将铸件的转角处制成圆角，这种圆角称为铸造圆角，如图 10.16 所示。铸造圆角半径一般取壁厚的 0.2～0.4 倍，尺寸在技术要求中统一注明，在图上一般不标注铸造圆角。

铸件表面由于圆角的存在，使铸件表面的交线变得不很明显，这种不明显的交线称为过渡线。过渡线的画法与交线画法基本相同，只是过渡线的两端与圆角轮廓线之间应留有空隙。图 10.17 是常见的几种过渡线及其画法。

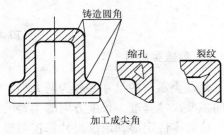

图 10.16　铸造圆角

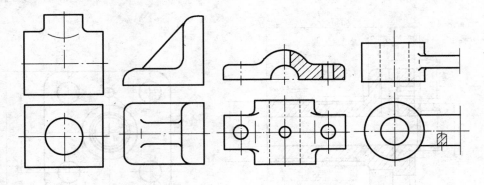

图 10.17　过渡线及其画法

3）铸件壁厚

用铸造方法制造零件的毛坯时，为了避免浇注后零件各部分因冷却速度不同而产生缩孔或裂纹，铸件的壁厚应保持均匀或逐渐过渡，如图 10.18 所示。

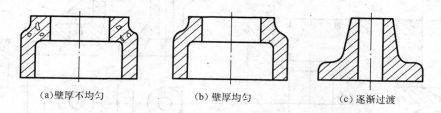

　(a)壁厚不均匀　　　　　　(b)壁厚均匀　　　　　　(c)逐渐过渡

图 10.18　铸件壁厚

2. 零件机加工的工艺结构

1）倒角和倒圆

为了去除零件的毛刺、锐边和便于装配，在轴或孔的端部，一般都加工成倒角；为了避免因应力集中而产生裂纹，在轴肩处往往加工成圆角过渡的形式，称为倒圆。倒角和倒圆通常在零件图上画出，两者的画法和标注方法如图 10.19 所示。

2）螺纹退刀槽和砂轮越程槽

在切削加工中，为了保证加工质量，便于退出刀具或使砂轮可以稍稍越过加工面，常常在零件待加工面的末端，先车出螺纹退刀槽或砂轮越程槽，如图 10.20 所示，其尺寸按"槽宽×直径"或"槽宽×槽深"的形式标注。

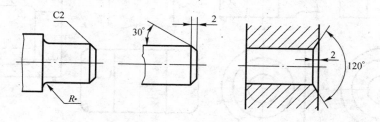

图 10.19　倒角和倒圆

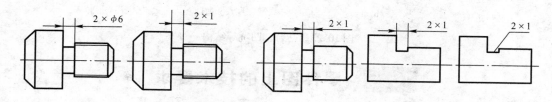

图 10.20　退刀槽和越程槽

3）钻孔结构

用钻头钻出的盲孔，底部有一个 120° 的锥顶角。圆柱部分的深度称为钻孔深度，如图 10.21（a）所示。在阶梯形钻孔中，有锥顶角为 120° 的圆锥台，如图 10.21（b）所示。

用钻头钻孔时，要求钻头轴线尽量垂直于被钻孔的端面，以保证钻孔准确和避免钻头折断。图 10.22 所示为三种钻孔端面的正确结构。

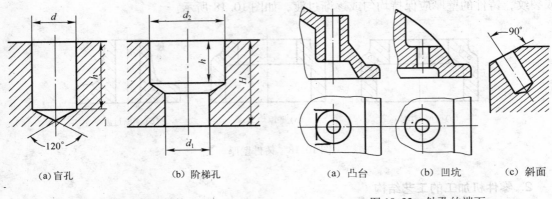

(a) 盲孔　　　　　　　(b) 阶梯孔　　　　　　　　　(a) 凸台　　　　(b) 凹坑　　　(c) 斜面

图 10.21　钻孔结构　　　　　　　　　　　图 10.22　钻孔的端面

4）凸台与凹坑

零件上与其他零件的接触面，一般都要进行加工。为减少加工面积并保证零件表面之间有良好的接触，常在铸件上设计出凸台和凹坑。图 10.23（a）、（b）所示螺栓连接的支承面做成凸台和凹坑形式，图 10.23（c）、（d）所示为减少加工面积而做成凹槽和凹腔结构。

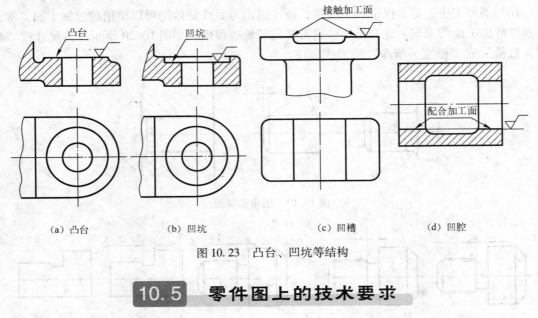

(a) 凸台　　　　　　(b) 凹坑　　　　　　　(c) 凹槽　　　　　　(d) 凹腔

图 10.23　凸台、凹坑等结构

10.5　零件图上的技术要求

在零件图中除了一组视图和尺寸标注外，还应具备加工和检验零件所需要的技术要求。零件图上的技术要求主要包括尺寸公差、几何公差、表面结构要求、零件材料、表面处理和热处理等。

10.5.1　尺寸公差

1. 零件的互换性

在日常生活中，自行车或汽车的零件坏了，可以买个新的换上，并能很好地满足使用要求。之所以能这样方便，就因为这些零件具有互换性。

同一批零件，不经挑选和辅助加工，任取一个就可顺利地装到机器上去，并满足机器的性能要求，零件的这种性能称为互换性。零件具有互换性，不仅能组织大批量生产，而且可提高产品的质量、降低成本和便于维修。

2. 尺寸公差

在零件的加工过程中，由于机床精度、刀具磨损、测量误差等因素的影响，不可能把零件的尺寸做得绝对准确。为了保证互换性，必须将零件尺寸的加工误差限制在一定的范围内，规定出允许的尺寸变动量，即尺寸公差。下面以图 10.24 为例说明尺寸公差的有关术语。

（1）公称尺寸　根据零件强度、结构和工艺性要求，设计确定的尺寸 $\phi80$。

（2）实际尺寸　通过测量所得到的尺寸。

（3）极限尺寸　允许尺寸变化的两个界限值。它以公称尺寸为基数来确定。孔或轴允许的最大尺寸称为上极限尺寸，分别为 $\phi80.065$ 和 $\phi79.970$；孔或轴允许的最小尺寸称为下极限尺寸，分别为 $\phi80.020$ 和 $\phi79.940$。

（4）极限偏差　极限尺寸减公称尺寸所得的代数差。上极限尺寸减公称尺寸所得的代数差称为上极限偏差，下极限尺寸减公称尺寸所得的代数差称为下极限偏差。

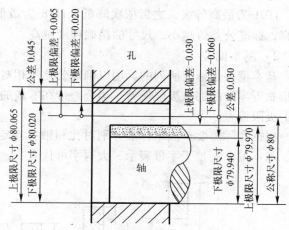

图 10.24　公差的有关术语

上、下极限偏差可以是正值、负值或零。国家标准规定：孔的上极限偏差代号为 ES、下极限偏差代号为 EI；轴的上极限偏差代号为 es、下极限偏差代号为 ei。

孔：上极限偏差（ES）= 80.065 − 80 = +0.065

下极限偏差（EI）= 80.020 − 80 = +0.020

轴：上极限偏差（es）= 79.970 − 80 = −0.030

下极限偏差（ei）= 79.940 − 80 = −0.060

（5）尺寸公差（简称公差）允许尺寸的变动量。

尺寸公差 = | 上极限尺寸 − 下极限尺寸 | = | 上极限偏差 − 下极限偏差 |

尺寸公差是一个没有符号的绝对值。

同一尺寸的公差值越小，表示精度越高，加工越困难。

孔：公差 = |80.065 − 80.020| = |（+0.065）−（+0.020）| = 0.045

轴：公差 = |79.970 − 79.940| = |（−0.030）−（−0.060）| = 0.030

（6）公差带和公差带图　公差带是表示公差大小和相对于零线位置的一个区域。零线是确定偏差的一条基准线，通常以零线表示公称尺寸。为了便于分析，一般将尺寸公差与公称尺寸的关系，按放大比例画成简图，称为公差带图。在公差带图中，上、下极限偏差的距离

应成比例，公差带方框的左右长度根据需要任意确定，如图
10.25 所示。

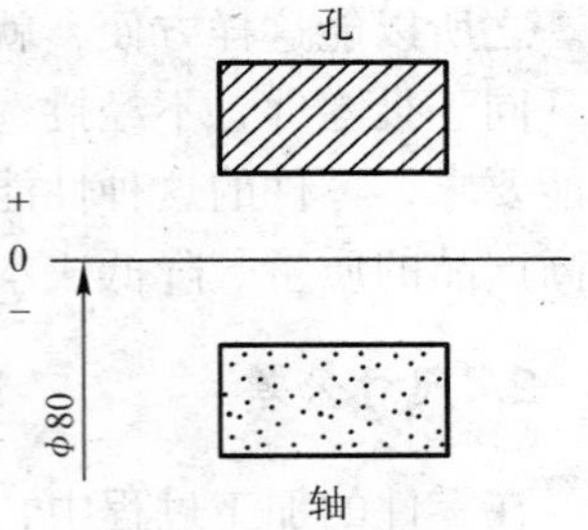

3. 标准公差与基本偏差

公差带由"公差带大小"和"公差带位置"这两个要素
组成。其中，公差带大小由标准公差确定，公差带位置由基本
偏差确定。

孔

$\phi80$

轴

图 10.25　公差带图

1）标准公差

标准公差是标准所列的，用以确定公差带大小的任一公
差。标准公差分为 20 个等级，即：IT01、IT0、IT1 至 IT18 。IT 表示公差，数字表示公差等
级。IT01 为最高等级，之后依次降低，IT18 为最低等级。对于一定的公称尺寸，公差等级
越高，标准公差值越小，尺寸的精确程度越高。

2）基本偏差

基本偏差是标准所列的，用以确定公差带相对零线位置的上极限偏差或下极限偏差，一
般指靠近零线的那个极限偏差。当公差带在零线的上方时，基本偏差为下极限偏差；反之则
为上极限偏差。

根据实际需要，国家标准分别对孔和轴各规定了 28 个不同的基本偏差，如图 10.26 所
示。基本偏差用拉丁字母表示，大写字母代表孔，小写字母代表轴。

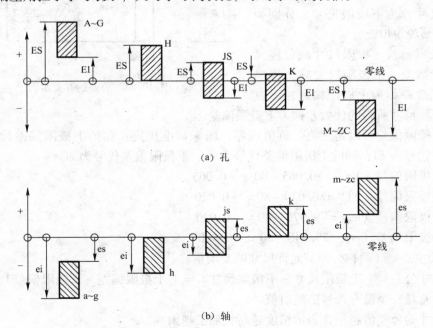

(a) 孔

(b) 轴

图 10.26　基本偏差系列

在基本偏差系列图中，只表示公差带的各种位置，而不表示公差的大小。

3）公差带代号

孔、轴的公差带代号由基本偏差代号和公差等级代号组成，并且要用同一号字母

书写。

例如，ϕ50H8 的含义是：

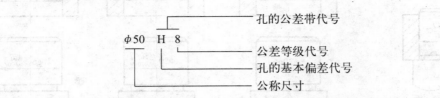

$$\phi 50 \quad H \quad 8$$

- 孔的公差带代号
- 公差等级代号
- 孔的基本偏差代号
- 公称尺寸

此公差带的全称是：公称尺寸为 ϕ50，公差等级为 8 级，基本偏差为 H 的孔的公差带。

又如，ϕ50f7 的含义是：

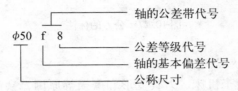

$$\phi 50 \quad f \quad 8$$

- 轴的公差带代号
- 公差等级代号
- 轴的基本偏差代号
- 公称尺寸

此公差带的全称是：公称尺寸为 ϕ50，公差等级为 8 级，基本偏差为 f 的轴的公差带。

对于常用公差带所对应的极限偏差数值，可依据公称尺寸和公差带代号从附录附表 A.11 和附表 A.12 中查表获得。例如，查表可知：ϕ50H8 所对应的上、下极限偏差分别为 +0.039 和 0；ϕ50f7 所对应的上、下极限偏差分别为 −0.025 和 −0.050。

4. 公差的标注

1）在装配图上的标注方法

以分式的形式标注孔和轴的公差带代号，标注的通用形式如下：

$$公称尺寸 \frac{孔的公差带代号}{轴的公差带代号}$$

具体标注方法如图 10.27（a）所示。

2）在零件图上的标注方法

（1）标注公差带代号，如图 10.27（b）所示。这种注法和采用专用量具检验零件统一起来，以适应大批量生产的需要。

（2）标注极限偏差数值，如图 10.27（c）所示。上极限偏差注在公称尺寸的右上方，下极限偏差注在公称尺寸的右下方，极限偏差的数字应比公称尺寸数字小一号。如果上极限偏差或下极限偏差数值为零时，可简写为"0"，另一极限偏差仍标在原来的位置上。如果上、下极限偏差的数值相同，则在公称尺寸之后标注"±"符号，再填写一个极限偏差数值。这时，数值的字体高度与公称尺寸字体的高度相同。这种注法主要用于小量或单件生产。

（3）同时标注公差带代号和极限偏差数值，如图 10.27（d）所示。这种注法主要用于生产批量不确定的零件图上。

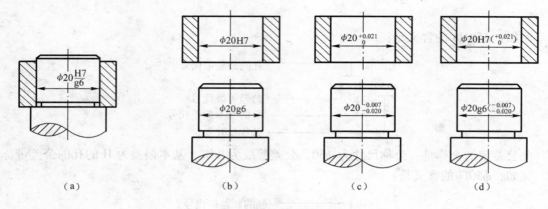

（a）　　　　　　　　（b）　　　　　　　（c）　　　　　　　　（d）

图 10.27　公差的标注

10.5.2　几何公差

零件在加工过程中，由于机床、刀具变形和磨损等原因，会产生形状和位置误差，如图 10.28 所示。为了满足零件的使用要求，保证互换性，应对零件的形状和位置误差加以限制，即标注出几何公差。零件的实际形状和实际位置对理想形状和理想位置所允许的最大变动量称为几何公差。

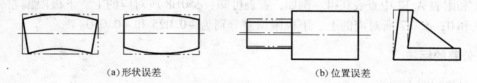

（a）形状误差　　　　　　　　　　　　（b）位置误差

图 10.28　形状和位置误差示意图

1. 几何公差的代号

国家标准规定用代号来标注几何公差。在实际生产中，当无法用代号标注几何公差时，允许在技术要求中用文字说明。

几何公差代号包括：几何特征符号（见表 10.2），公差框格及指引线，公差数值和其他有关符号，以及基准等，如图 10.29 所示。

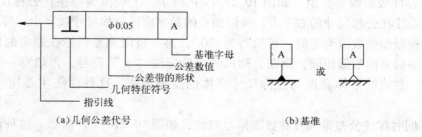

基准字母
公差数值
公差带的形状
几何特征符号
指引线

（a）几何公差代号　　　　　　　　　　　　　（b）基准

图 10.29　几何公差代号及基准

表 10.2 几何特征符号

公差类型	几何特征	符 号	公差类型	几何特征	符 号
形状公差	直线度	—	方向公差	平行度	//
	平面度	▱	位置公差	位置度	⊕
	圆度	○		同心度 （用于中心点）	◎
	圆柱度	⌭		同轴度 （用于轴线）	◎
	线轮廓度	⌒		对称度	⹀
	面轮廓度	⌓		线轮廓度	⌒
方向公差	垂直度	⊥		面轮廓度	⌓
	倾斜度	∠	跳动公差	圆跳动	↗
	线轮廓度	⌒		全跳动	⌰
	面轮廓度	⌓			

2. 几何公差标注示例

图 10.30 所示是气门阀杆零件图中几何公差的标注示例，附加的文字为对有关几何公差标注含义的具体说明。在图中可以看到，当被测要素为线或表面时，从框格引出的指引线箭头，应指在该要素的轮廓线或其延长线上。当被测要素是轴线时，应将箭头与该要素的尺寸线对齐，如 M8×1 轴线的同轴度注法。当基准要素是轴线时，应将基准符号与该要素的尺寸线对齐，如基准 A。

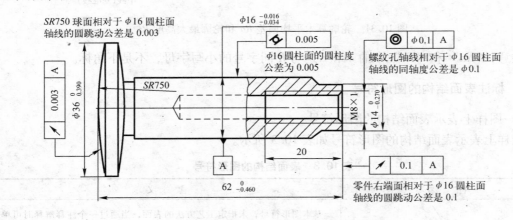

图 10.30 几何公差标注示例

10.5.3 表面结构要求

在机械图样上，为保证零件装配后的使用要求，除了对零件部分结构的尺寸、形状和位置给出公差要求外，还要根据功能需要对零件的表面质量——表面结构给出要求。表面结构是表面粗糙度、表面波纹度、表面缺陷、表面纹理和表面几何形状的总称。表面结构的各项要求在图样上的表示法在 GB/T131—2006 中均有具体规定。本节主要介绍常用的表面粗糙度表示法。

1. 基本概念

表面粗糙度是指零件加工表面上具有的较小间距的峰和谷所组成的微观几何形状特性。

这种微观几何形状特性主要是由于零件在加工过程中，刀具与零件表面的摩擦使加工后的表面上留有刀痕以及切屑分离时表面金属塑性变形等原因造成的。

表面粗糙度是评定零件表面质量的重要指标之一，对零件的配合、耐磨性、抗腐蚀性、密封性以及抗疲劳能力都有影响。零件表面粗糙度要求越高（即表面粗糙度参数值越小），表面质量越高，但加工成本也越高，因此要注意对表面粗糙度的合理选用。

2. 评定表面结构常用的轮廓参数

评定表面结构的参数有：轮廓参数（由 GB/T 3505—2000 定义）、图形参数（由 GB/T 18618—2002 定义）、支承率曲线参数（由 GB/T 18778.2—2003 和 GB/T 18778.3—2006 定义）。

目前评定零件表面粗糙度最常用的参数是轮廓参数，轮廓 R 有 Ra 和 Rz 两个高度参数：

Ra——轮廓算术平均偏差和 Rz——轮廓最大高度。如图 10.31 所示，Ra 是指在一个取样长度内，被评定轮廓纵坐标 $Z（X）$ 绝对值的算术平均值；Rz 是指在同一取样长度内，最大轮廓峰高和最大轮廓谷深之和。

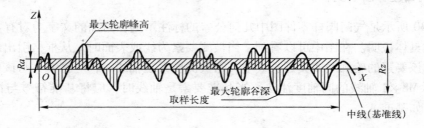

图 10.31　轮廓算术平均偏差 Ra 和轮廓最大高度 Rz

注意："Ra" 和 "Rz" 中的 a 和 z 是与 R 同字号的小写字母，不是下角标。

3. 标注表面结构的图形符号

1）图样上表示表面结构的图形符号

图样上表示表面结构的图形符号如表 10.3 所示。

表 10.3　表面结构的图形符号

符　号	含　义
√	基本图形符号，未指定工艺方法的表面，当通过一个注释解释时可单独使用
∨	扩展图形符号，用去除材料方法（如车、铣、刨、钻、磨等）获得的表面；仅当其含义是"被加工表面"时可单独使用
∨	扩展图形符号，用不去除材料方法（如铸造、锻造、冲压、热轧、冷轧、粉末冶金等）获得的表面；也可用于表示保持上道工序形成的表面，不管这种状况是通过去除材料或不去除材料形成的
√ ∨ ∨	完整图形符号，用于标注表面结构的补充信息

2）表面结构代号

表面结构的图形符号加上轮廓参数代号（包括数值等要求）后构成表面结构代号。在完整符号中，对表面结构的单一要求和补充要求应注写在如图 10.32 所示的指定位置。其中，

位置 a：注写表面结构的单一要求。

位置 a 和 b：注写两个或多个表面结构要求。

位置 c：注写加工方法，如"车、磨、镀"等。

位置 d：注写表面纹理和纹理的方向，如"⊥、M"等。

位置 e：注写加工余量。

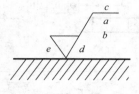

图 10.32　表面结构代号

4. 标注表面结构的方法

表 10.4 列出了表面结构要求在图样上的标注所应遵循的规定。

表 10.4　表面结构要求在图样上的标注

图　例	说　明
（a）	表面结构要求对每一表面一般只标注一次，并尽可能注在相应的尺寸及其公差的同一视图上，所标注的表面结构要求是对完工零件表面的要求 　不连续的同一表面，用细实线连接，其表面结构要求只标注一次
（b）	根据 GB/T4458.4 的规定，表面结构的注写和读取方向与尺寸的注写和读取方向一致 　表面结构要求可标注在轮廓线上，其符号应从材料外指向并接触表面
（c）　　（d）	必要时，表面结构符号也可用带箭头或黑点的指引线引出标注
（e）	在不致引起误解时，表面结构要求可以标注在给定的尺寸线上

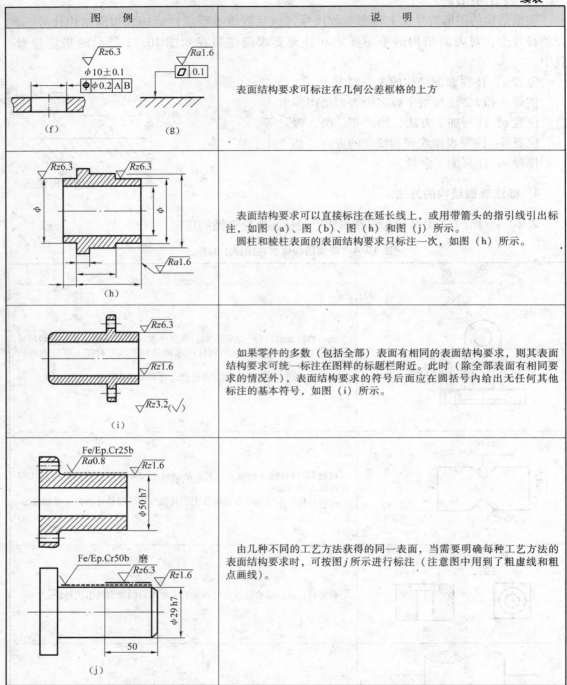

图　　例	说　　明
（f）（g）	表面结构要求可标注在几何公差框格的上方
（h）	表面结构要求可以直接标注在延长线上，或用带箭头的指引线引出标注，如图（a）、图（b）、图（h）和图（j）所示。 圆柱和棱柱表面的表面结构要求只标注一次，如图（h）所示。
（i）	如果零件的多数（包括全部）表面有相同的表面结构要求，则其表面结构要求可统一标注在图样的标题栏附近。此时（除全部表面有相同要求的情况外），表面结构要求的符号后面应在圆括号内给出无任何其他标注的基本符号，如图（i）所示。
（j）	由几种不同的工艺方法获得的同一表面，当需要明确每种工艺方法的表面结构要求时，可按图 j 所示进行标注（注意图中用到了粗虚线和粗点画线）。

*10.5.4　表面处理及热处理

表面处理是为改善零件表面性能而进行的一种处置方式，如渗碳、渗氮、表面淬火、表面镀覆涂层等，目的是提高零件表面的硬度、耐磨性、抗腐蚀性等。热处理是改变整个零件材料的金相组织，以提高材料力学性质的方法，如淬火、退火、正火、回火等。零件对力学性能要求不同，处理方法也有所不同。附表 A.13~A.16 给出了常用金属材料及表面处理和热处理的有关知识。

表面处理要求可在零件图中表面结构符号的横线上方注写；也可用文字注写在"技术要求"项目内；而热处理则一般用文字注写在"技术要求"项目内。

10.6 零件图的绘制

零件图是零件制造、检验的依据，因此必须符合生产实际。绘制零件图时，首先要考虑看图方便，在完整、清楚的前提下，力求绘图简便。

下面根据零件图的要求，以绘制图 10.33 所示支架的零件图为例，介绍绘制零件图的方法和步骤。

1. 分析零件

绘制零件图时，首先要分析零件的结构特点及功能用途。每一个零件及零件上的每个结构都具有一定的用途。分析零件的结构特点和功能用途可以为下面选择视图和标注尺寸等做好准备。

图 10.33 所示支架主要用来支撑轴及轴承，由支撑部分（支撑套筒）、连接部分（支撑肋板）和安装部分（底板）组成。支撑套筒顶部有凸台，凸台上的螺孔用于安装油杯，以润滑运动轴；其上的 3 个均布孔用于安装螺栓。支架底板上的 U 形开口槽也用于穿过螺栓。底板与支撑套筒之间用支撑肋板连接，为加强结构强度，其上有加强筋。支架的主要工作部分为支撑套筒，其内孔用来安装轴承，因此尺寸精度和表面粗糙度要求较高。了解这些是为下面选择视图和标注尺寸等做好准备。

2. 选择视图

1）主视图的选择

支架属于叉架类零件，根据它的工作位置来确定主视图，即底板向下水平放置；主视图的投射方向反映形状特征，如图 10.33 所示 K 向。

2）其他视图的选择

支架的主视图表达了其主要外形结构和各部分结构之间的相对位置，为表达支撑套筒及肋板的宽度，采用第二个基本视图——左视图。支架的内部形状需要采用剖视进行表达，为此，左视图采用两个平行剖切面剖切得到的 A-A 全剖视，将支撑套筒内孔、凸台上螺孔和三个均布孔的深度以及底板上的开口槽同时进行表达。移出断面图表达了支撑肋板上加强筋的厚度及端部形状。底板和顶部凸台的外形采用局部视图进行表达。

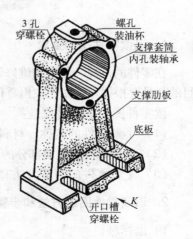

图 10.33 支架

3. 绘制零件图

（1）根据大小，确定比例。

根据零件的大小及复杂程度，确定零件图的绘图比例。为使读图者能直接从零件图上看出零件的真实大小，优先选择 1∶1 的原值比例。当原值比例不满足要求时，依据国家标准，选择缩小或放大的比例。

（2）选择图幅，布置视图。

根据选择好的视图和比例，综合考虑尺寸标注、标题栏及技术要求注写等所需位置，大致估计所需图纸面积，选择图纸幅面。同时在图纸上适当布置各个视图，画出各视图的主要基准线（一般为零件的对称中心线、主要轴线等），如图 10.34（a）所示。

（3）按照形体，逐步画图。

画图时，按照形体分析法，逐步将零件的各部分形状结构画出。注意应先用 H 型铅笔轻轻画出，画好之后，要认真检查，修正错误，如图 10.34（b）所示。

（4）标注尺寸，注写要求。

图形绘制完成后，标注零件尺寸，注写技术要求。尺寸标注应符合标注尺寸的四项要求，即正确、完整、清晰、合理。技术要求要根据实际需要来填写。

支架底板的底面为安装基准面，因此标注尺寸时，以底板的底面为高度方向的尺寸基准，重要尺寸——支撑套筒内孔的中心高度尺寸 146 ± 0.1 mm 应由此直接注出。支架结构左右对称，即选对称面为长度方向的尺寸基准，注出底板安装槽的定位尺寸 70 mm，以及 140 mm、116 mm、12 mm、9 mm、82 mm 等尺寸。宽度方向是以后端面为基准，注出肋板定位尺寸 4 mm。支架主要工作部分——支撑套筒精度最高，其内孔的尺寸为 $\phi 72H8 \left(^{+0.046}_{0} \right)$，表面粗糙度 Ra 值为 1.6 μm，如图 10.34（c）所示。

（5）检查加深，填写标题栏。

认真检查全图，检查无误后，按顺序加深图线，并填写标题栏，完成全图如图 10.34（d）所示。

10.7　零件图的识读

1. 识读零件图的要求

在零件的设计、制造和维修等活动中，识读零件图是一项非常重要的工作。识读零件图的目的就是要根据零件图想象出零件的结构形状，了解零件的尺寸和技术要求，以便指导生产。

读零件图的基本要求是：

（1）了解零件的名称、材料和用途；

（2）了解零件各组成部分的几何形状、结构特点及功能用途，了解它们之间的相对位置；

（3）了解零件的制造方法和技术要求。

2. 识读零件图的方法和步骤

1）读标题栏

了解零件的名称、材料、画图的比例、重量等内容，从而大体了解零件的种类、加工方

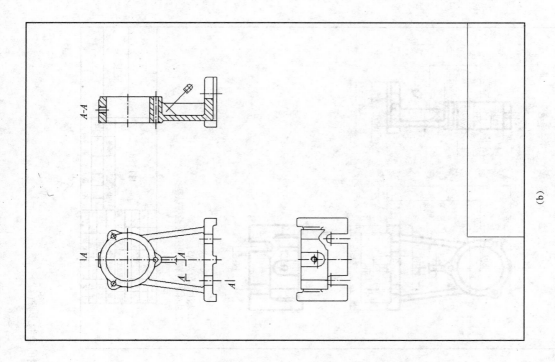

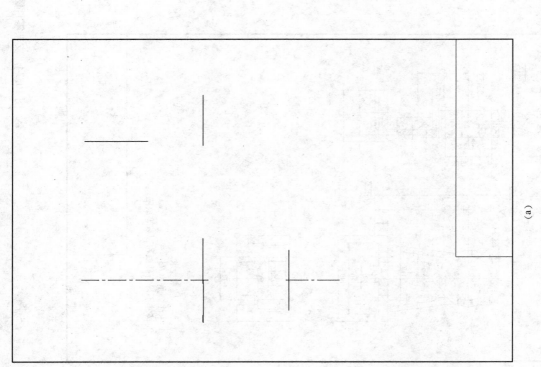

图 10.34 支架零件图的绘制步骤

(b)

(a)

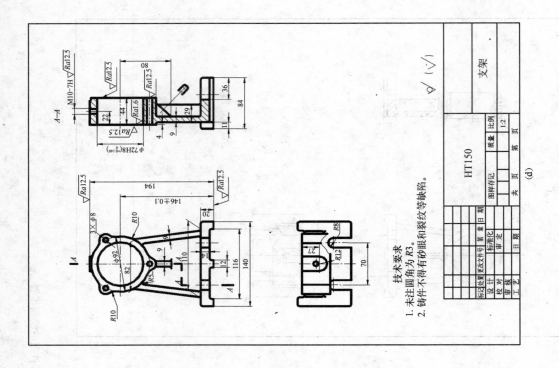

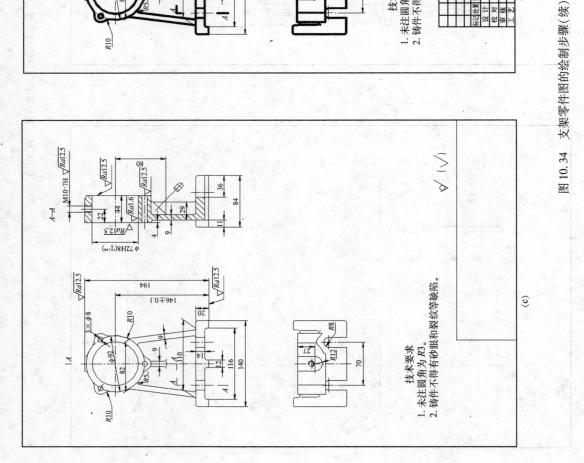

图 10.34　支架零件图的绘制步骤（续）

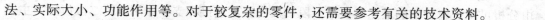

法、实际大小、功能作用等。对于较复杂的零件，还需要参考有关的技术资料。

2）分析视图，想象结构形状

分析各视图之间的投影关系及所采用的表达方法，运用形体分析法和线面分析法读懂零件各部分结构，想象出零件的形状。

分析视图时，可按下列顺序进行：

① 找出主视图；

② 找出所用其他视图、剖视图、断面图等的名称、相互位置和投影关系；

③ 凡有剖视图、断面图处要找到剖切平面的位置；

④ 有局部视图和斜视图的地方必须找到表示投影部位的字母和表示投射方向的箭头；

⑤ 有无局部放大图及简化画法。

根据视图想象零件的结构形状时，可按下列顺序进行：

① 先看大致轮廓，再分几个较大的独立部分进行形体分析，逐一看懂；

② 对外部结构逐个分析；

③ 对内部结构逐个分析；

④ 对不便于形体分析的部分进行线面分析。

3）分析尺寸

分析零件长、宽、高三个方向的尺寸基准，了解零件各部分结构的定形尺寸、定位尺寸和零件的总体尺寸。

4）看技术要求

零件图的技术要求是制造零件的质量指标。分析技术要求，以便弄清各加工表面的尺寸和精度要求。

5）综合归纳

把读懂的结构形状、尺寸标注和技术要求等内容综合起来，就能比较全面地读懂零件图。

3. 识读零件图示例

例 10.1 识读图 10.1 所示主动齿轮轴的零件图。

解：1）读标题栏

从标题栏可知，该零件的名称是主动齿轮轴，齿轮轴是用来传递扭矩和运动的。零件的材料为 45 号钢，绘图比例为 1∶1。齿轮轴属于轴套类零件。

2）分析视图，想象结构形状

主动齿轮轴的零件图用一个基本视图（主视图）和两个辅助视图（移出断面图、局部放大图）表达。

主视图采用了在视图上作局部剖的表达方法，结合尺寸可将齿轮轴的主体结构表达清楚。可以看出，齿轮轴由五段不同直径的轴段组成，其中从左至右第二段上设计加工出齿轮；第四段上有一键槽；最右段上有外螺纹和一销孔，零件的两端及轮齿两端均有倒角，零件上还有砂轮越程槽和退刀槽。主视图上的局部剖视主要表达齿轮的轮齿。移出断面图用来表达键槽的深度；局部放大图采用视图的表达方法，表达了退刀槽的形状。

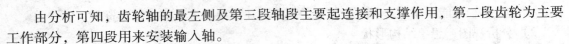

由分析可知，齿轮轴的最左侧及第三段轴段主要起连接和支撑作用，第二段齿轮为主要工作部分，第四段用来安装输入轴。

3）分析尺寸

主动齿轮轴的零件图，径向尺寸主要基准为其轴线，以此基准出发，注出尺寸 $\phi20$、$\phi36$、$\phi40$、$\phi17$ 及 M14 等；轴向主要基准为齿轮的左端面，这是确定齿轮轴在机器中轴向位置的重要端面，以此基准出发，注出尺寸 28、19 等。轴向还有 2 个辅助基准，分别为齿轮轴的右端面和 $\phi17$ 轴段的右端面，以它们出发，分别注出尺寸 137、40、9、21 等。零件的定形尺寸有 $\phi20$、$\phi17$、28、13 等；定位尺寸有 4、9 等；总体尺寸为 $\phi40$ 和 137。

4）看技术要求

主动齿轮轴上 5 个部分有尺寸公差要求，表明零件这些部分与其他零件有配合关系，如 $\phi20f7$ 与支撑孔有配合关系；几何公差有一处，为 $\boxed{\perp \mid 0.03 \mid C}$ ；零件上有 3 种表面粗糙度要求，其中要求最高的为 $Ra1.6$。主动齿轮轴经过调质处理（220—250 HBS），以提高材料的韧性和强度。

5）综合归纳

综合上述几个方面的分析，就能对主动齿轮轴有比较全面的了解，真正看懂这张零件图。

例 10.2 识读图 10.35 所示阀体零件图。

解：1）读标题栏

从标题栏中了解零件的名称、材料、重量、比例等。此零件名为阀体，材料是铸铁，图样的绘制比例为 1:2。

2）分析视图，想象结构形状

阀体的零件图中采用了主、俯、左三个基本视图。由形体分析可知：阀体由左、中、右三部分结构组成。中间部分为阀体的主体结构，其主体为一"U"形结构（右端为两个半径不同的同轴半圆柱，左端为四棱柱）；左侧结构的中间为一"U"形凸台，凸台上部有前、后两个竖立的"U"形耳板，凸台的下方有一个三角形肋板与中间主体结构相连；阀体的右侧为一圆柱凸台。主视图采用单一的正平面剖切后所得的全剖视图，表达内部形状。俯视图采用视图的表达方法，表达阀体中间主体部分的形状。采用局部剖视的左视图主要表达左侧部分的外形及其上部 U 形凸台的内形。

再看内部结构：阀体中间有阶梯状的圆柱通孔，从上到下直径为 $\phi20$、$\phi10$、$\phi23$ 和 $\phi32$，其中 $\phi20$ 和 $\phi32$ 孔上有内螺纹。左端"U"形凸台上有 $\phi15$ 圆柱孔，其上有内螺纹，该孔与中间 $\phi23$ 孔相通。右端圆柱凸台上也有一 $\phi15$ 圆柱孔，其上有内螺纹，该孔与中间 $\phi32$ 孔相通。通过这样看图，就可以大致看清阀体的结构形状（如图 10.36 所示）。

3）分析尺寸

通过形体分析，并分析图上所注尺寸，可以看出：长度基准、宽度基准分别是通过阀体中间主体结构轴线的侧平面和正平面；高度基准是阀体的底面。从这三个尺寸基准出发，再进一步看懂各部分的定位尺寸和定形尺寸，从而理解图上所注的尺寸，就可完全确定这个阀体的形状和大小。

阀体上定形尺寸和定位尺寸很多，可自行分析，其中几个主要的定位尺寸有 70、120 和 60 等。总体尺寸为 118、120 和 $R28$。

4）看技术要求

阀体是一个铸件，由毛坯经过车、钻、攻丝等加工，制成该零件。它的技术要求有尺寸公差和表面粗糙度。尺寸公差有 3 处；表面粗糙度要求有 4 种，除主要的圆柱孔（φ10 圆柱孔）为 Ra 6.3 外，加工面大部分为 Ra25，少数是 Ra12.5；其余仍为铸造表面。未注铸造圆角均为 R2。

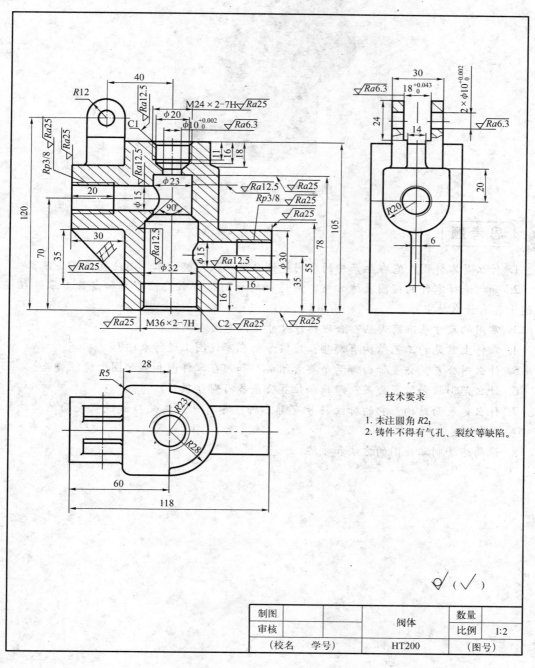

技术要求

1. 未注圆角 R2；
2. 铸件不得有气孔、裂纹等缺陷。

制图			阀体	数量	
审核				比例	1:2
（校名　学号）			HT200	（图号）	

图 10.35　阀体零件图

5）综合归纳

综合上述几个方面的分析，就能对阀体有比较全面的了解，真正看懂这张零件图。

图 10.36　阀体的立体图

 思考题

1. 什么是零件图？它在生产中的作用是什么？一张完整的零件图应包括哪些内容？

2. 如何选择零件的视图表达方案？应遵循的原则是什么？轴套类和盘盖类零件在视图表达上各有什么特点？

3. 常用的尺寸基准有哪些？合理标注尺寸应注意哪些问题？

4. 零件上常见的工艺结构有哪些？应该如何在零件图上进行表达？

5. 什么叫公差？公差带由哪两个要素组成？如何在零件图和装配图上标注公差？

6. 什么是形状和位置公差？形状和位置公差各有哪些项目？

7. 什么是表面结构？它的标注符号有哪几种？各有什么意义？试说明表面结构的标注有哪些主要规定？

8. 试简述绘制零件图的方法和步骤。

第11章 装 配 图

知识目标

1. 了解装配图的作用和内容;
2. 理解装配图的视图选择特点和表达方法;
3. 熟悉装配图中尺寸标注的特点;理解配合的概念和种类;掌握配合在装配图上的标注和识读;
4. 明确装配图中零件序号和明细栏的组成及编排方法;
5. 掌握识读装配图的方法和步骤。

技能目标

能识读简单部件的装配图。

章前思考

1. 零件与部件在零件数量上的区别是什么?
2. 你认为零件图的各种表达方法是否也能适用于装配图呢?
3. 举例说明部件中广泛存在的零件遮挡关系、运动关系、细小零件等,对于这些内容的表达请提出你的建议。

任何机器或部件都是由若干零(部)件按一定的顺序和技术要求装配而成的。用来表达机器、部件或组件的结构形状、装配关系、工作原理和技术要求的图样称为装配图。读懂装配图是工程技术人员必备的基本技能之一。

11.1 装配图的作用和内容

在产品的设计过程中,一般先绘制出机器、部件的装配图,然后再根据装配图画出零件图。在产品的制造过程中,机器、部件的装配、检验工作,都必须根据装配图来进行。在产品使用和维修中,也需要通过装配图来了解机器的构造及工作原理。因此,装配图是反映设计思想、指导生产装配、方便使用维修的重要技术文件。

螺旋千斤顶是机械修理中经常用到的一种顶升重物的部件,其结构与组成如图11.1所示。工作时,绞杠穿在螺杆顶部的孔中,旋动绞杠,螺杆在螺套中靠螺纹做上、下移动,顶垫上的重物则随之而升、降。螺套镶在底座里,并用螺钉定位,以便于磨损后的更换和修配。螺杆的球面形顶部套一个顶垫,靠螺钉与螺杆连接而不固定,既可防止顶垫随螺杆一起旋转,又不至于脱落。

图11.2是与图11.1所对应的螺旋千斤顶的装配图。从中可见,一张完整的装配图一般

包括以下几方面的内容：

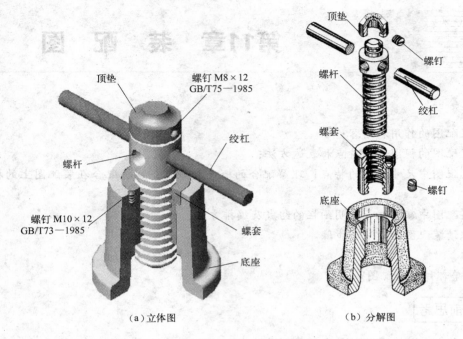

（a）立体图　　　　　　　　　　（b）分解图

图 11.1　螺旋千斤顶

1. 一组图形

用以表达机器或部件的工作原理、传动路线、结构特征、各零件间的相对位置、装配和连接关系等。

图 11.2 所示的装配图用了主、俯两个基本视图。主视图采用沿主轴线剖切的全剖视图，用以表达主要零件的结构形状和装配、连接关系。俯视图为沿结合面剖切的 *A-A* 全剖视图，用以表达螺旋千斤顶下部螺套和底座的形状以及螺钉固定止旋的方式。*B-B* 断面图补充说明了螺杆上部横向孔的分布情况。

2. 必要的尺寸

用以表达机器或部件的规格、特性及装配、检验、安装时所需要的一些尺寸。如图 11.2 所示螺旋千斤顶装配图中的 220～270、ϕ65H8/j7、150×150、300 等。

3. 技术要求

用文字或符号说明机器或部件在装配、调试、检验、安装及维修、使用等方面的要求。

如图 11.2 中“技术要求”标题下的文字部分，从中可以了解到，千斤顶的顶举力为 10 000 N，顶举高度为 50 mm 等。

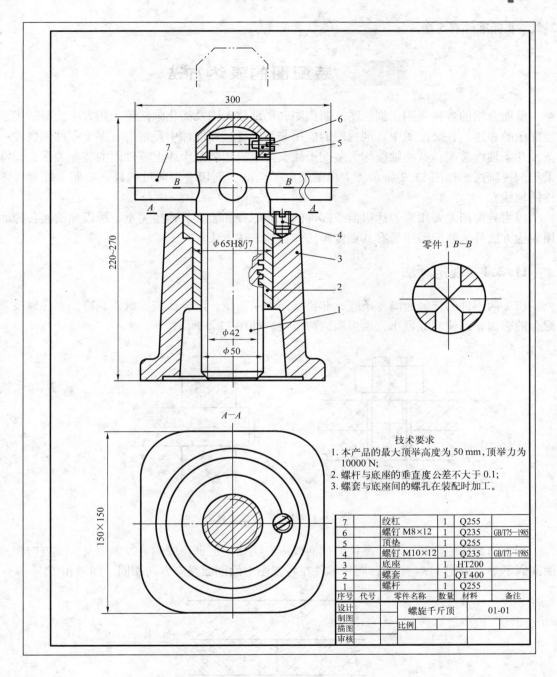

技术要求
1. 本产品的最大顶举高度为 50 mm，顶举力为 10000 N；
2. 螺杆与底座的垂直度公差不大于 0.1；
3. 螺套与底座间的螺孔在装配时加工。

序号	代号	零件名称	数量	材料	备注
7		绞杠	1	Q255	
6		螺钉 M8×12	1	Q235	GB/T75—1985
5		顶垫	1	Q255	
4		螺钉 M10×12	1	Q235	GB/T73—1985
3		底座	1	HT200	
2		螺套	1	QT400	
1		螺杆	1	Q255	

设计		螺旋千斤顶	01-01
制图			
描图		比例	
审核			

图 11.2　螺旋千斤顶的装配图

4. 零件序号、明细栏和标题栏

说明机器或部件及其所包含的零件的名称、代号、材料、数量、图号、比例及设计、审核者的签名等。

从图 11.2 的零件序号和明细栏中可以知道，该千斤顶由 7 种零件组成，其中标准件有

2个，，非标准件有5个。

11.2 装配图的表达方法

前面介绍的各种视图、剖视图、断面图和局部放大图及简化画法等表达方法，都适用于装配图的表达。在装配图中，剖视图的应用非常广泛。在部件中经常会有多个零件围绕着一条或几条轴线装配，这些轴线称为装配干线。为了表达装配干线上零件间的装配关系，通常采用剖视画法。如图11.2所示，主视图采取了全剖，剖切平面通过螺杆、底座、螺套等零件的轴线。

因为装配图主要用来表达机器或部件的工作原理和装配、连接关系，所以除前述各种通用表达方法外，装配图还另有其规定画法和特殊表达方法。

11.2.1 规定画法

（1）两零件的接触面画一条线，非接触面画两条线，配合面按接触面看待。不接触或非配合的表面，即使间隙再小，也应画成两条线，如图11.3所示。

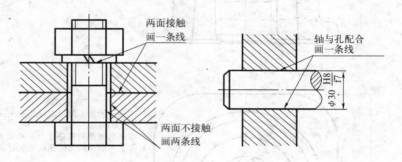

图 11.3 装配图的规定画法

（2）剖面线的画法：相邻零件的剖面线应有明显的区别，或倾斜方向相反，或方向相同而间隔不等，如图11.4所示；同一零件在各视图中的剖面线应方向相同、间隔相等。

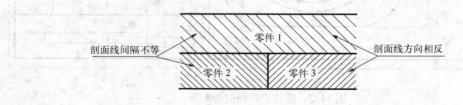

图 11.4 剖面线的规定画法

（3）对于紧固件以及轴、连杆、球、键、销等实心零件，若按纵向剖切，且剖切平面通过其对称平面或轴线时，则这些零件均按不剖绘制，如图11.3中螺栓、螺母、垫圈及轴的画法等。必要时可采用局部剖视表示其上的凹槽、键槽、销孔等细小结构。

装配图的规定画法

两个零件接触面，图上只画一条线；
同一零件剖面线，方向、间隔都不变；
相邻零件剖面线，方向不同间隔变；
实心杆件轴向剖，图上不画剖面线。

11.2.2 特殊表达方法

1. 沿结合面剖切画法

为了表达部件的内部结构，可假想沿某些零件的结合面进行剖切，此时，在零件结合面上不画剖面线，如图 11.5 中的 *B-B* 剖视图，就是沿转子油泵泵体和泵盖的结合面剖切，被剖切到的螺栓和泵轴、销等按规定画出了剖面线。

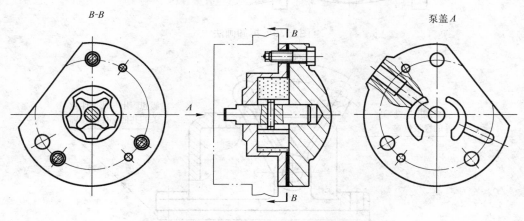

图 11.5 沿结合面剖切画法

2. 拆卸画法

画装配图的某个视图时，当一些在其他视图上已表示清楚的零件遮住了需要表达的零件结构或装配关系时，可假想将这些零件拆卸后绘制，并加标注"拆去××"等，如图 11.6 中的俯视图。

3. 假想画法

为了表示与本部件有装配关系但又不属于本部件的其他相邻零部件时，可用细双点画线绘制相邻零部件的轮廓，如图 11.7 的下部所示。

为了表示运动零件的运动范围或极限位置，可先在一个极限位置上画出该零件，再在另一个极限位置上用细双点画线画出其轮廓，如图 11.7 的左上部分以及图 11.2 的上部所示。

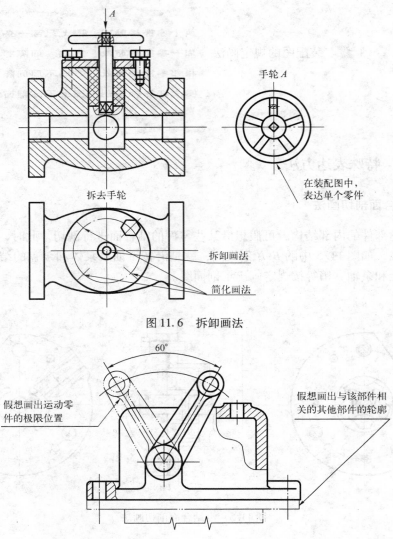

图 11.6 拆卸画法

图 11.7 假想画法

4. 夸大画法

对薄片零件、细丝弹簧和微小间隙等，均可适当加大尺寸夸大画出，如图 11.8 中垫片的厚度和图 11.3 中螺栓与螺栓孔之间的间隙、轴与透盖间的间隙等，都采用了夸大画法。

5. 简化画法

零件上的工艺结构（如圆角、倒角、退刀槽等）允许不画；螺栓和螺母的头部可简化画出；当遇到螺纹连接件等相同的零件组时，在不影响理解的前提下，允许只画出一处，其余可只用细点画线表示其中心位置；表示滚动轴承时，允许画出对称图形的一半，另一半可采用通用画法或特征画法，如图 11.8 和图 11.6 所示。

6. 单独表达某零件

在装配图上可以单独画出某一零件的视图，但必须进行标注，如图 11.5 中的泵盖 A 向视图、图 11.6 中的手轮 *A* 向视图以及图 11.2 中的 *B-B* 断面图。

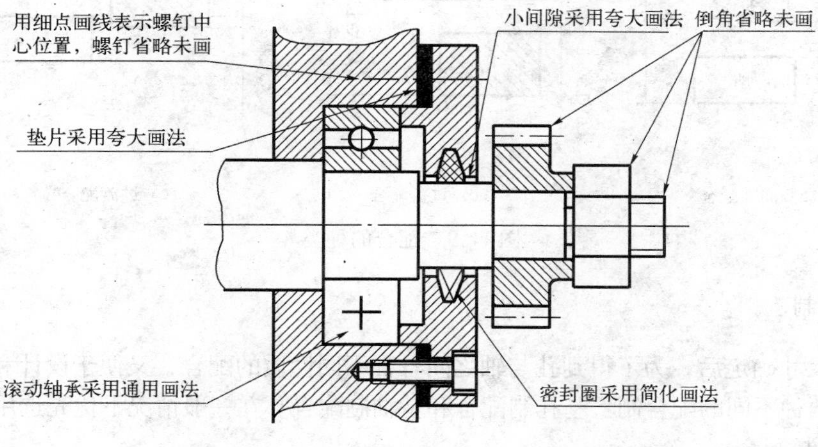

图 11.8　夸大画法和简化画法

11.3　装配图的尺寸标注及技术要求

在机械装配中，根据使用要求的不同，零件孔和轴之间的结合有松有紧，这种松、紧关系及其松紧程度是通过配合来反映的。在装配图的尺寸标注中，配合是一个重要的概念和标注内容。本节将先介绍配合的概念及其在装配图中的标注，然后再具体介绍装配图中的尺寸标注和技术要求。

11.3.1　配合的概念与标注

在机器装配中，将公称尺寸相同，并且相互结合的孔和轴公差带之间的关系，称为配合。

1. 配合的种类

根据使用要求的不同，国家标准规定配合分三类：间隙配合、过盈配合和过渡配合。

（1）间隙配合　孔的实际尺寸比轴的实际尺寸大，任取其中一对孔和轴相配合都成为具有间隙的配合（包括最小间隙为零）。配合后，轴能在孔中自由转动。此时，孔的公差带完全在轴的公差带之上，如图 11.9（a）所示。

（2）过盈配合　孔的实际尺寸比轴的实际尺寸小，任取其中一对孔和轴相配合都成为具有过盈的配合（包括最小过盈为零）。配合后，轴与孔不能做相对运动。此时，孔的公差带完全在轴的公差带之下，如图 11.9（b）所示。

（3）过渡配合　轴的实际尺寸比孔的实际尺寸有时大、有时小，任取其中一对孔和轴相配合，可能具有间隙的配合，也可能具有过盈的配合。配合后，轴比孔小时能活动，但比间隙配合稍紧；轴比孔大时不能活动，但比过盈配合稍松。此时，孔和轴的公差带相互交叠，如图 11.9（c）所示。

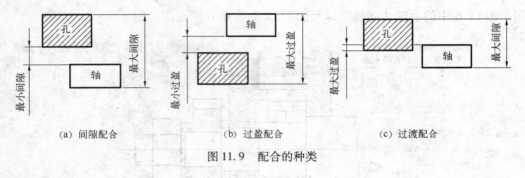

图 11.9　配合的种类

2. 配合制

当公称尺寸确定后，为了得到孔与轴之间各种不同性质的配合，又便于设计和制造，国家标准规定了两种不同的配合制：基孔制配合和基轴制配合。在一般情况下优先选用基孔制。

1）基孔制配合

基本偏差为一定的孔的公差带，与不同基本偏差的轴的公差带形成各种配合的一种制度称为基孔制。该制度在同一公称尺寸的配合中，是将孔的公差带位置固定，通过变动轴的公差带位置，得到各种不同的配合，如图 11.10（a）所示。

基孔制的孔称为基准孔，用基本偏差代号 H 表示，国家标准规定基准孔的下偏差为零。

2）基轴制配合

基本偏差为一定的轴的公差带，与不同基本偏差的孔的公差带形成各种配合的一种制度称为基轴制。该制度在同一公称尺寸的配合中，是将轴的公差带位置固定，通过变动孔的公差带位置，得到各种不同的配合，如图 11.10（b）所示。

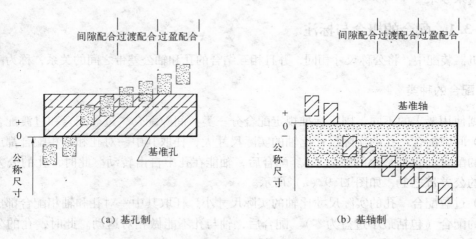

图 11.10　配合制

基轴制的轴称为基准轴。用基本偏差代号 h 表示，国家标准规定基准轴的上偏差为零。

3. 配合在装配图上的标注

在装配图上，对于有配合要求的结合面，应在公称尺寸后面注写配合代号。配合代号由两个相互结合的孔和轴的公差带代号组成，用分数形式表示，分子为孔的公差带代号，分母为轴的公差带代号，标注的通用形式如下：

$$公称尺寸\frac{孔的公差带代号}{轴的公差带代号}$$

具体标注方法如图11.11（a）所示，其具体含义如图11.11（b）所示。

判断配合制的方法是：在配合的代号中，凡分子有 H 的，为基孔制；凡分母有 h 的，为基轴制。若分子有 H，分母同时又有 h，如 H7/h6，则认为是基孔制或基轴制都可以，是最小间隙为零的间隙配合。

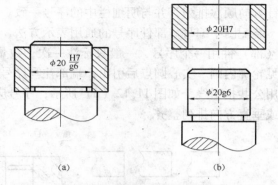

(a)　　　　　(b)

图 11.11　配合在装配图上的标注

11.3.2　装配图的尺寸标注

由于装配图的作用与零件图不同，所以在装配图中不必标注零件的所有尺寸，而只需注出与部件性能、装配、安装、运输等有关的尺寸。具体如下：

(1) 规格（或性能）尺寸　表明部件的性能或规格，是设计部件时确定的尺寸。

如图11.2所示螺旋千斤顶装配图中的规格（性能）尺寸为220~270mm，说明螺旋千斤顶的顶举高度为50mm。

(2) 装配尺寸　表示零件之间的配合尺寸及与装配有关的零件之间的相对位置尺寸。

如图11.2所示螺旋千斤顶装配图中的 $\phi65H8/j7$ 为螺套与底座间的配合尺寸。

(3) 安装尺寸　表示将机器或部件安装到其他设备或地基上所需要的尺寸。

如图11.15所示球阀装配图中的 $M36\times2$ 等。

(4) 外形尺寸　表示部件的总长、总宽和总高。为部件的包装、运输和安装提供方便。

如图11.2所示螺旋千斤顶装配图中的外形尺寸为150mm、150mm、300mm 等。

(5) 其他重要尺寸　指设计时根据计算或需要而确定的，但又不属于上述尺寸的尺寸。

如图11.2所示螺旋千斤顶装配图中螺杆下端螺纹的大径 $\phi50$ 和小径 $\phi42$ 等。

上述五类尺寸之间并不是互相孤立无关的，实际上有的尺寸往往同时具有多种作用。此外，在一张装配图中，也并不一定需要全部注出上述五类尺寸，而是要根据具体情况和要求来确定。如果是设计装配图，所注的尺寸应全面些；如果是装配工作图，则只需把与装配有关的尺寸注出即可。

11.3.3　装配图的技术要求

装配图中的技术要求主要说明装配要求（如准确度、装配间隙、润滑要求等）、调试和检验要求（如对机器性能的检验、试运行及操作要求等）、使用要求（如维护、保养及使用时的注意事项和要求）等。装配图中的技术要求，通常用文字注写在明细栏附近的空白处。如图11.2中的"本产品的最大顶举高度为50mm，顶举力为10000N；螺杆与底座的垂直度公差不大于0.1；螺套与底座间的螺孔在装配时加工"等。

11.4　装配图上的零件序号和明细栏

为了便于识图和组织生产，装配图中所有的零件都必须编写序号，序号可按顺时针或逆时针方向顺次排列，并与明细栏中的序号一致。

装配图中编写零部件序号的通用表示方法，如图 11.12 所示。同一张装配图中，相同的零（部）件用一个序号，一般只标注一次，数量在明细栏中填写；指引线应自所指零件的可见轮廓内画一实心圆点后引出，端部注写序号；一组紧固件或装配关系清楚的零件组，可采用公共指引线，如图 11.12（d）所示；序号应按顺时针或逆时针方向顺序编号，并沿水平或垂直方向排列整齐。

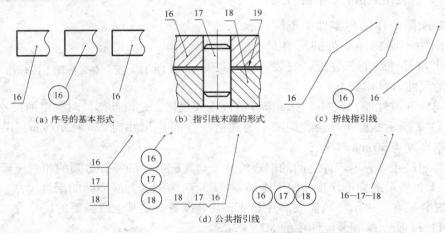

图 11.12　零部件序号的通用表示方法

明细栏一般配置在装配图中标题栏的上方，按自下而上的顺序填写。当位置不够时，可紧靠在标题栏的左边自下而上延续。

明细栏一般由序号、名称、数量、材料等内容组成。

11.5　识读装配图

装配图在机器设备的装配、安装、使用和维修等生产过程中起着重要的指导作用，因此机械从业人员必须掌握看装配图的方法。看装配图的主要目的是：

（1）了解机器或部件的名称、用途、性能和工作原理；

（2）明确零件间的相对位置、装配关系及装拆顺序和方法；

（3）弄清每个零件的名称、数量、材料、作用和主要结构形状。

11.5.1　读装配图的方法和步骤

1. 概括了解

首先要看装配图中的标题栏、明细栏和附加的产品说明书等有关技术资料，了解部件的名称、用途和比例等。然后从视图中先大致了解部件的形状、尺寸和技术要求，对部件有一个基本的感性认识。

2. 分析视图

在概括了解的基础上对装配图做进一步分析。弄清有几个视图，各视图的名称、相互间的投影关系、所采用的表达方法；采用了哪些剖视图、断面图，根据标记找到剖切位置和范围；以及各视图的表达重点等。

3. 分析尺寸和技术要求

分析装配图上的尺寸和技术要求，以明确部件的规格、零件间的配合性质、外形大小、装配、试验和安装要求等。

4. 分析装配关系、传动路线和工作原理

对照视图，从分析传动入手，仔细研究部件的装配关系和工作原理。通过对各条装配干线的分析，并根据图中的配合尺寸等，明确各零件之间的相互配合要求和运动零件与非运动零件的相对运动关系，尤其是传动方式、传动路线、作用原理以及零件的支承、定位、调整、连接、密封等结构形式。

根据部件的工作原理，了解每个零件的作用，进而分析出它们的结构形状是很重要的一步。一台机器或部件由标准件、常用件和一般零件组成。标准件和常用件的结构简单、作用单一，一般容易看懂，但一般零件有简有繁，它们的作用和地位各不相同。看图时先看标准件和结构形状简单的零件，后看结构复杂的零件。这样先易后难地进行看图，既可加快分析速度，也为看懂形状复杂的零件提供方便。

零件的结构形状主要是由零件的作用、与其他零件的关系以及铸造、机械加工的工艺要求等因素决定的。分析一些形状比较复杂的非标准零件，其中关键问题是要能够从装配图上将零件的投影轮廓从各视图中分离出来。区分零件主要依靠不同方向和间隔的剖面线以及各视图之间的投影关系进行判别。零件区分出来之后，便要分析零件的结构形状和功用。分析时一般从主要零件开始，再看次要零件。

5. 总结归纳

想象出整个部件的结构形状及要求。

以上所述是读装配图的一般方法和步骤，事实上有些步骤不能截然分开，而要交替进行。

读装配图

装配图中零件多，区分零件是关键；
先看序号、明细栏，大致范围可分辨；
两个零件接触面，图上只画一条线；
剖视图中层次多，这就要看剖面线；
方向、间隔若一致，就是同一个零件；
实心杆件轴向剖，图上不见剖面线。
配合代号一起看，装配关系便了然；
弄清零件明关系，看懂全图不费难。

11.5.2 读装配图示例

例 11.1 识读图 11.13 所示拆卸工具装配图。

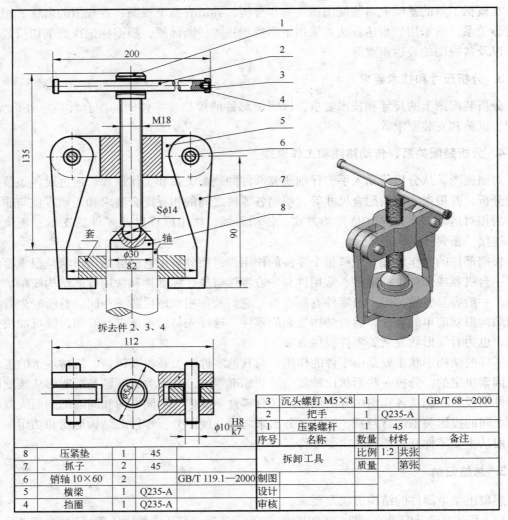

拆去件 2、3、4

3	沉头螺钉 M5×8	1		GB/T 68—2000
2	把手	1	Q235-A	
1	压紧螺杆	1	45	
序号	名称	数量	材料	备注

	拆卸工具	比例	1:2	共张
		质量		第张

8	压紧垫	1	45			
7	抓子	2	45		制图	
6	销轴 10×60	2		GB/T 119.1—2000	设计	
5	横梁	1	Q235-A		审核	
4	挡圈	1	Q235-A			

图 11.13 拆卸工具装配图

解：

1）概括了解

由标题栏了解部件的名称、用途及绘图比例；由明细栏了解零件的数量，估计部件的复杂程度。

从标题栏可知该部件的名称为"拆卸工具"，不难分析，其是用来拆卸紧固在轴上的零件的。从绘图比例和图中的尺寸看，这是一个小型的拆卸工具。它共有 8 种零件，是一较简单的部件。

2）分析视图

了解各视图、剖视图的相互关系及表达意图，为下一步深入看图做准备。

主视图主要表达了整个拆卸工具的结构外形，并在上面做了全剖视，但压紧螺杆1、把手2、抓子7等实心零件按规定均以不剖绘制，为了表达它们与其相邻零件的装配关系，采用了三处局部剖视。而轴与套本不是该部件上的零件，用细双点画线画出其轮廓（假想画法），以反映其拆卸时的工作情况。为了节省图纸幅面，较长的把手采用了折断画法。

俯视图采用了拆卸画法（拆去了把手2、沉头螺钉3和挡圈4），并采用了一个局部剖视，以表示销轴6与横梁5的配合情况，以及抓子与销轴和横梁的装配关系。同时，也将主要零件的结构形状表达得较为清楚。

3）分析尺寸和技术要求

尺寸82是规格尺寸，表示此拆卸工具能拆卸零件的最大外径不大于82 mm。尺寸112、200、135、ϕ54是外形尺寸。尺寸ϕ10H8/k7是销轴与横梁孔的配合尺寸，由查表可知，此系基孔制的过渡配合。

4）分析装配关系、传动路线和工作原理

分析时，应从机器或部件的传动入手。以此拆卸工具分解结合在一起的套和轴时，先将压紧垫抵住轴的上端面，然后转动把手，调节抓子的上下位置，使其下部的L形弯头钩住套的下沿。

进行拆卸时，该工具的运动可由把手开始分析，当顺时针转动把手时，其带动压紧螺杆转动。由于螺纹的作用，横梁即同时沿螺杆上升，通过横梁两端的销轴，带着两个抓子上升，被抓子勾住的零件也一起上升，直到从轴上拆下。

由图中可分析出，整个装卸工具的装配顺序是：先把压紧螺杆1拧过横梁5，把压紧垫8套接在压紧螺杆的球头上，在横梁5的两旁用销轴6各穿上一个抓子7，最后穿上把手2，再将把手的穿入端用螺钉3将挡圈4拧紧，以防止把手从压紧螺杆上脱落。而其拆卸顺序则是此装配顺序的逆过程。

5）总结归纳

综上所述，拆卸工具的具体结构及其工作情况如图11.14所示。

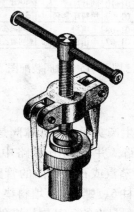

图11.14 拆卸工具的具体结构及其工作情况

例11.2 识读图11.15所示球阀装配图。

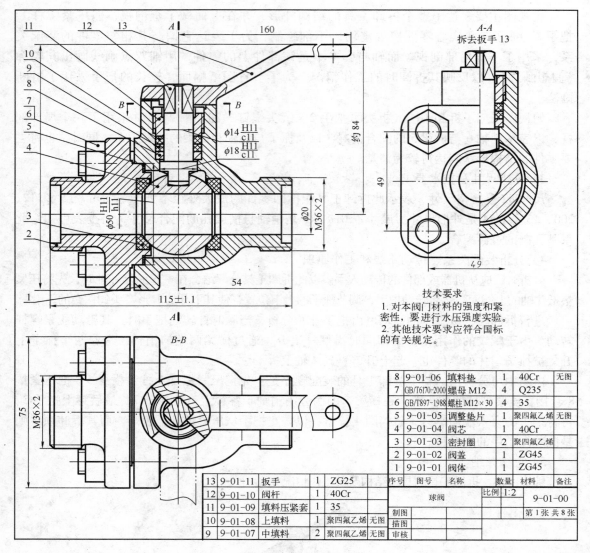

图 11.15　球阀装配图

解：

1）概括了解

通过看标题栏、明细栏并结合生产实际可知：球阀是阀的一种，它是安装在管道系统中的一个部件，用于开启和关闭管路，并能调节管路中流体的流量。该球阀公称直径为 $\phi20\,\text{mm}$，适用于通常条件下的水、蒸汽或石油产品的管路上。它是由阀体 1、阀盖 2、密封圈 3、阀芯 4、调整垫片 5、双头螺柱 6、螺母 7、填料垫 8、中填料 9、上填料 10、填料压紧套 11、阀杆 12、扳手 13 等零件装配起来的，其中标准件 2 种，非标准件 11 种。

2）分析视图

球阀装配图中共有三个视图。

主视图采用全剖视图，表达了主要装配干线的装配关系，即阀体、阀芯和阀盖等水平装配轴线和扳手、阀杆、阀芯等铅垂装配轴线上各零件间的装配关系，同时也表达了部件的外形。

左视图为 $A-A$ 半剖视图，表达了阀盖与阀体连接时四个双头螺柱的分布情况，并补充了阀杆与阀芯的装配关系。因扳手在主、俯视图中已表达清楚，图中采用了拆卸画法。

俯视图主要表达球阀的外形，并采用局部剖视图来说明扳手与阀杆的连接关系及扳手与阀体上定位凸起的关系。扳手零件的运动有一定的范围，图中画出了它的一个极限位置，另一个极限位置用细双点画线画出。

3）分析尺寸和技术要求

认真分析装配图上所注的尺寸，对于弄清部件的规格、零件间的配合性质以及外形大小等均有着重要的作用。例如，图中 $\phi20$ 是球阀的通孔直径，属于规格尺寸；$\phi50H11/h11$、$\phi18H11/d11$、$\phi14H11/d11$ 是配合尺寸，说明该三处均为基孔制的间隙配合；84、54、$M36\times2$ 是球阀的安装尺寸；115 ± 1.100、75、121.5 是球阀的外形尺寸；$S\phi40$ 则属于其他重要尺寸。

4）分析装配关系、传动路线和工作原理

要了解零件的装配关系，通常可以从反映装配轴线的那个视图入手。例如，在主视图上，通过阀杆这条装配轴线可以看出：扳手与阀杆是通过方孔和方头相装配的，填料压紧套与阀体间通过螺纹连接。填料压紧套与阀杆是通过 $\phi14H11/d11$ 相配合的。阀杆下部的圆柱上，铣出了两个平面，头部呈圆弧形，以便嵌入阀芯顶端的槽内。另一条装配轴线（螺柱连接）也可做类似的分析。

球阀的工作原理是：当球阀处于图示的位置时，阀门为全开状态，管道畅通，管路内流体的流量最大；当扳手13按顺时针方向旋转时，管路流量逐渐减少，旋转到90°时（图中细双点画线所示的位置），阀芯便将通孔全部挡住，阀门全部关闭，管道断流。

5）总结归纳

在以上分析的基础上，进一步分析部件的传动方式、装拆顺序和安装方法。如球阀的装配顺序是：先在水平装配轴线上装入右边的密封圈、阀芯、左边的密封圈、垫片，装上阀盖，再装上双头螺柱和螺母；在垂直装配轴线上装入阀杆、填料垫、中填料和上填料，用填料压紧套压紧，装上扳手。同时，还要对技术要求和全部尺寸进行分析，以进一步了解机器或部件的设计意图和装配工艺性，分析各部分结构是否能完成预定的功用，工作是否可靠，装拆、操作和使用是否方便等。球阀的立体图和分解图如图11.16所示。

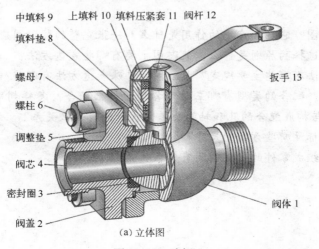

中填料9　上填料10　填料压紧套11　阀杆12
填料垫8
螺母7
螺柱6
调整垫5
阀芯4
密封圈3
阀盖2
扳手13
阀体1

（a）立体图

图11.16　球阀

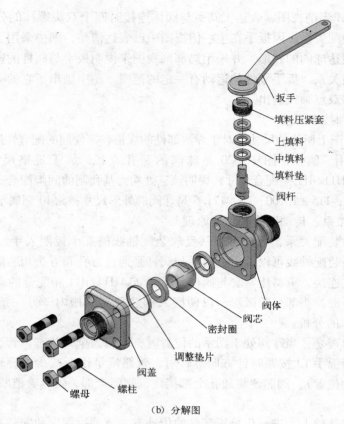

扳手
填料压紧套
上填料
中填料
填料垫
阀杆

阀体
阀芯
密封圈
调整垫片
阀盖
螺柱
螺母

（b）分解图

图 11.16　球阀（续）

仿上面的方法和步骤识读图 11.2 所示螺旋千斤顶的装配图。

思考题

1. 什么是装配图？它在生产中的作用是什么？一张完整的装配图应包括哪些内容？

2. 装配图视图选择的原则是什么？装配图主要有哪些表达方法？

3. 装配图的画法有哪些主要规定？装配图的特殊表达方法有哪些？

4. 什么是配合？配合的类型有哪三种？各用于什么场合？怎样判别基孔制配合和基轴制配合？配合代号与构成配合的孔和轴的公差带代号间有什么关系？

5. 装配图中需标注哪些方面的尺寸？

6. 装配图与其组成零件的零件图间有什么关系？

第12章 典型零部件测绘

知识目标

1. 明确部件和零件的测绘过程；
2. 熟悉常用测量工具的使用方法；
3. 掌握零件测绘的方法和步骤；
4. 了解装配图的测绘过程。

技能目标

能对给定的简单装配体实物模型及其零件进行测绘。

 章前思考

1. 在生产实际中，如果一个设备或零件需要修配，但是却没有现成的图样，应该怎么办？

2. 在拆卸一个设备时，怎样保证它能再次准确装配并使用完好？

3. 你测量过实际零件吗？测量时使用了哪些工具？怎样能测量得比较准确呢？

测绘是根据已有的部件（或机器）和零件进行绘制、测量，并整理画出零件图和装配图的过程。在实际生产中，进行先进设备的仿制以及已有设备的修配、改进时，都会用到零部件测绘。

12.1 测绘前的准备工作

1. 做好准备工作

在对零部件进行测绘以前，应首先对该零部件的有关技术资料进行收集，如有关的图纸资料、技术标准、产品说明书等，做到对测绘部件的充分了解。其次应该准备必要的拆卸工具（如扳手、榔头、螺丝刀等）以及测量工具（如直尺、游标卡尺、卡钳等），还应准备好绘图工具（如图纸、铅笔、橡皮等）。

2. 了解分析测绘对象

首先，应了解测绘的任务和目的，以决定测绘工作的内容和要求。如果是为了进行设备的改型提供参考图样，测绘时可进行适当的修改；如果为了补充图样或进行设备的修配，则测绘时必须与被测对象准确一致。

其次，通过查阅有关技术资料，初步了解部件的名称、用途、规格和工作原理，了解各零件在装配体中的位置及作用，再结合拆卸零件对部件进行详细的观察和全面了解，分析部件的性能、零件间的装配关系和大致的配合性质，并操纵活动部分以确定活动零件的极限位置。

本章将结合旋阀的测绘，具体介绍零部件测绘的过程与方法。

旋阀是管道系统中控制管道开闭及液体流量大小的部件。当旋阀内的阀杆处于图 12.1 所示位置时，阀门全部开启；当阀杆旋转 90°时，阀门全部关闭。旋阀共由 6 种零件组成，其中螺栓是标准件，其他是专用零件。旋阀中的阀体通过管螺纹与管道系统相连接，阀杆位于阀体内。为防止液体从阀杆上部渗漏，使用垫片、填料和填料压盖进行密封。填料压盖通过与阀体间的螺栓连接实现对填料的压紧。

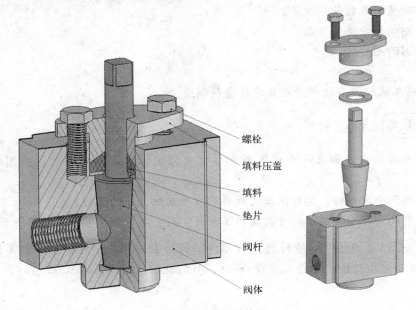

螺栓
填料压盖
填料
垫片
阀杆
阀体

图 12.1　旋阀立体图

3. 拆卸零件

在初步了解部件功能的基础上，按一定的顺序拆卸零件。通过对零件作用和结构的仔细分析，进一步了解零件间的装配关系和连接关系。

拆卸零件时应首先制定周密的拆卸顺序，根据部件的组成情况及装配工作的特点，将部件分为几个组成部分，依次拆卸。为防止零件混淆和丢失，应按拆卸顺序，采用打钢印、写件号等方法对零件进行编号，并分区分组地放置在规定位置，避免损坏、变形、生锈或丢失，以便再次装配后，保证部件的性能和要求。

拆卸时还应注意以下事项：

（1）合理采用拆卸工具，采用正确的拆卸方法，保证顺利拆卸。

（2）对于不可拆卸连接、有较高精度的配合以及过盈配合的零件，尽量不拆，以免降低原有配合精度或损坏零件。

图 12.1 所示旋阀的拆卸顺序为：

（1）用扳手旋出螺栓，取下填料压盖；

（2）用手提出阀杆及其附件；

（3）从阀杆上取下填料和垫片。

4．绘制装配示意图

为便于拆卸后能够顺利装配复原以及为绘制装配图时提供参考，对于零件较多的部件，在拆卸过程中应绘制装配示意图。

装配示意图是通过目测，用简单的线条和规定的符号绘制出部件的轮廓、装配关系、工作原理及传动路线的图样。画示意图时，可将零件看成是透明体，表示可不受前后层次、可见与不可见的限制，在绘制出外形轮廓的同时，绘制出其内部结构。一般应从主要零件入手，然后按照装配顺序和零件的位置，将其他零件逐个画上。应尽量把所有零件集中画在一个视图上。绘制机构传动部分的示意图时，应按照国家标准《机械制图　机构运动简图符号》的规定绘制。对于一般零件可按其外形和结构特点形象地画出零件的大致轮廓。

旋阀的装配示意图如图 12.2 所示。

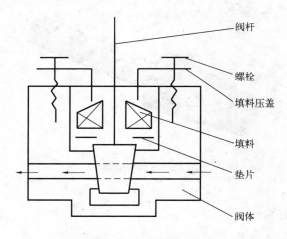

阀杆

螺栓

填料压盖

填料

垫片

阀体

图 12.2　旋阀的装配示意图

12.2　绘制零件草图

测绘工作一般在生产现场进行，不便使用绘图工具和仪器绘图，因此，必须徒手画出零件草图。零件草图是绘制零件图的重要依据，必要时可直接用来制造零件，因此具有和零件图相同的内容。

标准件不必画出零件草图，只需测出其结构上的主要数据，然后查阅有关标准确定其规格，并将这些标准件的名称、标记和数量列表即可。旋阀的标准件见表 12.1。

表 12.1　旋阀的标准件

名　称	标　记	数　量
螺栓	螺栓 GB/T 5780—2000　M10×25	2

除标准件以外的专用零件都必须画出草图。下面以旋阀中的阀杆为例，介绍绘制零件草图的方法和步骤。

12.2.1　绘制零件草图的方法和步骤

1.　了解分析被测零件

了解零件的名称、材料、在装配体中的作用以及与其他零件的相对位置和关系；分析零件的内、外结构形状，以便考虑零件的视图表达方案和进行尺寸标注。

从图 12.2 可以看出，阀杆位于阀体中的圆锥孔内，转动阀杆可使其上的通孔与阀体左右两侧的通孔相连或隔断以实现管道开闭和流量大小的控制。阀杆立体图如图 12.3 所示，其主要由锥体和柱体两部分组成，左侧圆锥部分加工有与轴线正交的圆柱通孔，右侧圆柱部分的端部切削出方隼以便套入工具扳手转动阀杆。

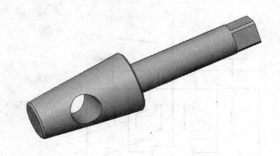

图 12.3　阀杆立体图

2.　确定具体表达方案

按照零件的加工位置或工作位置确定零件在主视图上的摆放位置，并将最能反映零件各组成结构及相对位置的方向，作为主视图的投射方向。根据零件的复杂程度选择其他视图，确定表达方案。

阀杆为轴套类零件，主视图按加工位置将轴线水平放置。阀杆的主要结构特征用一个主视图即可表达，主视图上的局部剖视可表达出阀杆上圆柱通孔的深度；阀杆右侧的方隼采用局部视图进行表达，如图 12.4（d）所示。

3.　详细绘制零件草图

绘制零件草图的一般步骤如下：

（1）根据零件的大小及复杂程度，确定绘图比例。

（2）在图纸上合理安排视图位置，画好图框、标题栏及各视图的绘图基准线，注意留出标注尺寸的位置，如图 12.4（a）所示。

（3）根据选定的表达方案，徒手画出各个视图。先画零件的主要轮廓，再画次要轮廓及细部结构，如图 12.4（b）所示。

（4）确定尺寸基准，画出尺寸界限、尺寸线和箭头，如图 12.4（c）所示。

（5）测量零件的尺寸，在图中标注尺寸数字，填写技术要求和标题栏，完成全图，如图 12.4（d）所示。

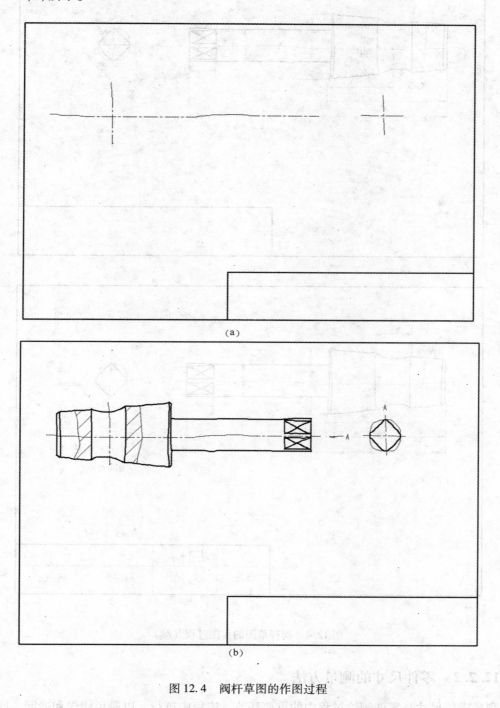

图 12.4　阀杆草图的作图过程

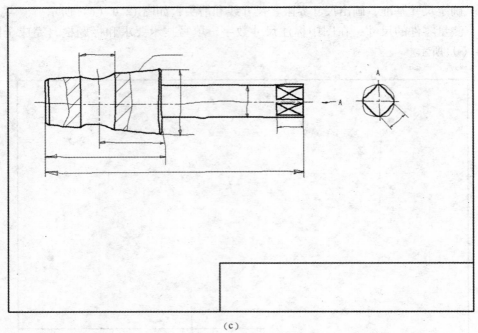

(c)

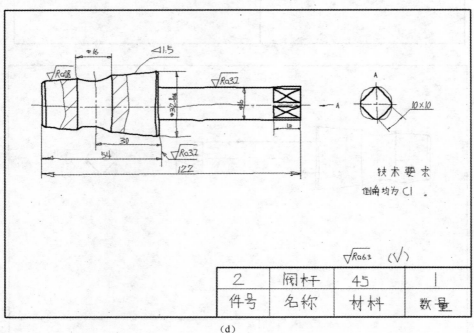

(d)

图 12.4　阀杆草图的作图过程（续）

12.2.2　零件尺寸的测量方法

　　测量零件尺寸是零件测绘过程中的重要环节，应集中进行，以避免错误和遗漏，同时提高工作效率。测量时，应根据对尺寸的精度要求选用合适的测量工具和测量方法。零件的常用测量方法及测量工具见表12.2。

表12.2 常用的测量方法及测量工具

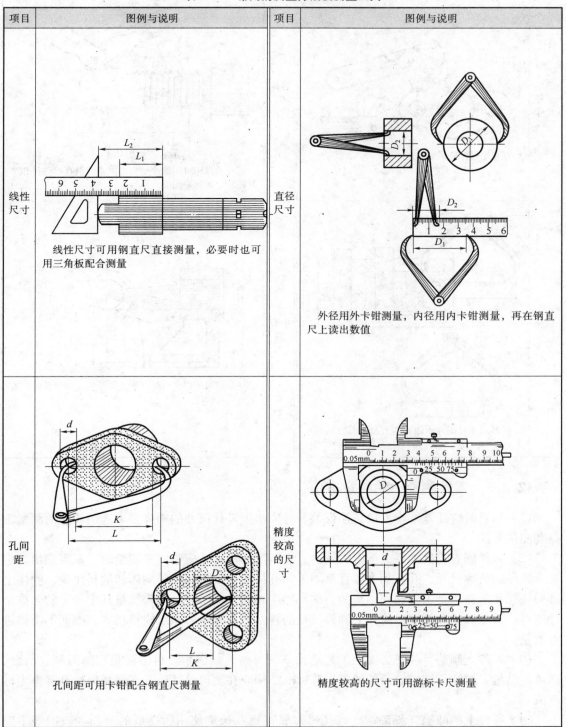

项目	图例与说明	项目	图例与说明
线性尺寸	线性尺寸可用钢直尺直接测量，必要时也可用三角板配合测量	直径尺寸	外径用外卡钳测量，内径用内卡钳测量，再在钢直尺上读出数值
孔间距	孔间距可用卡钳配合钢直尺测量	精度较高的尺寸	精度较高的尺寸可用游标卡尺测量

续表

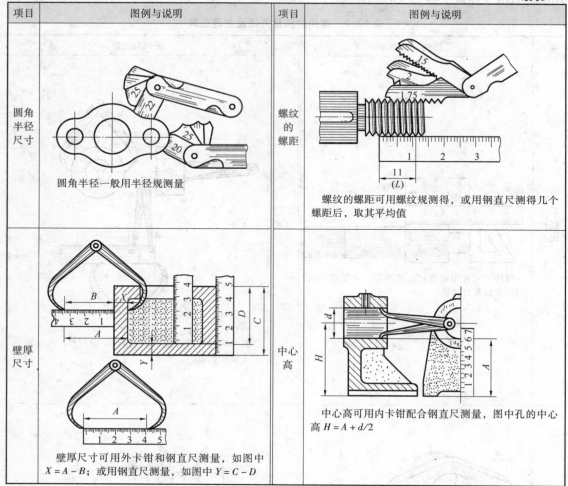

项目	图例与说明	项目	图例与说明
圆角半径尺寸	圆角半径一般用半径规测量	螺纹的螺距	螺纹的螺距可用螺纹规测得，或用钢直尺测得几个螺距后，取其平均值
壁厚尺寸	壁厚尺寸可用外卡钳和钢直尺测量，如图中 $X = A - B$；或用钢直尺测量，如图中 $Y = C - D$	中心高	中心高可用内卡钳配合钢直尺测量，图中孔的中心高 $H = A + d/2$

12.2.3　零件测绘中的注意事项

（1）测量时应从基准出发以减小误差，并应根据零件尺寸的精度要求选用相应的测量工具和测量方法。

（2）零件间有连接关系或配合关系时，它们的公称尺寸应相同。测绘时，只需测出其中一个零件的公称尺寸，并在相关零件草图上一并标出。如旋阀中的阀体和填料压盖，阀体上部圆柱孔和填料压盖下部圆柱结构的公称尺寸应相同，测绘时，只需测量其中一个的公称尺寸即可；再如阀体和螺栓，阀体上两螺纹孔的规格应和螺栓的螺纹规格相同，因而不需要进行测量。

（3）零件上制造、装配必要的工艺结构不应忽略，如倒角、铸造圆角、退刀槽、凸台、凹坑等结构。螺纹、键槽、齿轮的轮齿等标准结构应在测得尺寸后，参照相应标准圆整为标准值。

（4）零件上的缺陷（如砂眼、气孔、刀痕等）及长期使用所造成的磨损、破损等不应在图上画出，而应予以修正。

（5）不重要的尺寸或没有配合关系的尺寸，一般圆整到整数；有配合关系的尺寸只测量其公称尺寸，配合性质和相应的公差值要查阅相关标准或手册后确定。

12.2.4　技术要求的确定

测绘零件时，可根据零件实物并结合有关资料分析确定零件的有关技术要求。

零件表面粗糙度要求的判别，可使用粗糙度样块来比较，或根据零件的作用参考同类零件的粗糙度要求来确定。通常，零件的工作表面、配合表面及有相对运动的表面，表面粗糙度要求较高。在满足使用要求的前提下，考虑到加工成本，表面粗糙度的要求应尽量低些。

零件公差的选择，应在满足使用要求的前提下，选用较低的等级以降低加工成本。配合类别应根据零件在装配体中的功能要求进行选择。

以文字说明的技术要求可从以下方面考虑：

（1）对材料、热处理的要求，如调质处理、退火处理等。

（2）对零件表面质量的要求，如镀层、喷漆等。

（3）对有关结构要素的统一要求，如倒角尺寸、圆角半径等。

12.3　绘制装配图

零件草图和装配示意图绘制完成后，即可根据装配示意图确定的零件间关系和零件草图确定的零件具体形状，绘制装配图。绘制装配图时，对草图中存在的零件形状和尺寸的不妥之处应做必要的修正。

1．确定表达方案

确定装配图表达方案时，应以部件的工作原理为主线，从主要装配干线入手，用主视图和其他基本视图表达主要装配线，并兼顾次要装配线，用其他视图补充表达。

部件的主视图一般按其工作位置选择，并使主视图能够较多地表达出部件的工作原理、传动路线、零件间的装配和连接关系、相对位置以及零件的主要结构形状等特征。通常以通过装配干线的轴线将部件剖开，画出剖视图作为装配图的主视图。

主视图确定后，应选择其他基本视图来补充表达主视图没有表达清楚的部分。如果部件中还有一些局部结构需要表达，可选用局部视图、局部剖视图或断面图等来表达。

旋阀的主视图按工作位置选择，即将旋阀流体通道的轴线水平放置，并将阀杆旋转至全部开启状态。主视图的投射方向为垂直于流体通道的轴线方向。为清楚表达旋阀的工作原理、零件间的装配和连接关系、相对位置以及零件的主要结构形状等，沿旋阀的前后对称面剖开，画出剖视图作为装配图的主视图。为表达旋阀的外形结构又选取俯视图作为对主视图的补充说明。

2．确定绘图比例和图幅

根据部件的大小及复杂程度，确定绘图比例。一般优先选择1∶1的原值比例。根据选择好的视图和比例，综合考虑尺寸标注、零件序号编写、标题栏、明细栏及技术要求注写等所需位置，大致估计所需图纸面积，选择图纸幅面。

根据旋阀的大小及复杂程度，选择1∶1的绘图比例，选取 A4 的图纸幅面。

3. 绘制装配图

（1）合理布图，画出作图基准线。先画出图框、标题栏及明细栏的底稿线，接着画出各视图的基准线，如轴线、对称线等，如图 12.5（a）所示。

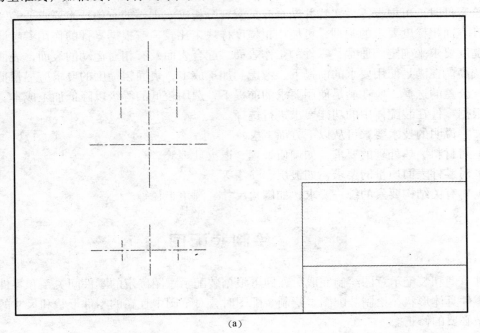

(a)

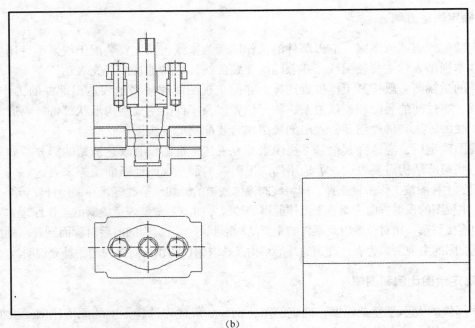

(b)

图 12.5　旋阀装配图的作图过程

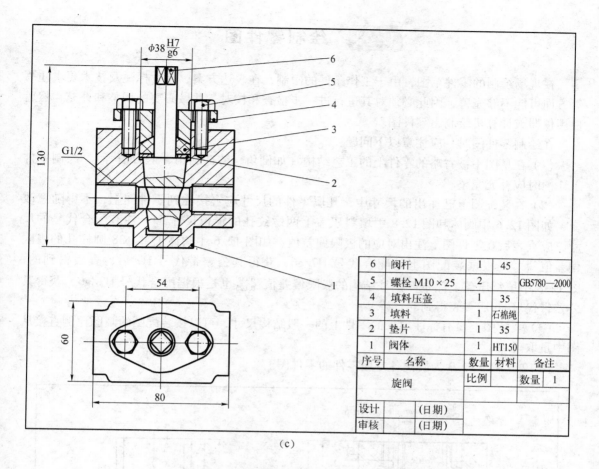

（c）

图 12.5　旋阀装配图的作图过程（续）

（2）绘制底图。先画出部件的主要结构，然后按照装配顺序逐个画出其他次要零件及结构细节，如图 12.5（b）所示。

（3）检查校核，按规定线型加深图线，并绘制剖面线；标注尺寸，编写零件序号，填写标题栏和明细栏，注写技术要求，完成全图，最终结果如图 12.5（c）所示。

4. 装配图中的技术要求

装配图中的技术要求包括配合尺寸的配合代号、安装尺寸的公差带、装配后必须保证的尺寸的公差带及工艺性说明（如配作）等。

以文字说明的技术要求可从以下方面考虑：

（1）对装配体的性能和质量要求，如润滑、密封等方面的要求。

（2）对试验条件和方法的规定。

（3）对外观质量的要求，如涂漆等。

（4）对装配要求的其他必要说明。

12.4 绘制零件图

在现场绘制的零件草图，由于工作条件的限制，在表达方案、尺寸标注及技术要求注写等方面可能不够完善，因此必须对其进行进一步检查和校对，并做必要的调整和补充，然后使用仪器或计算机绘制出零件图。

在绘制零件图时，应注意以下问题：

（1）在草图中被省略的零件上的工艺结构（如倒角、铸造圆角、退刀槽等），绘制零件工作图时应补充完整。

（2）在装配图上已注出的尺寸中，凡属零件的尺寸应直接注到零件图上，不得随意改变，如图 12.6 中阀体和图 12.8 中填料压盖上两螺纹孔的定位尺寸 54。注有配合代号的尺寸，应查表后在零件图上注出对应的极限偏差值，如图 12.6 中阀体上部 $\phi38$ 圆柱孔的极限偏差值 $^{+0.025}_{0}$ 是根据装配图上的配合代号 H7/g6，获得其公差带代号 H7 后，查表得到的；图 12.8 中填料压盖下部 $\phi38$ 圆柱结构的极限偏差值 $^{-0.009}_{-0.025}$ 也是根据配合代号 H7/g6，获得其公差带代号 g6 后查表得到的。

（3）装配图上没有标注出来的零件上的一般结构尺寸，可以按装配图的画图比例直接从图中量取。

图 12.6 ~ 图 12.9 为旋阀各专用零件的零件图。

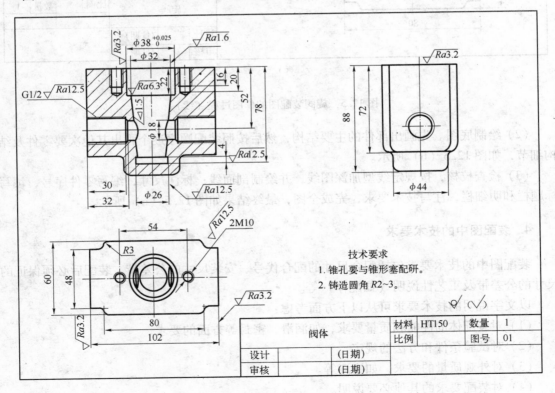

图 12.6　阀体零件图

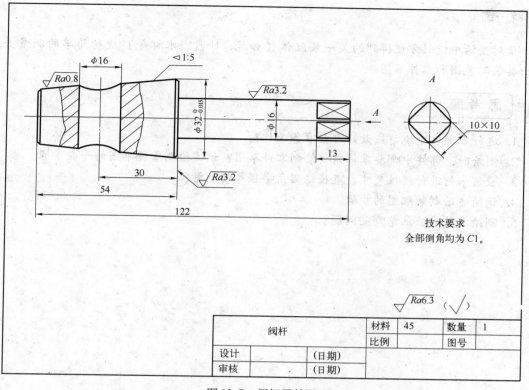

技术要求
全部倒角均为 C1。

阀杆		材料	45	数量	1
		比例		图号	
设计		（日期）			
审核		（日期）			

图 12.7 阀杆零件图

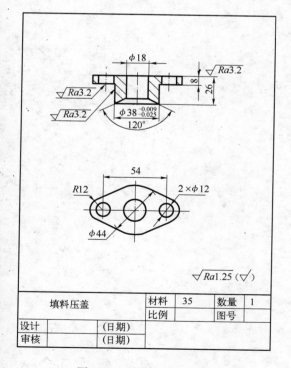

填料压盖		材料	35	数量	1
		比例		图号	
设计		（日期）			
审核		（日期）			

图 12.8 填料压盖零件图

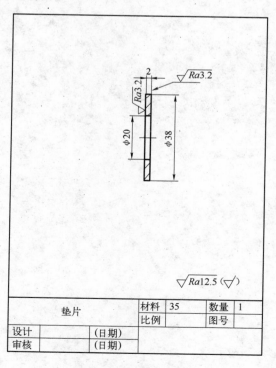

垫片		材料	35	数量	1
		比例		图号	
设计		（日期）			
审核		（日期）			

图 12.9 垫片零件图

请对生活中能够方便得到的某一装配体（如笔、U盘、水杯等）进行简单的测量并绘制出其装配草图和零件草图。

1. 进行零部件测绘前应做好哪些准备工作？
2. 测绘时，部件中哪些零件需要绘制零件草图？试述绘制零件草图的一般步骤。
3. 应该如何进行线性尺寸、直径、圆角半径等的测量？
4. 试简述绘制装配图的步骤。
5. 测绘零件时应注意哪些问题？

第13章　计算机绘图和AutoCAD基础

知识目标

1. 明确计算机绘图的概念及计算机绘图系统的组成；
2. 熟悉 AutoCAD 的用户界面及基本操作。

技能目标

1. 能识别 AutoCAD 的用户界面的主要组成；
2. 能用不同方式（命令行、菜单、工具栏图标）调用 AutoCAD 命令；
3. 能正确打开和关闭 AutoCAD 图形文件。

章前思考

1. 你认为计算机绘图较之手工绘图具有哪些优点？
2. 你认为应用计算机绘图需具备什么条件（硬件、软件、知识等）？

尺规绘图依赖于绘图工具和仪器，一方面制图过程烦琐，设计效率低、修改麻烦；另一方面设计的结果以图纸的形式保存，不利于长期存档以及设计人员之间的交流。

随着计算机技术的发展，计算机绘图改变了传统的绘图方式，提高了工作效率和图样质量，缩短了设计周期，方便了图样管理。现代工程设计要求工程设计人员必须熟练掌握计算机绘图，以适应现代企业的需求。本书的计算机绘图内容以 AutoCAD 为平台，介绍运用交互绘图软件绘制机械图的方法。本章将介绍计算机绘图的概念及 AutoCAD 的用户界面和基本操作。

13.1　计算机绘图概述

计算机绘图是利用计算机及其外围设备绘制各种图样的技术，它使人们逐渐摆脱了繁重的手工绘图，使无纸化生产成为可能。

计算机绘图需要计算机绘图系统的支持，现在的微型计算机均支持计算机绘图。计算机绘图系统应具备以下基本功能：

（1）输入功能　把各种图形数据和图形处理命令输入到计算机中去。

（2）存储功能　存放图形数据，数据能够随时检索和调用。

（3）计算功能　对图形数据进行分析计算，进行各种几何变换和特殊处理，如曲线、曲面的生成，图形剪裁，三维立体的消隐和渲染着色等。

（4）输出功能　输出图形和计算结果。

（5）交互功能　进行人－机对话，实现绘图过程中的实时人工干预。

计算机绘图系统由系统硬件和系统软件两部分组成。

13.1.1　计算机绘图系统的硬件

计算机绘图系统的硬件，除计算机外，主要是图形输入、输出设备。

1．输入设备

输入设备将各种信息转换成电信号，传递给计算机。常见的输入设备包括键盘、鼠标、扫描仪、数字化仪等。

键盘是最常见、最基本的输入设备，具有输入字符和数据等功能。

鼠标作为指点设备，应用十分广泛，绘图系统一般推荐中键是滚轮的三键鼠标，因为中键往往被系统赋予特殊的控制功能。

扫描仪可以把图形或图像以像素点为单位输入到计算机中。通常把扫描得到的像素图用专门的软件处理后得到矢量图，这个过程称为矢量化处理。这种输入方法可将原有纸质图样数字化，而且效率比较高。

2．输出设备

输出设备可以将计算机处理后的信息输出，供用户使用。

显示器是人机交互的重要设备之一，它能随时让设计者观察到设计结果，以便在必要时对设计进行相应的调整、修改等。

打印机是一种常用的图形硬拷贝设备，它的种类繁多，一般分为针式打印机、喷墨打印机、激光打印机等。

绘图仪分为笔式绘图仪、喷墨绘图仪、静电绘图仪等多种。笔式绘图仪又可分为平板式和滚筒式两种。其实，绘图仪就相当于大幅面的打印机（通常是指幅面为 A2 及以上的打印机）。

13.1.2　计算机绘图系统的软件

计算机绘图系统有了硬件后，还需要适合硬件的绘图系统软件。现在使用的多数为交互式图形软件。

交互式图形软件一般具有良好的用户界面，通常以菜单和工具栏图标的方式为用户提供用于二维或三维图形的绘制、编辑和打印等功能。一些功能较完备的交互式图形软件还提供自动标注尺寸、标准件调用、参数化绘图等功能。

常用的交互式软件有 CAXA、AutoCAD、Inventor、Solid Edge、SolidWorks、Pro/E、UG 等。

AutoCAD 是美国 Autodesk 公司开发的计算机辅助设计绘图软件，集二维图形绘制、三维造型、数据库管理、图形处理等功能为一体。AutoCAD 是一种主要运行在微机上的 CAD 软件。它具有强大的绘图功能和编辑功能，并且操作简便，便于进行二次开发，有较好的兼容性，因此被广大设计者选用。AutoCAD 自 1982 年推出以来，已进行了十几次升级，每一次升级都伴随着软件性能的大幅度提高。

本书以 AutoCAD 2004 中文版为软件环境，介绍用计算机绘制机械图样的基本方法。

13.2　AutoCAD 的用户界面

启动 AutoCAD 2004 后，即出现如图 13.1 所示的 AutoCAD 2004 用户界面，包括标题栏、菜单栏、工具栏、绘图窗口、命令行窗口、文本窗口及状态栏等内容，下面分别介绍。

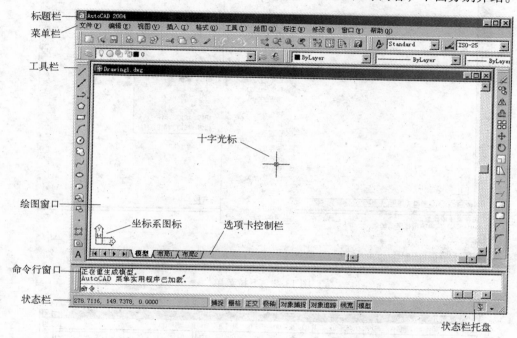

图 13.1　AutoCAD 2004 用户界面

1.　标题栏

AutoCAD 2004 的标题栏位于用户界面的顶部，左边显示该程序的图标及当前所操作图形文件的名称。

2.　菜单栏

AutoCAD 2004 的菜单栏中共有 11 个菜单："文件"、"编辑"、"视图"、"插入"、"格式"、"工具"、"绘图"、"标注"、"修改"、"窗口"和"帮助"，包含了该软件的主要命令。单击菜单栏中的任一菜单，即弹出相应的下拉菜单，如图 13.2 所示。

3.　工具栏

工具栏是一组图标型工具的集合，它为用户提供了另一种调用命令和实现各种绘图操作的快捷执行方式。

AutoCAD 2004 中共包含 29 个工具栏，在默认情况下，将显示"标准"工具栏、"对象特性"工具栏、"样式"工具栏、"图层"工具栏、"绘图"工具栏和"修改"工具栏，如

图 13.3 所示。单击工具栏中的某一图标，即可执行相应的命令；把光标移动到某个图标上稍停片刻，即在该图标的一侧显示相应的工具提示。

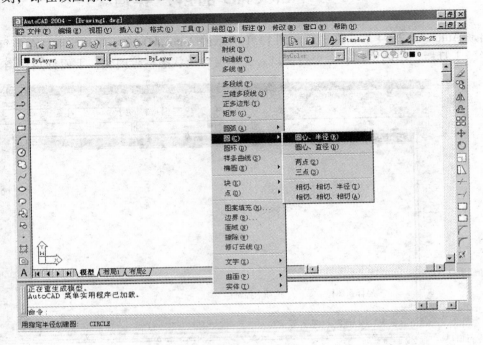

图 13.2　下拉菜单

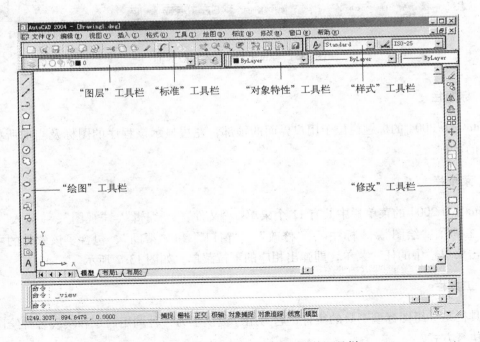

图 13.3　AutoCAD 2004 中默认显示的工具栏

4．绘图窗口

绘图窗口是 AutoCAD 显示、编辑图形的区域，用户可以根据需要打开或关闭某些窗口，以便合理地安排绘图区域。

（1）绘图窗口中的光标为十字光标，用于绘制图形及选择图形对象，十字线的交点为光标的当前位置，十字线的方向与当前用户坐标系的 X 轴、Y 轴方向平行。

（2）在绘图窗口的左下角有一个坐标系图标，它反映了当前所使用的坐标系形式和坐标方向。在 AutoCAD 中绘制图形，可以采用两种坐标系。

- 世界坐标系（WCS）：这是用户刚进入 AutoCAD 时的坐标系统，是固定的坐标系统，绘制图形时多数情况下都是在这个坐标系统下进行的。
- 用户坐标系（UCS）：这是用户利用 UCS 命令相对于世界坐标系重新定位、定向的坐标系。在默认情况下，当前 UCS 与 WCS 重合。

5．命令行窗口

命令行窗口是用户输入命令名和显示命令提示信息的区域。默认的命令行窗口位于绘图窗口的下方，其中保留最后三次所执行的命令及相关的提示信息。用户可以用改变一般 Windows 窗口的方法来改变命令行窗口的大小。

6．文本窗口

AutoCAD 2004 的文本窗口，如图 13.4 所示，显示当前绘图进程中命令的输入和执行过程的相关文字信息，按 F2 键可以实现绘图窗口和文本窗口的切换。

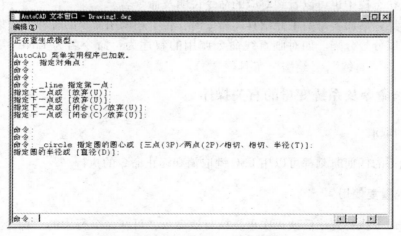

图 13.4　AutoCAD 2004 的文本窗口

7．状态栏

AutoCAD 2004 的状态栏位于屏幕的底部，默认情况下，左端显示绘图区中光标定位点的 x、y、z 坐标值；中间依次有"捕捉"、"栅格"、"正交"、"极轴"、"对象捕捉"、"对象追踪"、"线宽"和"模型"八个辅助绘图工具按钮，单击任一按钮，即可打开相应的辅助绘图工具，右端为状态栏托盘，单击右端的下拉箭头，即可弹出"状态行菜单"，在该菜单中可以设置在状态栏中显示的辅助绘图工具按钮。

13.3 AutoCAD 命令和系统变量

AutoCAD 的操作过程由 AutoCAD 命令控制，AutoCAD 系统变量是设置与记录 AutoCAD 运行环境、状态和参数的变量。

AutoCAD 命令名和系统变量名均为西文，如命令 LINE（直线）、CIRCLE（圆）等，系统变量 TEXTSIZE（文字高度）、THICKNESS（对象厚度）等。

13.3.1 命令的调用方法

有多种方法可以调用 AutoCAD 命令（以画直线为例）：

（1）在命令行输入命令名。即在命令行的"命令："提示后输入命令的字符串，命令字符可不区分大、小写。例如：

　　　命令：LINE↙（说明：加下画线部分为用户的输入，符号"↙"表示按回车键）

（2）在命令行输入命令缩写字。如 L（LINE）、C（CIRCLE）、A（ARC）、Z（ZOOM）、R（REDRAW）、M（MORE）、CO（COPY）、PL（PLINE）、E（ERASE）等。例如：

　　　命令：L↙

（3）单击下拉菜单中的菜单选项。在状态栏中可以看到对应的命令说明及命令名。

（4）单击工具栏中的对应图标。如单击"绘图"工具栏中的 ✐ 图标，也可执行画直线命令，同时在状态栏中也可以看到对应的命令说明及命令名。

为简捷起见，后面各章节中介绍具体命令时，将上述调用命令的各种方式集中编排在一起，各方式间以分号分隔。如对画直线命令调用的叙述为：命令名为 LINE（或缩写名 L；菜单"绘图"→"直线"；"绘图"工具栏 ✐）。

13.3.2 命令及系统变量的有关操作

1. 命令的取消

在命令执行的任何时刻都可以用 ESC 键取消和终止命令的执行。

2. 命令的重复使用

若在一个命令执行完毕后欲再次重复执行该命令，可在命令行中的"命令："提示下按回车键。

3. 命令选项

当输入命令后，AutoCAD 会出现对话框或命令行提示，在命令行提示中常会出现命令选项，如：

　　　命令：ARC↙

指定圆弧的起点或〔圆心(CE)〕:

前面不带中括号的提示为默认选项,因此可直接输入起点坐标,若要选择其他选项,则应先输入该选项的标识字符,如圆心选项的 CE,然后按系统提示输入数据。若选项提示行的最后带有尖括号,则尖括号中的数值为默认值。

在 AutoCAD 中,也可通过"快捷菜单"用鼠标单击命令选项。在上述画圆弧示例中,当出现"指定圆弧的起点或〔圆心(CE)〕:"提示时,若单击鼠标右键,则弹出如图 13.5 所示快捷菜单,从中可用鼠标快速选定所需选项。右键快捷菜单随不同的命令进程而有不同的菜单选项。

4. 透明命令的使用

有的命令不仅可直接在命令行中使用,而且可以在其他命令的执行过程中插入执行,该命令结束后系统继续执行原命令,输入透明命令时要加前缀单撇号"'"。例如:

图 13.5　快捷菜单

命令:ARC↙

指定圆弧的起点或〔圆心(CE)〕:'ZOOM↙(透明使用显示缩放命令)

> > …(执行 ZOOM 命令)

正在恢复执行 ARC 命令

指定圆弧的起点或〔圆心(CE)〕:(继续执行原命令)

不是所有命令都能透明使用,可以透明使用的命令在透明使用时要加前缀"'"。使用透明命令也可以从菜单或工具栏中选取。

5. 命令的执行方式

有的命令有两种执行方式,通过对话框或通过命令行输入命令选项。如指定使用命令行方式,可以在命令名前加一减号来表示用命令行方式执行该命令,如"–LAYER"。

6. 系统变量的访问方法

访问系统变量可以直接在"命令:"提示下输入系统变量名或单击菜单项,也可以使用专用命令 SETVAR。

13.3.3　数据的输入方法

1. 点的输入

在绘图过程中,常需要输入点的位置,AutoCAD 提供了如下几种输入点的方式。

(1)用键盘直接在命令行中输入点的坐标。

点的坐标可以用直角坐标、极坐标、球面坐标或柱面坐标表示,其中直角坐标和极坐标最为常用。

直角坐标有两种输入方式:x,y〔,z〕(点的绝对坐标值,如100,50)和@ x,y〔,z〕(相对于上一点的相对坐标值,如@50,–30)。坐标值均相对于当前的用户坐标系。

极坐标的输入方式为：长度＜角度（其中，长度为点到坐标原点的距离，角度为原点至该点连线与 X 轴的正向夹角，如 20＜45）或 @ 长度＜角度（相对于上一点的相对极坐标，如 @ 50＜－30）。

（2）用鼠标等定标设备移动光标单击左键在屏幕上直接取点。

（3）用键盘上的箭头键移动光标按回车键取点。

（4）用目标捕捉方式捕捉屏幕上已有图形的特殊点（如端点、中点、中心点、插入点、交点、切点、垂足点等）。

（5）直接距离输入。

先用光标拖拉出橡筋线确定方向，然后用键盘输入距离。

2. 距离值的输入

在 AutoCAD 命令中，有时需要提供高度、宽度、半径、长度等距离值。AutoCAD 提供了两种输入距离值的方式：一种是用键盘在命令行中直接输入数值；另一种是在屏幕上单击两点，以两点的距离值定出所需数值。

13.4 AutoCAD 的文件管理命令

AutoCAD 图形文件是扩展名为 DWG 的二进制文件。其文件管理命令主要有新建文件、打开文件、保存文件、换名存盘等，具体操作与 Word 等其他 Windows 应用程序基本相同，此处不再详述。

思考题

1. 对于工具栏中你不熟悉的图标，了解其命令和功能最简捷的方法是：

（1）查看用户手册；

（2）使用在线帮助；

（3）把光标移动到图标上稍停片刻。

2. 调用 AutoCAD 命令的方法有：

（1）在命令行输入命令名；

（2）在命令行输入命令缩写字；

（3）单击下拉菜单中的菜单选项；

（4）单击工具栏中的对应图标；

（5）以上均可。

3. 请用上题中的四种方法调用 AutoCAD 的画圆（CIRCLE）命令。

4. 对于 AutoCAD 中的命令选项，可以：

（1）在选项提示行输入选项的缩写字母；

（2）单击鼠标右键，在右键快捷菜单中用鼠标选取；

（3）以上均可。

5. AutoCAD 环境下如何输入一个点？如何输入一个距离值？

 **第14章　AutoCAD的绘图命令**

知识目标

熟悉 AutoCAD 常用绘图命令的启动方式及操作方法。

技能目标

能正确使用 AutoCAD 的绘图命令进行直线、圆、圆弧、矩形、正多边形、样条曲线、图案填充等图形的绘制。

 **章前思考**

1. 请分析一张机械图是由哪些基本图形元素组成的？
2. 如何能方便地用计算机绘制这些基本图形元素呢？

任何复杂的图形都可以看做是由直线、圆弧等基本的图形元素所组成的，在 AutoCAD 中绘图也是如此，掌握这些基本图元的绘制方法是学习 AutoCAD 的基础。本章将介绍 AutoCAD 的二维绘图命令，以及完成一个 AutoCAD 作业的过程。

绘图命令汇集在下拉菜单"绘图"中，且在"绘图"工具栏中，包括了本章介绍的绘图命令，如图 14.1 所示。

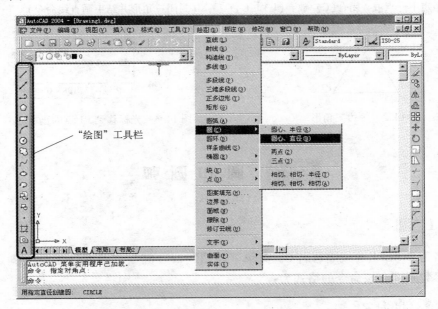

图 14.1　"绘图"菜单与工具栏

14.1　直 线 段

命令名为 LINE（或缩写名 L；菜单"绘图"→"直线"；"绘图"工具栏 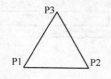），功能是绘制直线段、折线段或闭合多边形，其中每一线段均是一个单独的对象。该命令的格式为：

命令：LINE↙（或单击"绘图"工具栏中的图标 ）
指定第一点：(输入起点)
指定下一点或［放弃(U)］：(输入直线端点)
指定下一点或［放弃(U)］：(输入下一直线段端点、输入选项"U"放弃或用回车键结束命令)
指定下一点或［闭合(C)/放弃(U)］：(输入下一直线段端点、输入选项"C"使直线图形闭合、输入
选项"U"放弃或用回车键结束命令)

例 14.1　用直线命令绘制如图 14.2 所示边长为 100 的等边三角形。

解：

命令：LINE↙（或单击"绘图"工具栏中的图标 ）
指定第一点：120,120↙　　　　　　　　　（用绝对直角坐标指定 P1 点）
指定下一点或［放弃(U)］：100↙（采用"直接距离方法输入点"，将光标放在 P1 点的正右方，键
入 P2 点到 P1 点的距离值，如图 14.3 所示）
指定下一点或［放弃(U)］：@100<120↙　　（用对 P2 点的相对极坐标指定 P3 点）
指定下一点或［闭合(C)/放弃(U)］：@80,0↙（输入了一个错误的 P1 点坐标）
指定下一点或［闭合(C)/放弃(U)］：U↙　　（取消对 P1 点的输入）
指定下一点或［闭合(C)/放弃(U)］：C↙　　（封闭三角形并结束画直线命令）

图 14.2　等边三角形　　　　　　　图 14.3　光标移到 P1 点的正右方

14.2　圆 和 圆 弧

14.2.1　圆

命令名为 CIRCLE（或缩写名 C；菜单"绘图"→"圆"；"绘图"工具栏 ），功能是按给定的参数画圆。该命令的格式为：

命令：CIRCLE↙
指定圆的圆心或［三点(3P)/两点(2P)/相切、相切、半径(T)］：(给圆心或选项)
指定圆的半径或［直径(D)］：(给半径)

在图 14.4 所示下拉菜单"圆"的级联菜单中列出了 6 种画圆的方法，选择其中之一，即可按该选项说明的顺序与条件画圆。需要说明的是，其中的"相切、相切、相切"画圆方式只能从此下拉菜单中选取，而在工具栏及命令行中均无对应的图标和命令。

例 14.2　下面以绘制如图 14.5 所示图形为例说明不同画圆方式的绘图过程。

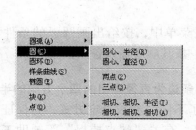

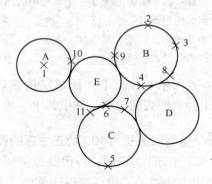

图 14.4　画圆的方法菜单　　　　图 14.5　画圆示例

解：

命令：CIRCLE ↙（或单击"绘图"工具栏中的图标 ◎）

指定圆的圆心或［三点(3P)/两点(2P)/相切、相切、半径(T)］：150,160 ↙（1 点）

指定圆的半径或［直径(D)］：40 ↙（给出 A 圆的半径,画出 A 圆）

命令：↙（重复执行画圆命令）

指定圆的圆心或［三点(3P)/两点(2P)/相切、相切、半径(T)］：3P ↙（3 点画圆方式）

指定圆上的第一点：300,220 ↙（2 点）

指定圆上的第二点：340,190 ↙（3 点）

指定圆上的第三点：290,130 ↙（4 点）（画出 B 圆）

命令：↙

指定圆的圆心或［三点(3P)/两点(2P)/相切、相切、半径(T)］：2P ↙（2 点画圆方式）

指定圆直径的第一个端点：250,10 ↙（5 点）

指定圆直径的第二个端点：240,100 ↙（6 点）（画出 C 圆）

命令：↙

指定圆的圆心或［三点(3P)/两点(2P)/相切、相切、半径(T)］：T ↙（相切、相切、半径画圆方式）

在对象上指定一点作圆的第一条切线：(在 7 点附近选中 C 圆)

在对象上指定一点作圆的第二条切线：(在 8 点附近选中 B 圆)

指定圆的半径：<45.2769 >：45 ↙（画出 D 圆）（注意：半径值不能太小,否则无法相切）

(选取下拉菜单"绘图"→"圆"→"相切、相切、相切")

命令：CIRCLE ↙

指定圆的圆心或［三点(3P)/两点(2P)/相切、相切、半径(T)］：3P ↙

指定圆上的第一点：_tan 到 (在 9 点附近选中 B 圆)

指定圆上的第二点：_tan 到 (在 10 点附近选中 A 圆)

指定圆上的第三点：_tan 到 (在 11 点附近选中 C 圆)（画出 E 圆）

14.2.2　圆弧

命令名为 ARC（或缩写名 A；菜单"绘图"→"圆弧"；"绘图"工具栏 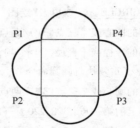），功能是以给定的方式画圆弧。该命令的格式为：

命令：<u>ARC</u>↙（或单击"绘图"工具栏中的图标 ）

指定圆弧的起点或［圆心(C)］：<u>（给起点）</u>

指定圆弧的第二点或［圆心(C)/端点(E)］：<u>（给第二点）</u>

指定圆弧的端点：<u>（给端点）</u>

在如图 14.6 所示下拉菜单"圆弧"的级联菜单中，按给出画圆弧的条件与顺序的不同，列出了 11 种画圆弧的方法，选中其中一种，按其顺序输入各项数据。

例 14.3　绘制以边长为 100 的正方形的四条边为直径画出的四个方向的半圆弧组成的**图案**（如图 14.7 所示）。说明：各段圆弧使用了不同的参数给定方式；为保证圆弧段间的首尾相接，绘图中使用了"端点捕捉"辅助工具，有关"端点捕捉"等辅助工具的详细介绍，请参见第 16 章。

图 14.6　画圆弧的方法菜单　　　　图 14.7　四个半圆弧组成的图案

解：

命令：<u>ARC</u>↙（或单击"绘图"工具栏中的图标 ）

指定圆弧的起点或［圆心(C)］：<u>140,110</u>↙　　　　（P1 点）

指定圆弧的第二点或［圆心(C)/端点(E)］：<u>E</u>↙

指定圆弧的端点：<u>@100<270</u>↙　　　　（P2 点）

指定圆弧的圆心或［角度(A)/方向(D)/半径(R)］：<u>R</u>↙

指定圆弧半径：<u>50</u>↙　　　　（画出 P1→P2 圆弧）

命令：↙（重复执行画圆弧命令）

指定圆弧的起点或［圆心(C)］：<u>END</u>↙（此处输入的 END 表示捕捉端点）

于 <u>（点取 P2 点附近的圆弧）</u>

指定圆弧的第二点或［圆心(C)/端点(E)］：<u>C</u>↙

指定圆弧的端点：<u>@50<0</u>↙　　　　（P3 点）

指定圆弧的圆心或［角度(A)/方向(D)/半径(R)］：<u>A</u>↙

指定包含角：<u>180</u>↙　　　　（画出 P2→P3 圆弧）

命令：↙

指定圆弧的起点或［圆心（C）］：<u>END</u> ↙

于（<u>点取 P3 点附近的圆弧</u>）

指定圆弧的第二点或［圆心（C）/端点（E）］：<u>C</u> ↙

指定圆弧的圆心：<u>@50＜90</u> ↙

指定圆弧的端点或［角度（A）/弦长（L）］：<u>L</u> ↙

指定包含角：<u>100</u> ↙   （画出 P3→P4 圆弧）

命令：↙

指定圆弧的起点或［圆心（C）］：<u>END</u> ↙

于（<u>点取 P4 点附近圆弧</u>）

指定圆弧的第二点或［圆心（C）/端点（E）］：<u>E</u> ↙

指定圆弧的端点：<u>END</u> ↙

于（<u>点取 P1 点附近圆弧</u>）

指定圆弧的圆心或［角度（A）/方向（D）/半径（R）］：<u>D</u> ↙

指定圆弧的起点切向：<u>@0,20</u> ↙   （画出 P4→P1 圆弧）

14.3 多 段 线

    命令名为 PLINE（或缩写名 PL；菜单"绘图"→"多段线"；"绘图"工具栏 ），功能是绘制多段线。多段线可以由直线段、圆弧段组成，是一个组合对象；可以定义线宽，每段起点、端点宽度可变。可用于画粗实线、箭头等。利用编辑命令 PEDIT 还可以将多段线拟合成曲线。该命令的格式为：

命令：PLINE ↙（或单击"绘图"工具栏中的图标 ）

指定起点：（<u>给出起点</u>）

当前线宽为 0.0000

指定下一个点或［圆弧（A）/半宽（H）/长度（L）/放弃（U）/宽度（W）］：（<u>给出下一点或输入选项字母</u>）

指定下一点或［圆弧（A）/闭合（C）/半宽（H）/长度（L）/放弃（U）/宽度（W）］＞：

命令各选项说明如下：

H 或 W——定义线宽；

C——用直线段闭合；

U——放弃一次操作；

L——确定直线段长度；

A——转换成画圆弧段提示：

    指定圆弧的端点或［角度（A）/圆心（CE）/闭合（CL）/方向（D）/半宽（H）/直线（L）/半径（R）/第二个点（S）/放弃（U）/宽度（W）］：

直接给出圆弧端点，则此圆弧段与上一段相切连接。

选 A、CE、D、R、S 等均为给出圆弧段的第二个参数，相应会提示第三个参数。选 L 转换成画直线段提示；用回车键结束命令。

    例14.4 用多段线绘制如图 14.8 所示线宽为 1 的键槽图形。

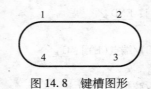

图 14.8　键槽图形

解：

命令：PLINE↙　　　（或单击"绘图"工具栏中的图标↗）

指定起点：260,110↙　　　　　　　　　　　（1 点）

当前线宽为 0.0000

指定下一点或［圆弧(A)/闭合(C)/半宽(H)/长度(L)/放弃(U)/宽度(W)］：W↙

指定起始宽度 ＜0.0000＞：1↙

指定终止宽度 ＜1.0000＞：↙

指定下一点或［圆弧(A)/闭合(C)/半宽(H)/长度(L)/放弃(U)/宽度(W)］：@40,0↙　（2 点）

指定下一点或［圆弧(A)/闭合(C)/半宽(H)/长度(L)/放弃(U)/宽度(W)］：A↙（转换成画圆弧段）

指定圆弧的端点或［角度(A)/圆心(CE)/闭合(CL)/方向(D)/半宽(H)/直线(L)/半径(R)/第二点(S)/放弃(U)/宽度(W)］：@0,−25↙　　　（3 点）

指定圆弧的端点或［角度(A)/圆心(CE)/闭合(CL)/方向(D)/半宽(H)/直线(L)/半径(R)/第二个点(S)/放弃(U)/宽度(W)］：L↙

指定下一点或［圆弧(A)/闭合(C)/半宽(H)/长度(L)/放弃(U)/宽度(W)］：@−40,0↙　（4 点）

指定下一点或［圆弧(A)/闭合(C)/半宽(H)/长度(L)/放弃(U)/宽度(W)］：A↙

指定圆弧的端点或［角度(A)/圆心(CE)/闭合(CL)/方向(D)/半宽(H)/直线(L)/半径(R)/第二点(S)/放弃(U)/宽度(W)］：CL↙

14.4　矩形和正多边形

1. 矩形

命令名为 RECTANG（或缩写名 REC；菜单"绘图"→"矩形"；"绘图"工具栏 ▭），功能为画矩形，其底边与 X 轴平行，可带倒角、圆角等。该命令的格式为：

命令：RECTANG↙（或单击"绘图"工具栏中的图标▭）

指定第一个角点或［倒角(C)/标高(E)/圆角(F)/厚度(T)/宽度(W)］：(给出角点 1,如图 14.9(a)所示)

指定另一个角点或［尺寸(D)］：(给出角点 2,如图 14.9(a)所示)

命令各选项说明如下：

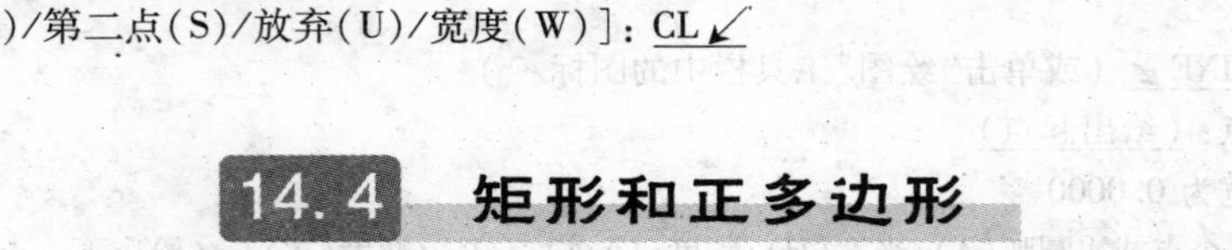

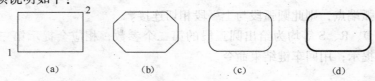

(a)　　　　　　　(b)　　　　　　　(c)　　　　　　　(d)

图 14.9　画矩形

选项 C——指定倒角距离，绘制带倒角的矩形（如图 14.9（b）所示）；

选项 E——指定矩形标高（Z 坐标），即把矩形画在标高为 Z，和 XOY 坐标面平行的平面上，并作为后续矩形的标高值；

选项 F——指定圆角半径，绘制带圆角的矩形（如图 14.9（c）所示）；

选项 T——指定矩形的厚度；

选项 W——指定线宽（如图 14.9（d）所示）；

选项 D——指定矩形的长度和宽度数值。

2. 正多边形

命令名为 POLYGON（或缩写名 POL；菜单"绘图"→"正多边形"；"绘图"工具栏 ⬡），功能为画正多边形，边数为 3～1024，初始线宽为 0，可用 PEDIT 命令修改线宽。该命令的格式为（以图 14.10 为例）：

命令：<u>POLYGON</u>↙（或单击"绘图"工具栏中的图标 ⬡）
输入边的数目 <4>:<u>5</u>↙   （给出边数5）
指定多边形的中心点或［边(E)］： <u>（给出中心点1）</u>
输入选项［内接于圆(I)/外切于圆(C)］<I>:<u>↙（选内接于圆,如图 14.10(a)所示,如选外切于圆,如图 14.10(b)所示)</u>
指定圆的半径：<u>（给出半径）</u>

说明：选项 E 提供一个边的起点 1、端点 2，AutoCAD 按逆时针方向创建该正多边形（如图 14.10（c）所示）。

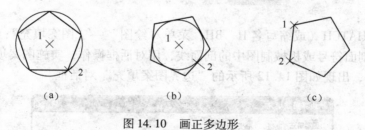

图 14.10　画正多边形

14.5　样　条　曲　线

命令名为 SPLINE（或缩写名 SPL；菜单"绘图"→"样条曲线"；"绘图"工具栏 〜），功能是创建样条曲线。样条曲线命令可用来绘制波浪线等光滑、自由型曲线。该命令的格式为：

命令：<u>SPLINE</u>↙（或单击"绘图"工具栏中的图标 〜）
指定第一个点或［对象(O)］：<u>（输入第 1 点）</u>
指定下一点：<u>（输入第 2 点,这些输入点称样条曲线的拟合点）</u>
指定下一点或［闭合(C)/拟合公差(F)］<起点切向>:<u>（输入点或回车,结束点输入）</u>
指定起点切向：

指定端点切向：

（如输入 C 选项后，要求输入闭合点处切线方向）

输入切向：

样条曲线绘制示例如图 14.11 所示。

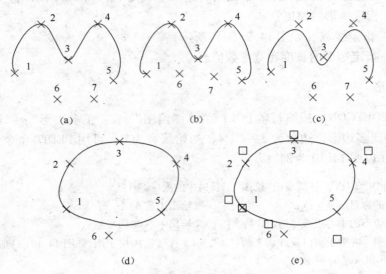

（a）　　　　　　　　　（b）　　　　　　　　　（c）

（d）　　　　　　　　　（e）

图 14.11　样条曲线绘制示例

14.6　图 案 填 充

命令名为 BHATCH（或缩写名 H、BH；菜单"绘图"→"图案填充"；"绘图"工具栏），用于绘制剖面符号或机械制图中的剖面线，用对话框操作，实施图案填充。

命令启动后，出现如图 14.12 所示的"边界图案填充"对话框。

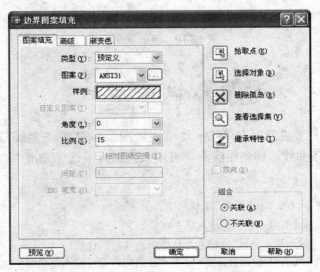

图 14.12　"边界图案填充"对话框

1）选择填充图案

在进行图案填充之前，必须先指定欲填充图案的类型。方法是单击"图案"文本框后的"…"按钮，从弹出的"填充图案选项板"对话框（如图14.13所示）中直接单击图案的图标进行选取。机械制图中表示金属材料的剖面线对应的图案名称为ANSI31，即图14.13中左上方的第一个图标。

2）定义填充边界

单击对话框中的"拾取点"按钮，在要生成图案填充的区域内拾取一点，如图14.14（a）所示，图14.14（b）为自动生成的临时封闭边界，图14.14（c）为填充的结果。

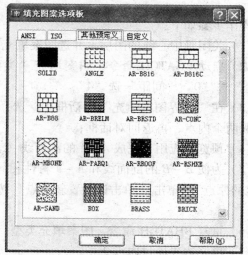

图 14.13　AutoCAD 提供的填充图案

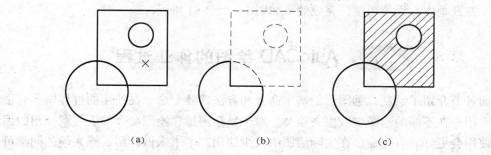

（a）　　　　　　　　（b）　　　　　　　　（c）

图 14.14　定义填充边界

3）图案填充预览

设定填充图案与填充边界后，单击对话框左下角处的"预览"按钮，可先行预览填充的效果，若不满意，可按 ESC 键返回到对话框，重新进行有关设置。

4）调整图案填充的比例和角度

"比例"用于设定填充图案的疏密程度，"角度"用于设定填充图案的旋转角度。

例 14.5　完成如图 14.15（a）所示的机械图"剖中剖"图案填充。

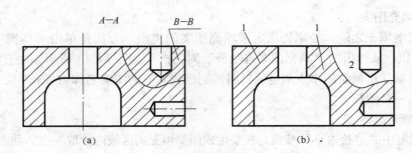

图 14.15　错开的剖面线

操作步骤如下：

（1）关闭画中心线的图层，并选图案填充层为当前层（图层的概念与操作见第 16 章）；

（2）启动 BHATCH 命令，图案填充"类型"选"预定义"，"图案"选"ANSI31"，"角度"选"0"，"间距"选"4"；

（3）在"边界图案填充"对话框中，选择"拾取点"项，如图 14.15（b）所示，在 1 处拾取两个内点，再返回对话框；

（4）预览并应用，完成 $A-A$ 的剖面线（表示金属材料）；

（5）为使 $B-B$ 的剖面线和 $A-A$ 特性相同而剖面线错开，可将"图案填充原点"改为"指定的原点"，单击"单击以设置新原点"按钮，在 $B-B$ 区域指定与 $A-A$ 剖面线错开的一点；

（6）重复 BHATCH 命令，图案填充类型、特性的设置同上；

（7）填充边界通过内点 2 指定；

（8）预览并应用，完成 $B-B$ 的剖面线；

（9）打开画中心线的图层，完成效果如图 14.15（a）所示。

14.7　AutoCAD 绘图的作业过程

前面各节介绍了绘制二维图形的基本命令和方法，各个命令在使用的过程中还有很多技巧，需要用户在不断的绘图实践中去领会。对于复杂图形，绘图命令与下一章介绍的编辑命令结合使用会更好。有些命令在实际绘图中较少使用，本书未做介绍，感兴趣的同学可自己上机从"绘图"下拉菜单中了解。

完成一个 AutoCAD 作业，需要综合应用各类 AutoCAD 命令，现简述如下，在后面的章节中将继续对用到的各类命令做详细介绍。

（1）利用设置类命令，设置绘图环境，如图形界限、捕捉、栅格等（详见第 16 章）；

（2）利用绘图类命令，绘制图形对象；

（3）利用修改类命令，编辑与修改图形，如用删除命令，擦去已画的图形，用镜像命令对称复制图形等（详见第 15 章）；

（4）利用视图类命令及时调整屏幕显示，如利用缩放命令和平移命令等；

（5）利用文件类命令创建、保存或打印图形。

 思考题

1. 有一种画圆方式只能从"绘图"下拉菜单中选取，它是哪一种？

2. 使用多段线（PLINE）命令绘制的折线段和用直线（LINE）命令绘制的折线段完全等效吗？二者有何区别？

3. 简述为指定区域填充剖面线的方法和步骤。如何实现装配图绘制中相邻零件剖面线间隔不等或倾斜方向相反的图案填充？

4. 用什么命令可以绘制局部视图、斜视图或局部剖视图中的波浪线？

5. 分析绘制图 14.16 所用到的绘图命令及绘图的方法和步骤。

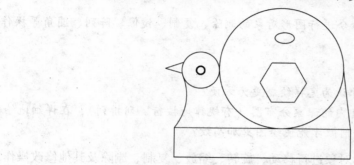

图 14.16　思考题 5 的图

第15章 AutoCAD的编辑命令

知识目标

熟悉 AutoCAD 常用编辑命令的启动方式及操作方法。

技能目标

能正确使用 AutoCAD 的编辑命令进行图形对象的删除、复制、镜像、阵列、圆角等操作。

章前思考

1. 对于一组对称的图形你认为怎样绘制更为方便?

2. 若欲用计算机绘制教室内的课桌分布图（有规律地按行、列排列），在详细地绘制好一张课桌的图形后，你认为如何做才能使绘图更加高效?

图形编辑是指对已有图形对象进行移动、旋转、缩放、复制、删除及其他修改操作。它可以帮助用户合理构造与组织图形，保证作图的准确度，减少重复的绘图操作，从而提高设计与绘图效率。本章将介绍有关图形编辑的菜单、工具栏及二维图形编辑命令。

图形编辑命令集中在菜单"修改"中，有关图标集中在"修改"工具栏中；有关修改多段线、样条曲线、图案填充等命令的图标集中在"修改Ⅱ"工具栏中，如图 15.1 所示。

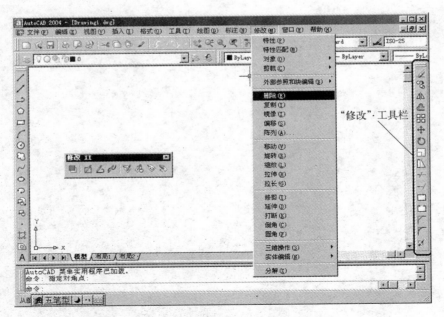

图 15.1 "修改"菜单和"修改Ⅱ"工具栏

15.1　构造选择集和删除

编辑命令一般分两步进行：

（1）在已有的图形中选择编辑对象，即构造选择集；

（2）对选择集实施编辑操作。

1. 构造选择集的操作

启动编辑命令后出现的提示为：

　　选择对象：

即开始了构造选择集的过程，在选择过程中，选中的对象醒目显示（即改用虚线显示），表示已加入选择集。AutoCAD 提供了多种选择对象及操作的方法，现将常用的列举如下。

（1）直接拾取对象：拾取到的对象醒目显示。

（2）ALL：选择图中的全部对象。

（3）W：窗口方式，选择位于窗口内的所有对象。

（4）C：窗交方式，即除选择位于窗口内的所有对象外，还包括与窗口四条边界相交的所有对象。

（5）R：把构造选择集的加入模式转换为从已选中的对象中移出对象的删除模式，其提示转化为

　　删除对象：

（6）回车：在"选择对象："或"删除对象："提示下，用回车响应，就完成构造选择集的过程，可对该选择集进行后续的编辑操作。

2. 构造选择集及删除命令示例

在当前屏幕上已绘有如图 15.2 所示两段圆弧和两条直线，现欲对其中的部分图形进行删除操作，则首先应指定要删除的图形对象，即构造选择集，然后才能对选中的部分执行删除操作。

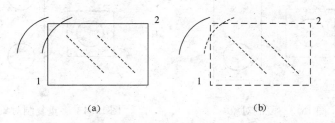

(a)　　　　　　　　　　　(b)

图 15.2　窗口方式和窗交方式

命令：ERASE ↙　　　（删除图形命令，或单击"修改"工具栏中的图标 ）

选择对象：W ↙　　　（选窗口方式）

指定第一个角点：(单击 1 点)

指定对角点：(单击 2 点)

找到 2 个 (选中部分变虚显示,如图 15.2(a)所示)

选择对象：(回车,结束选择过程,删去选定的直线)

在上面构造选择集的操作中，如选择窗交方式 C，则还有一条圆弧和窗口边界相交（如图 15.2（b）所示），也会删去。

15.2　复制和镜像

15.2.1　复制

命令名为 COPY（或缩写名 CO、CP；菜单"修改"→"复制"；"修改"工具栏 ），功能是复制选定对象，并可做多重复制。该命令的格式为：

命令：COPY ↙　　（或单击"修改"工具栏中的图标 ）

选择对象：(构造选择集,如图 15.3 所示选一圆)

找到 1 个

选择对象：↙ (回车,结束选择)

指定基点或位移,或者〔重复(M)〕：(定基点 A)

指定位移的第二点或〈用第一点作位移〉：(位移点 B,该圆按矢量$\overline{AB}$复制到新位置)

(在选择"重复"进行多重复制时)

指定基点或位移,或者〔重复(M)〕：M ↙

指定基点：(定基点 A)

指定位移的第二点或〈用第一点作位移〉：(B 点)

指定位移的第二点或〈用第一点作位移〉：(C 点)

指定位移的第二点或〈用第一点作位移〉：↙

(所选圆按矢量$\overline{AB}$、$\overline{AC}$复制到两个新位置,如图 15.4 所示)

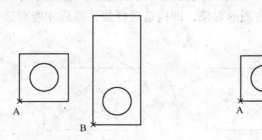

图 15.3　复制对象　　　　　　　图 15.4　多重复制对象

说明：(1) 在单个复制时，如对提示"指定位移的第二点或〈用第一点作位移〉："用回车响应，则系统认为 A 点是位移点，基点为坐标系原点 O（0，0，0），即按矢量$\overline{OA}$复制。

(2) 基点与位移点可用光标定位、坐标值定位，也可利用对象捕捉来准确定位。

15.2.2　镜像

命令名为 MIRROR（或缩写名 MI；菜单"修改"→"镜像"；"修改"工具栏 ⚠），用轴对称方式对指定对象作镜像，该轴称为镜像线，镜像时可删去原图形，也可以保留原图形（镜像复制）。如在图 15.5 中欲将左下图形和 ABC 字符相对 *AB* 直线镜像出右上图形和字符，则操作过程如下：

命令：MIRROR ↙　　　（或单击"修改"工具栏中的图标 ⚠）
选择对象：(构造选择集,在图 15.5 中选中左下图形和 ABC 字符)
选择对象：↙(回车,结束选择)
指定镜像线的第一点：(指定镜像线上的一点,如 A 点)
指定镜像线的第二点：(指定镜像线上的另一点,如 B 点)
是否删除源对象？［是(Y)/否(N)］＜N＞：↙(回车,不删除原图形)

在镜像时，镜像线是一条临时的参照线，镜像后并不保留。在图 15.5 中，文本做了完全镜像，镜像后文本变为反写和倒排，使文本不便阅读。如在调用镜像命令前，把系统变量 MIRRTEXT 的值置为 0，则镜像时对文本只做文本框的镜像，而文本仍然可读，此时的镜像结果如图 15.6 所示。

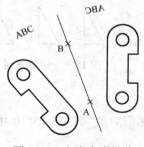

图 15.5　文本完全镜像

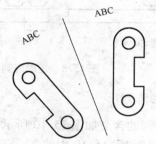

图 15.6　文本可读镜像

15.3　阵列和偏移

15.3.1　阵列

命令名为 ARRAY（或缩写名 AR；菜单"修改"→"阵列"；"修改"工具栏 ▦），功能为对选定对象作矩形或环形阵列式复制。

启动阵列命令后，将弹出如图 15.7 所示的"阵列"对话框。从中可对阵列的方式（矩形阵列或环行阵列）及其具体参数进行设置。

1. 矩形阵列

矩形阵列的含义如图 15.8 所示，是指将所选定的图形对象（如图 15.8 中的 1）按指定的行数、列数复制为多个。

图 15.9 所示为对 A 三角形进行两行、三列矩形阵列的结果，其对话框具体设置如图 15.7 所示。

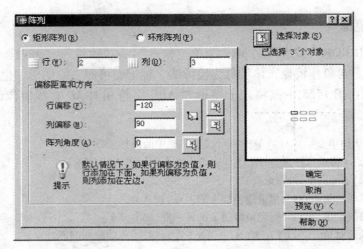

图 15.7 "阵列"对话框

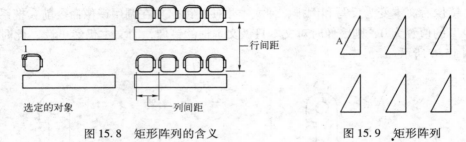

图 15.8 矩形阵列的含义　　　　　　图 15.9 矩形阵列

2. 环形阵列

环形阵列的含义如图 15.10 所示，是指将所选定的图形对象（如图 15.10 中的 1）绕指定的中心点（如图 15.10 中的 2）旋转复制为多个。

图 15.12 所示为对 A 三角形进行 180°环形阵列的结果，其对话框具体设置如图 15.11 所示，采用"复制时旋转项目"设置；图 15.13 所示为取消"复制时旋转项目"设置时的环形阵列情况。

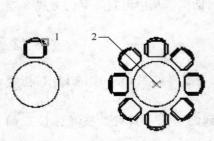

图 15.10 环形阵列的含义

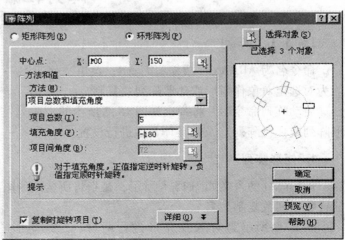

图 15.11 "阵列"对话框

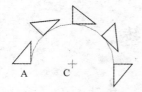

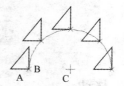

图15.12　环形阵列的同时旋转原图　　　图15.13　环形阵列时原图只做平移

15.3.2　偏移

命令名为OFFSET（或缩写名O；菜单"修改"→"偏移"；"修改"工具栏 ），功能为画出指定对象的偏移，即等距线。直线的等距线为平行等长线段；圆弧的等距线为同心圆弧，保持圆心角相同；多段线的等距线为多段线，其组成线段将自动调整，即其组成的直线段或圆弧段将自动延伸或修剪，构成另一条多段线，如图15.14所示。

图15.14　偏移

AutoCAD用指定偏移距离和指定通过点两种方法来确定等距线位置，对应的操作顺序分别如下。

（1）指定偏移距离，如图15.15所示。

命令：OFFSET↙　　（或单击"修改"工具栏中的图标 ）
指定偏移距离或［通过（T）］<1.0000>：2↙（偏移距离）
选择要偏移的对象或 <退出>：(指定对象,选择多段线A)
指定点以确定偏移所在一侧：(用B点指定在外侧画等距线)
选择要偏移的对象或 <退出>：(继续进行或用回车结束)

（2）指定通过点，如图15.16所示。

命令：OFFSET↙　　（或单击"修改"工具栏中的图标 ）
指定偏移距离或［通过（T）］<5.0000>：T↙(指定通过点方式)
选择要偏移的对象或 <退出>：(选定对象,选择多段线A)
指定通过点：(指定通过点B)
(画出等距线C)
选择要偏移的对象或 <退出>：(继续选一对象C)
指定通过点：(指定通过点D)
(画出等距线)
选择要偏移的对象或 <退出>：(继续进行或用回车结束)

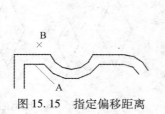

图15.15　指定偏移距离

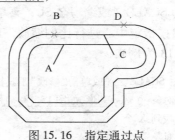

图15.16　指定通过点

15.4 移动和旋转

15.4.1 移动

命令名为 MOVE（或缩写名 M；菜单"修改"→"移动"；"修改"工具栏 ⊕），功能是平移指定的对象。该命令的格式为：

命令：<u>MOVE</u>↙ （或单击"修改"工具栏中的图标 ⊕）
选择对象：
指定基点或位移：
指定位移的第二点或 ＜用第一点作位移＞：

MOVE 命令的操作和 COPY 命令类似，但它是移动对象而不是复制对象。

15.4.2 旋转

命令名为 ROTATE（或缩写名 RO；菜单"修改"→"旋转"；"修改"工具栏 ⊙），功能是绕指定中心旋转图形。该命令的格式为（以图 15.17 为例）：

命令：<u>ROTATE</u>↙ （或单击"修改"工具栏中的图标 ⊙）
UCS 当前的正角方向：ANGDIR ＝逆时针 ANGBASE ＝0
选择对象：（选一长方块，如图 15.17（a）所示）

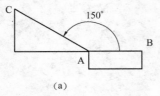

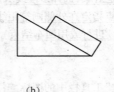

找到 1 个
选择对象：↙（回车）
指定基点：（选 A 点）
指定旋转角度或［参照(R)］：<u>150</u>↙（旋转角，逆时针为正）

（a）　　　　　　　　　　（b）

图 15.17 旋转

结果如图 15.17（b）所示。

15.5 比例和拉伸

15.5.1 比例

命令名为 SCALE（或缩写名 SC；菜单"修改"→"比例"；"修改"工具栏 ▣），功能是把选定对象按指定中心进行比例缩放。该命令的格式为（以图 15.18 为例）：

命令：<u>SCALE</u>↙（或单击"修改"工具栏中的图标 ▣）
选择对象：（选一菱形，如图 15.18(a)所示）
　　找到 X 个
选择对象：↙（回车）

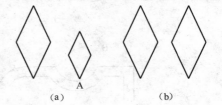

（a）　　　　　　　　（b）

图 15.18 比例缩放

指定基点：(选基准点 A,即比例缩放中心)

指定比例因子或［参照(R)］:2✓(输入比例因子)

结果如图 15.18（b）所示。

15.5.2　拉伸

命令名为 STRETCH（或缩写名 S；菜单"修改"→"拉伸"；"修改"工具栏），功能是拉伸或移动选定的对象，本命令必须要用窗交（C）方式选取对象，完全位于窗内或圈内的对象将发生移动（与 MOVE 命令相同），与边界相交的对象将产生拉伸或压缩变化。该命令的格式为（以图 15.19 为例）：

命令：STRETCH✓（或单击"修改"工具栏中的图标）

以交叉窗口或交叉多边形选择要拉伸的对象…

选择对象：(用 C 或 CP 方式选取对象,如图 15.19(a)所示)

指定第一个角点：(1 点)

指定对角点：(2 点)

　　　找到 X 个

选择对象：✓(回车)

指定基点或位移：(用交点捕捉,拾取 A 点)

指定位移的第二个点或 <用第一个点作位移 >:(选取 B 点)

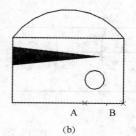

(a)　　　　　　(b)

图形变形如图 15.19（b）所示。

图 15.19　拉伸

15.6　修剪和延伸

15.6.1　修剪

命令名为 TRIM（或缩写名 TR；菜单"修改"→"修剪"；"修改"工具栏），功能是在指定剪切边后，可连续选择被切边进行修剪。该命令的格式为（以图 15.20 为例）：

命令：TRIM✓（或单击"修改"工具栏中的图标）

当前设置：投影 =UCS 边 =无

选择剪切边…

选择对象：(选定剪切边,可连续选取,用回车结束该项操作,如图 15.20(a)所示,拾取两圆弧为剪切边)

选择对象：✓(回车)

选择要修剪的对象，或按住 Shift 键选择要延伸的对象，或［投影(P)/边(E)/放弃(U)］:(选择被修剪边、改变修剪模式或取消当前操作)

提示"选择要修剪的对象，或按住 Shift 键选择要延伸的对象，或［投影（P）/边（E）/放弃（U）］:"用于选择被修剪边、改变修剪模式和取消当前操作，该提示反复出现，因此可以利用选定的剪切边对一系列对象进行修剪，直至用回车退出本命令。该提示的主要选项说明如下。

（1）选择要修剪的对象：AutoCAD 根据拾取点的位置，搜索与剪切边的交点，判定修剪部分，如图 15.20（b）所示，拾取 1 点，则中间段被修剪，继续拾取 2 点，则左端被修剪。

（2）按住 Shift 键选择要延伸的对象：在按下 Shift 键状态下选择一个对象，可以将该对象延伸至剪切边（相当于执行延伸命令 EXTEND）。

说明和示例：

（1）剪切边可选择多段线、直线、圆、圆弧、椭圆、构造线、射线、样条曲线和文本等，被切边可选择多段线、直线、圆、圆弧、椭圆、射线、样条曲线等。

（2）同一对象既可以选为剪切边，也可同时选为被切边。

如图 15.21（a）所示，选择 4 条直线和大圆为剪切边，即可修剪成如图 15.21（b）所示的形状。

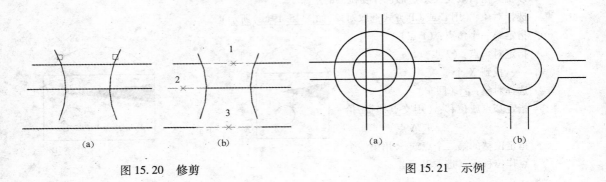

（a） （b）	（a） （b）
图 15.20　修剪	图 15.21　示例

15.6.2　延伸

命令名为 EXTEND（或缩写名 EX；菜单"修改"→"延伸"；"修改"工具栏▨），功能是在指定边界后，可连续选择延伸边，延伸到与边界边相交。它是 TRIM 命令的一个对应命令。该命令的格式为（以图 15.22 为例）：

命令：<u>EXTEND↙</u>　（或单击"修改"工具栏中的图标▨）

当前设置：投影 = UCS 边 = 延伸

选择边界的边 …

选择对象：（<u>选定边界边,可连续选取,用回车结束该项操作,如图 15.22(a)所示,拾取一圆为边界边</u>）

选择要延伸的对象,或按住 Shift 键选择要修剪的对象,或［投影(P)/边(E)/放弃(U)］：（<u>选择延伸边、改变延伸模式或取消当前操作</u>）

提示"选择要延伸的对象，或按住 Shift 键选择要修剪的对象，或［投影（P）/边（E）/放弃（U）］："用于选择延伸边、改变延伸模式或取消当前操作，其含义和修剪命令的对应选项类似。该提示反复出现，因此可以利用选定的边界边，使一系列对象进行延伸，在拾取对象时，拾取点的位置决定延伸的方向，最后用回车退出本命令。

例如，图 15.22（b）所示为拾取 1、2 两点延伸的结果，图 15.22（c）所示为继续拾取 3、4、5 三点延伸的结果。

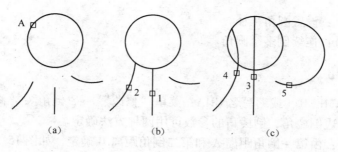

图 15.22　延伸

15.7　圆角和倒角

15.7.1　圆角

命令名为 FILLET（或缩写名 F；菜单"修改"→"圆角"；"修改"工具栏 ），功能是在直线、圆弧或圆间按指定半径作圆角；也可对多段线倒圆角。该命令的格式为（以图 15.23 为例）：

命令：FILLET↙　　　（或单击"修改"工具栏中的图标 ）
当前模式：模式 = 修剪,半径 = 10.0000
选择第一个对象或［多段线(P)/半径(R)/修剪(T)/多个(U)］：R↙
指定圆角半径 <10.0000>：30↙
命令：↙
当前模式：模式 = 修剪,半径 = 30.0000
选择第一个对象或［多段线(P)/半径(R)/修剪(T)/多个(U)］：(拾取1,如图 15.23(a)所示)
选择第二个对象：(拾取2)

结果如图 15.23（b）所示，由于处于"修剪模式"，所以多余线段被修剪。

有关选项说明如下。

（1）多段线（P）：选二维多段线作倒圆角，它只能在直线段间倒圆角，如两直线段间有圆弧段，则该圆弧段被忽略，后续提示为：

选择二维多段线：(选多段线,如图 15.24(a)所示)

结果如图 15.24（b）所示。

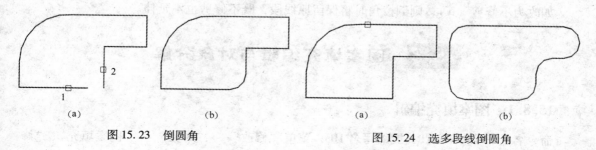

图 15.23　倒圆角　　　　　　　图 15.24　选多段线倒圆角

（2）半径（R）：设置圆角半径。

（3）多个（U）：连续倒多个圆角。

15.7.2 倒角

命令名为 CHAMFER（或缩写名 CHA；菜单"修改"→"倒角"；"修改"工具栏 ），功能是对两条直线边倒棱角，倒棱角的参数可用两种方法确定。

（1）距离方法：由第一倒角距离 A 和第二倒角距离 B 确定，如图 15.25（a）所示。

（2）角度方法：由对第一直线的倒角距离 C 和倒角角度 D 确定，如图 15.25（b）所示。具体命令格式为（以图 15.25 为例）：

命令：<u>CHAMFER</u>↙（或单击"修改"工具栏中的图标 ）

（"修剪"模式）当前倒角距离 1 = 10.0000，距离 2 = 10.0000

选择第一条直线或［多段线（P）/距离（D）/角度（A）/修剪（T）/方式（M）/多个（U）］：<u>D</u>↙

指定第一个倒角距离 <10.0000>：<u>4</u>↙

指定第二个倒角距离 <4.0000>：<u>2</u>↙

选择第一条直线或［多段线（P）/距离（D）/角度（A）/修剪（T）/方式（M）/多个（U）］：<u>（选直线1，</u>
<u>如图 15.25(a)所示）</u>

选择第二条直线：<u>（选直线2，作倒棱角）</u>

有关选项说明如下。

（1）多段线（P）：在二维多段线的直角边之间倒棱角，当线段长度小于倒角距离时，则不作倒角，如图 15.26 所示顶点 A 处。

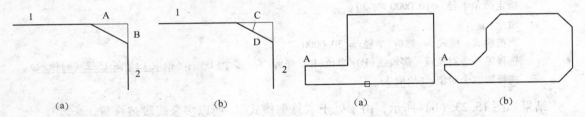

图 15.25　倒棱角　　　　　　　　图 15.26　选多段线倒棱角

（2）距离（D）：设置倒角距离。

（3）角度（A）：用角度方法确定倒角参数。

（4）修剪（T）：选择修剪模式，后续提示为

输入修剪模式选项［修剪（T）/不修剪（N）］<不修剪>：

如改为不修剪（N），则倒棱角时将保留原线段，既不修剪也不延伸。

15.8　图案填充编辑与对象分解

15.8.1　图案填充编辑

命令名为 HATCHEDIT（或缩写名 HE；菜单"修改"→"对象"→"图案填充"；"修

改Ⅱ"工具栏 ⬛），功能是对已有图案填充对象进行图案类型和图案特性参数的修改等。

HATCHEDIT 命令启动后，出现"图案填充编辑"对话框，它的内容和第 14 章介绍的图案填充命令的"边界图案填充"对话框完全一样，只是有关填充边界定义部分变灰（不可操作），如图 15.27 所示。利用本命令，对已有图案填充可进行下列修改：

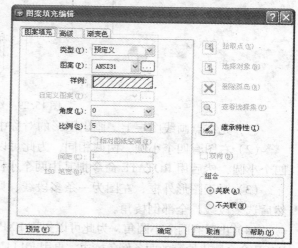

（1）改变图案类型及角度和比例；

（2）改变图案特性；

（3）修改图案样式；

（4）修改图案填充的组合——关联与不关联。

图 15.27 "图案填充编辑"对话框

15.8.2 对象分解

命令名为 EXPLODE（或缩写名 X；菜单"修改"→"分解"；"修改"工具栏 ⬛），功能是用于将组合对象如多段线、块、图案填充、尺寸等拆开为其组成成员。命令格式为：

命令：EXPLODE ↙   （或单击"修改"工具栏中的图标 ⬛）
选择对象：（选择要分解的对象）

15.9 修改对象特性

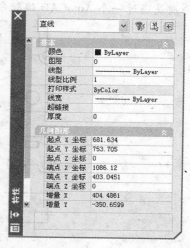

命令名为 PROPERTIES（或菜单"工具"→"特性"；"标准"工具栏 ⬛），功能是显示并允许修改当前选定对象的图形参数（如直线的端点、长度，圆的圆心坐标、半径等，依对象不同而异）及环境参数（如所在图层、颜色、线型、线宽、文字样式、标注样式等，依对象不同而异）。先选择图形对象，然后启动该命令，在弹出的如图 15.28 所示的"特性"对话框中将显示所选对象的所有图形参数及环境参数，从中可直接进行有关参数的修改，按 ESC 键退出该状态。

图 15.28 "特性"对话框

15.10 综 合 示 例

例 15.1 利用编辑命令根据图 15.29（a），完成图 15.29（b）。
解：操作步骤如下。

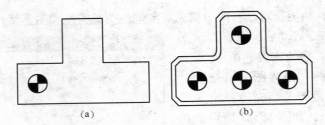

图 15.29　综合示例

（1）先在点画线图层上，画出图形的对称中心线。

（2）右图有四个小圆，两两相同，为此可以用 COPY（选多重复制）命令。首先复制成四个小圆，然后用 ROTATE 命令把其中两个小圆旋转 90°即可。

（3）对于图形外框，左图为一条多段线，则可以利用 CHAMFER 命令，设置倒角距离，然后选多段线，全部倒棱角。

（4）由于有两个小圆角，为此可以先用 EXPLODE 拆开多段线，在有小圆角的部位，用 E-RASE 命令删去原有的两条倒角棱边，再用 FILLET 命令，指定圆角半径后，做出两个小圆角。

（5）为了做外轮廓线的等距线，可以使用 OFFSET 命令。

思考题

1. 在选择编辑的对象时构造选择集有哪些方式？各适用于什么情况？

2. 下面图 15.30 所示的一组图形中，每一行中的图（a）到图（b）、图（c）到图（d）分别是通过一个 AutoCAD 编辑命令实现的，请指出各自用的是什么命令？如何具体操作？

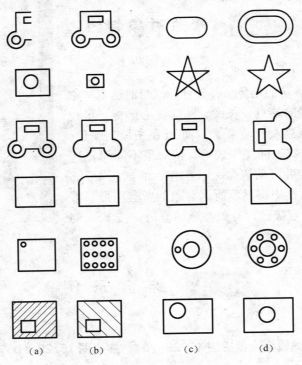

（a）　　　（b）　　　　（c）　　　（d）

图 15.30　思考题 2 的图

第16章　AutoCAD的辅助绘图工具

知识目标

1. 明确对象捕捉、对象追踪、显示控制、图层等辅助绘图工具的概念和应用；
2. 熟悉常用辅助绘图工具命令的使用方法。

技能目标

能根据需要合理运用对象捕捉、对象追踪、显示控制、图层等辅助绘图工具进行图形的绘制。

 **章前思考**

1. 在画图时你认为如何能够方便地准确定位某些特殊点（如圆心、端点、中点、切点等）？
2. 在绘制三视图时怎样才能保证"主、俯视图长对正，主、左视图高平齐"的对应关系？
3. 一张机械图中包含多方面的内容，如图形、尺寸、技术要求等，而图形又是由粗实线、虚线、点画线、细实线等多种线型的图形元素构成的，你认为如何能够方便地组织和管理它们呢？

利用前面两章介绍的绘图命令和编辑功能，用户已经能够绘制出基本的图形对象，但在实际绘图中仍会遇到很多具体问题。例如，想用单击鼠标的方法找到某些特殊点（如圆心、切点、交点等），无论怎么细心，要准确地找到这些点都非常困难，有时甚至根本不可能；要画一张很大的图，由于显示屏幕的大小有限，与实际所要画的图比例存在很大悬殊时，图中一些细小结构要看清楚就非常困难。多种类型的图形对象集中在同一图形文件中，使得图形的信息管理很不清晰。运用 AutoCAD 提供的多种辅助绘图工具就可轻松地解决这些问题。

本章将介绍 AutoCAD 提供的主要辅助绘图命令，包括：图形界限的设置；捕捉和栅格等基本辅助工具、对象捕捉、对象追踪、显示控制、图层等。

16.1　设置图形界限

命令名为 LIMITS（或菜单"格式"→"图形界限"），功能是设置图形界限，以控制绘图的范围。图形界限的设置方式主要有两种：

（1）按绘图的图幅设置图形界限。如对 A3 图幅，图形界限可控制在 420×297 左右。

（2）按实物实际大小使用绘图面积，设置图形界限。这样可以按 1:1 绘图，在图形输出时设置适当的比例系数。该命令的格式为：

命令：LIMITS✓

重新设置模型空间界限：

指定左下角点或［开（ON）/关（OFF）］ <0.0000,0.0000 >：(重设左下角点)

指定右上角点 <420.0000,297.0000 >：(重设右上角点)

提示中的"［开（ON）/关（OFF）］"指打开图形界限检查功能，设置为 ON 时，检查功能打开，图形画出界限时 AutoCAD 会给出提示。

16.2　基本辅助工具

当在图上画线、圆、圆弧等对象时，定位点的最快方法是直接在屏幕上拾取点。但是，用光标很难准确地定位于对象上某一个特定的点。为解决快速精确定点问题，Auto-CAD 提供了一些辅助绘图工具，包括捕捉、栅格显示、正交模式、极轴追踪、对象捕捉、对象捕捉追踪、显示/隐藏线宽等。利用这些辅助工具，能提高绘图精度，加快绘图速度。

16.2.1　状态栏控制

状态栏位于 AutoCAD 绘图界面的底部，如图 16.1 所示，自左至右排列的按钮"捕捉"、"栅格"、"正交"、"极轴"、"对象捕捉"、"对象追踪"、"线宽"、"模型"分别显示捕捉模式、栅格模式、正交模式、极轴追踪、对象捕捉、对象捕捉追踪、线宽显示以及模型空间功能是否打开，按钮弹起时表示该功能关闭，按钮按下时表示该功能打开。单击按钮，可以在打开与关闭功能之间进行切换。

| 1624.0845, 603.1421, 0.0000 | 捕捉 栅格 正交 极轴 对象捕捉 对象追踪 线宽 模型 |

图 16.1　状态栏

16.2.2　捕捉和栅格

捕捉用于控制间隔捕捉功能，如果捕捉功能打开，光标将锁定在不可见的捕捉网格点上，做步进式移动。捕捉间距在 X 方向和 Y 方向一般相同，也可以不同。

栅格用于显示可见的参照网格点，当栅格打开时，它在图形界限范围内显示出来。栅格既不是图形的一部分，也不会输出，但对绘图起很重要的辅助作用，如同坐标纸一样。栅格点的间距值可以和捕捉间距相同，也可以不同。

捕捉和栅格功能的设置可通过位于屏幕下方的状态栏中的同名按钮实现。

16.2.3　正交模式

当正交模式打开时，AutoCAD 限定只能画水平线和铅垂线，使用户可以精确地绘制水平线和铅垂线，这样可以大大方便绘图。另外，执行移动命令时也只能沿水平和铅垂方向移动图形对象。正交模式的设置可通过状态栏中的同名按钮实现，或按 F8 键在正交和非正交模式之间切换。

16.3　对象捕捉

对象捕捉是 AutoCAD 精确定位于对象上某点的一种重要方法，它能迅速地捕捉图形对象的端点、交点、中点、切点等特殊点和位置，从而提高绘图的精度和速度。

16.3.1　设置对象捕捉模式

右击状态栏中的"对象捕捉"按钮，打开"草图设置"对话框的"对象捕捉"选项卡（如图 16.2 所示）。

选项卡中的两个复选框"启用对象捕捉"和"启用对象捕捉追踪"用来确定是否打开对象捕捉功能和对象捕捉追踪功能。在"对象捕捉模式"选项组中，规定了对象上 13 种特征点的捕捉。选中捕捉模式后，在绘图屏幕上，只要把靶框放在对象上，即可捕捉到对象上的特征点，并且在每种特征点前都规定了相应的捕捉显示标记。例如，中点用小三角表示，圆心用一个小圆圈表示。选项卡中还有"全部选择"和"全部清除"两个按钮，单击前者，则选中所有捕捉模式；单击后者，则清除所有捕捉模式。

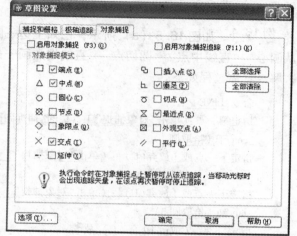

图 16.2　"对象捕捉"选项卡

16.3.2　利用光标菜单和工具栏进行对象捕捉

AutoCAD 还提供有另一种对象捕捉的操作方式，即在命令要求输入点时，临时调用对象捕捉功能，此时它覆盖"对象捕捉"选项卡的设置，称为单点优先方式。此方式只对当前点有效，对下一点的输入就无效了。

1. 对象捕捉光标菜单

在命令要求输入点时，同时按下 Shift 键和鼠标右键，在屏幕上当前光标处出现"对象捕捉"光标菜单，如图 16.3 所示。

2. "对象捕捉"工具栏

"对象捕捉"工具栏如图 16.4 所示，从"视图"菜单中选择"工具栏"选项，打开"工具栏"对话框，在该对话框中选中"对象捕捉"复选框，即可使"对象捕捉"工具栏显示在屏幕上。从内容上看，它和"对象捕捉"光标菜单类似。

图 16.3 "对象捕捉"光标菜单

图 16.4 "对象捕捉"工具栏

例 16.1 如图 16.5（a）所示，已知上边一圆和下边一条水平线，现利用对象捕捉功能从圆心 → 直线中点 → 圆切点 → 直线端点画一条折线。

解： 具体过程如下。

命令：LINE↙
指定第一点：（单击"对象捕捉"工具栏的"捕捉到圆心"图标）
_cen 于（拾取圆 1）
指定下一点或［放弃(U)］：（单击"对象捕捉"工具栏的"捕捉到中点"图标）
_mid 于（拾取直线 2）
指定下一点或［放弃(U)］：（单击"对象捕捉"工具栏的"捕捉到切点"图标）
_tan 到（拾取圆 3）
指定下一点或［闭合（C）/放弃(U)］：（单击"对象捕捉"工具栏的"捕捉到端点"图标）
_endp 于（拾取直线 4）
指定下一点或［闭合（C）/放弃(U)］：↙（回车）
结果如图 16.5（b）所示。

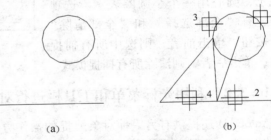

(a)　　　　　　　　(b)

图 16.5 对象捕捉应用举例

16.4　对 象 追 踪

AutoCAD 提供的对象追踪功能，可以使用户在特定的角度和位置绘制图形。打开对象追踪功能，执行绘图命令时屏幕上会显示临时辅助线，帮助用户在指定的角度和位置上精确地绘出图形对象。对象追踪功能包括两种：极轴追踪和对象捕捉追踪。

1. 极轴追踪

在绘图过程中，当 AutoCAD 要求用户给定点时，利用极轴追踪功能可以在给定的极角方向上出现临时辅助线。例如，图 16.6 中先从点 1 到 2 画一水平线段，再从点 2 到 3 画一条线段与之成60°角，这时可以打开极轴追踪功能并设极角增量为60°，则当光标在60°位置附近时AutoCAD显示一条辅助线和提示，如图16.6所示，光标远离该位置时辅助线和提示消失。

极轴追踪的有关设置可在"草图设置"对话框的"极轴追踪"选项卡中完成。是否打开极轴追踪功能，可用F10键或状态栏中的"极轴"按钮切换。

2. 对象捕捉追踪

对象捕捉追踪与对象捕捉功能相关，启用对象捕捉追踪功能之前必须先启用对象捕捉功能。利用对象捕捉追踪可产生基于对象捕捉点的辅助线，如图16.7所示，在画线过程中AutoCAD捕捉到前一段线段的端点，追踪提示说明光标所在位置与捕捉的端点间距离为44.6315，辅助线的极轴角为330°。

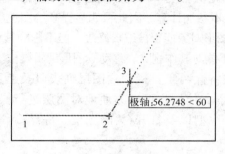

图16.6　极轴追踪

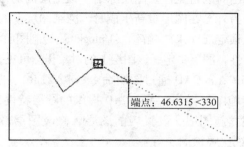

图16.7　对象捕捉追踪

16.5　图形显示控制

由于显示器屏幕的大小有限，在绘制和编辑图形时，经常要对当前图形进行缩放、平移等操作。

AutoCAD环境下显示控制操作最基本的方法是利用鼠标的中键滚轮，当滚轮向前滚动时图形放大；向后滚动时图形缩小；按下滚轮移动鼠标时，图形平移；双击鼠标中键滚轮，显示全部图形。

图形显示控制命令只改变图形在屏幕上的视觉效果，并不改变图形的实际尺寸。

16.6　图　　层

图层可看做一张没有厚度的透明纸，上边画着属于该层的图形对象。每一层上可设定默认的一种线型、一种颜色和一种线宽。图形中所有这样的层叠放在一起，就组成了一个完整的图形。有了图层，就可以将一张图上不同性质的实体分别画在不同的层上。如绘制零件图时，就可以将图形的粗轮廓线、剖面线、中心线、尺寸、文字和标题栏等分别放在不同的层上，从而既便于对图形的管理和修改，又可加快绘图的速度。

图层是AutoCAD用来组织图形的有效工具之一，AutoCAD图形对象必须绘制在某一层上。图层具有下述特点。

（1）每一图层对应有一个图层名，系统默认设置的图层为"0"（零）层。其余图层由用户根据绘图需要命名创建，数量不限。

（2）各图层具有同一坐标系，好像透明纸重叠在一起一样。每一图层对应一种颜色、一种线型。新建图层的默认设置为白色、连续线（实线）。图层的颜色和线型设置可以修改。一般在一个图层上创建图形对象时，就自然采用该图层对应的颜色和线型，称为随层（Bylayer）方式。

（3）当前作图使用的图层称为当前层，当前层只有一个，但可以切换。

（4）图层具有以下特征，用户可以根据需要进行设置。

- 打开（ON）/关闭（OFF）：控制图层上的实体在屏幕上的可见性。图层打开，则该图层上的对象可见，图层关闭，该图层的对象从屏幕上消失。

- 冻结（Freeze）/解冻（Thaw）：也影响图层的可见性，并且控制图层上的实体在打印输出时的可见性。图层冻结，该图层的对象不仅在屏幕上不可见，而且也不能打印输出。另外，在图形重新生成时，冻结图层上的对象不参加计算，因此可明显提高绘图速度。

- 锁定（Lock）/解锁（Unlock）：控制图层上的图形对象能否被编辑修改，但不影响其可见性。图层锁定，该图层上的对象仍然可见，但不能对其作删除、移动等图形编辑操作。

（5）AutoCAD 通过图层命令（LAYER）、"对象特性"工具栏中的图层列表以及工具图标等实施图层操作。AutoCAD 提供的图层特性管理器，使用户可以方便地对图层进行操作，比如建立新图层、设置当前图层、修改图层颜色、线型以及打开/关闭图层、冻结/解冻图层、锁定/解锁图层等。

16.6.1　图层命令及操作

命令名为 LAYER（或缩写名 LA；菜单"格式"→"图层"；"对象特性"工具栏▧），功能是对图层进行操作，控制其各项特性。

启动图层命令后将打开如图 16.8 所示的"图层特性管理器"对话框，利用此对话框可对图层进行各种操作。现将常用操作分述如下。

1）创建新图层

单击"新建"按钮创建新图层，新图层的特性将继承 0 层的特性或继承已选择的某一图层的特性。新图层的默认名为"图层×"，显示在中间的图层列表中，用户可以立即更名。图层名也可以使用中文。

2）设置图层颜色

为了区分不同的图层，可根据需要改变某些图层的颜色。在"图层特性管理器"对话框中单击"颜色"按钮，系统弹出如图 16.9 所示的"选择颜色"对话框，可从中选择欲赋予图层的颜色。

3）设置图层线型

AutoCAD 默认的线型为 Continous（实线），用户可以根据需要为图层设置不同的线型。在"图层特性管理器"对话框中单击"线型"按钮，系统将弹出如图 16.10 所示的"选择线型"对话框。如果要用的线型已经加载，那么在"选择线型"对话框中将会列有该线型，用户只需在线型列表框中选择所需线型即可。如果要用的线型尚未加载，则单击位于对话框下部的"加载"按钮，从弹出的如图 16.11 所示的"加载或重载线型"对话框内的线型列表框中选择欲加载的线型，并单击"确定"按钮，就可将所选择的线型装入当前图形的"选择线型"对话框中。

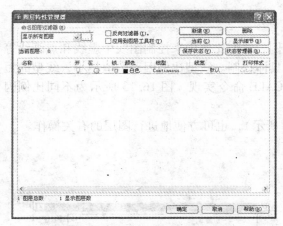

图 16.8　"图层特性管理器"对话框

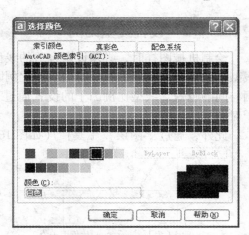

图 16.9　"选择颜色"对话框

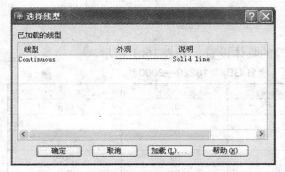

图 16.10　"选择线型"对话框

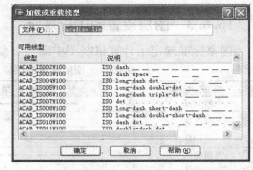

图 16.11　"加载或重载线型"对话框

4）设置图层线宽

在"图层特性管理器"对话框中单击"线宽"按钮，系统弹出如图 16.12 所示的"线宽"对话框，可从中选择欲赋予图层的图线宽度。

5）设置当前图层

用户只能在当前图层上绘制图形。因此，对于包含多个图层的图形，在绘制和编辑图形之前，必须先将要在其上工作的图层设置为当前图层。从"图层特性管理器"对话框的图层列表框中选择任一图层，然后单击"当前"按钮，即将该图层设置为当前图层。

6）删除已创建的图层

用户创建的图层若从未被引用过，则可以用"删除"

图 16.12　"线宽"对话框

按钮将其删去。方法是：选中该图层，单击"删除"按钮，则该图层消失。需要注意的是，系统创建的 0 层不能被删除。

7）控制图层状态

图层的"开/关"、"冻结/解冻"、"锁定/解锁"等状态的设置可从"图层特性管理器"对话框的图层列表框中通过单击对应的图标实现不同状态的切换。

16.6.2 设置线型比例

绘制机械图样时，必须设定合适的线型比例。线型比例用来控制图线中虚线和点画线等线型中的短画与间隔的长短，由线型比例因子具体控制。线型比例因子数值越小，线型的短画与间隔越短。线型比例因子的设置通过 LTSCALE 命令实现。图 16.13 所示为不同比例因子对图线的影响。

此外，通过"图层"工具栏（如图 16.14 所示），也可方便地进行图层的有关操作。

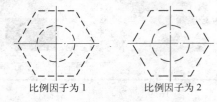

比例因子为 1   比例因子为 2

图 16.13　不同比例因子对图线的影响

图 16.14　"图层"工具栏

16.6.3 图层设置的国标规定

国家标准规定了计算机制图中图层、颜色等的具体设置，如表 16.1 所示。

表 16.1　图层设置的国标规定（摘自 GB/T 18229—2000）

图 线 名 称	图 线 类 型	层　　号	颜　色
粗实线	———————	01	白色
细实线	———————	02	绿色
波浪线	～～～～～		
粗虚线	━ ━ ━ ━	03	白色
细虚线	‑ ‑ ‑ ‑ ‑	04	黄色
细点画线	—‑—‑—‑—	05	红色
细双点画线	—‥—‥—‥	07	粉红色
尺寸界线、尺寸线等	←————→	08	
剖面符号	/////	10	
文本细实线	ABCD	11	
尺寸值和公差	421±0.234	12	
文本粗实线	ABCDEF	13	
用户选用		14、15、16	

16.6.4 图层应用示例

图层广泛应用于组织图形，通常可以按线型（如粗实线、细实线、虚线和点画线等）、图形对象类型（如图形、尺寸标注、文字标注、剖面线等）或按生产过程、管理需要来分层，并给每一层赋予适当的名称，使图形管理变得十分方便。

例16.2　图 16.15 所示为一机械零件的工程图，现结合绘图与生产过程对其设置图层并进行绘图操作。

解：操作步骤如下。

（1）打开"图层特性管理器"对话框，建立三个图层，并依国标规定其名称、颜色、线型、线宽如下（保留系统提供的 0 层，供辅助作图用）。

05层：红色，线型 ACAD_ISO04W100，线宽0.2，用于画定位轴线（点画线）。

01层：白色，线型 Continuous，线宽0.4，用于画可见轮廓线（粗实线）。

04层：黄色，线型 ACAD_ISO02W100，线宽0.2，用于画不可见轮廓线（虚线）。

（2）选中05层，单击"当前"按钮，将其设为当前层，画定位轴线。

（3）设01层为当前层，画可见轮廓线。

（4）设04层为当前层，画中间钻孔。

（5）如设0层为当前层，并关闭04层，则显示钻孔前的零件图形，如图16.16所示。

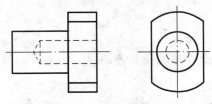 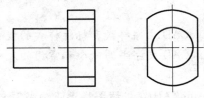

图16.15　机械零件的工程图　　　　图16.16　显示钻孔前的零件图形

1. 为什么要运用对象捕捉？对象捕捉有哪几种模式？它们分别在什么情况下运用？

2. 常见图形对象有哪些对象捕捉特殊点？

3. 如图16.17所示，图中已绘有1、2两圆及直线3，现欲利用对象捕捉功能绘制图中的折线：圆1圆心→与圆2相切→与直线3垂直→圆2象限点→直线3端点，该如何操作？

4. 图形显示控制命令是否改变图形的实际尺寸及图形对象间的相对位置关系？

5. 在机械制图中图层可以有哪些应用？

6. 在 AutoCAD 环境下如何新建图层，设置图层的颜色、线型、线宽？

7. 绘图时图形总是画在哪一图层上？如何将某一图层设置为当前图层？如何打开和关闭某一图层？

8. 参考国标的有关规定，为图16.18所示零件图设置图层及其颜色、线型和线宽。

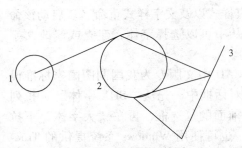

图16.17　思考题3的图

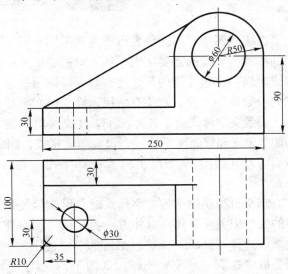

图16.18　思考题8的图

第17章　　AutoCAD的文字和尺寸标注

知识目标

1. 明确 AutoCAD 文字样式和标注样式的概念及其定义方法；
2. 熟悉 AutoCAD 文字书写命令和常用的尺寸标注命令及其使用方法。

技能目标

　　能用 AutoCAD 在机械图样上正确书写文字并进行尺寸标注。

章前思考

　　1. 在 AutoCAD 中如何书写不同字体、不同排列方式的文字呢？怎样才能使书写的文字符合制图国标的规定呢？

　　2. 在 AutoCAD 中如何方便地标注尺寸呢？是否也需要像手工绘图那样逐一画尺寸界线、尺寸线、箭头，写数字呢？对此你有何建议？

　　在工程设计中，图形只能表达物体的结构形状，而物体的真实大小和各部分的相对位置则必须通过标注尺寸才能确定。此外，图样中还要有必要的文字，如注释说明、技术要求以及标题栏等。尺寸、文字和图形一起表达完整的设计思想，在工程图样中起着非常重要的作用。本章将介绍如何利用 AutoCAD 进行图样中文字和尺寸的标注。

17.1　设置文字样式

　　在工程图中，不同位置可能需要采用不同的字体，即使用同一种字体又可能需要采用不同的样式，如有的需要字大一些，有的需要字小一些，有的需要水平排列，有的需要垂直排列或倾斜一定角度排列等，这些效果可以通过定义不同的文字样式来实现。一旦一个文字样式的参数发生变化，则所有使用该样式的文字都将随之更新。

　　设置文字样式命令名为 STYLE（或菜单"格式"→"文字样式"；"文字"工具栏 ），功能是定义和修改文字样式，设置当前样式，删除已有样式以及文字样式重命名。启动该命令后将打开如图 17.1 所示的"文字样式"对话框，从中可以选择字体，建立或修改文字样式。

　　定义机械制图中的文字样式时，可直接使用 AutoCAD 中文版专为我国制图国家标准设计的长仿宋矢量字体。具体方法为：在"文字样式"对话框中，先从"SHX 字体"下拉列表框中选择"gbenor. shx"。然后选中"使用大字体"前面的复选框，再在"大字体"下拉列表框中选取"gbcbig. shx"，如图 17.1 所示。此外，也可使用 Windows 系统提供的 True-Type 字体，例 17.1 则为具体设置示例。

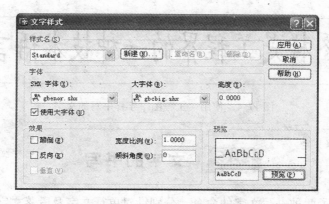

图 17.1 "文字样式"对话框

例 17.1 建立名为"**工程图**"的工程制图用文字样式，字体采用仿宋体，常规字体样式，固定字高 10 mm，宽度比例为 0.707。

解：操作步骤如下。

（1）在"格式"菜单中选择"文字样式"命令，打开"文字样式"对话框。

（2）单击"新建"按钮打开如图 17.2 所示的"新建文字样式"对话框，输入新建文字样式名"工程图"后，单击"确定"按钮关闭该对话框。

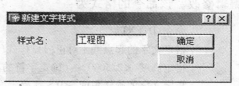

（3）在"字体"选项组的"字体名"下拉列表框中选择"仿宋_GB2312"，在"字体样式"下拉列表框中选择"常规"，在"高度"编辑框中

图 17.2 "新建文字样式"对话框

输入 10（若输入 0 则表示在写字时再具体给定字体的高度）。

（4）在"效果"选项组中，设置"宽度比例"为 0.707，"倾斜角度"为 0，其余复选框均不选中。各项设置如图 17.3 所示。依次单击"应用"和"关闭"按钮，建立此字样并关闭对话框。

图 17.3 建立名为"工程图"的文字样式

图 17.4 为用上面建立的"工程图"字样书写的文字效果。

图样是工程界的一种技术语言

图 17.4 使用"工程图"字样书写的文字

17.2 文字的书写

AutoCAD 提供了两种书写文字的命令，分别针对单行文字及段落文字的书写。

17.2.1 单行文字

命令名为 DTEXT（或菜单"绘图"→"文字"→"单行文字"；"文字"工具栏 Ａ），动态书写单行文字，在书写时所输入的字符动态显示在屏幕上，书写完一行文字后回车可继续输入另一行文字，利用此功能可创建多行文字，但是每一行文字为一个对象，可单独进行编辑修改。该命令的格式为：

命令：DTEXT↙
指定文字的起点或［对正(J)/样式(S)］：(单击一点作为文本的起始点)
指定高度 <2.5000>：(确定字符的高度)
指定文字的旋转角度 <0>：(确定文本行的倾斜角度)
输入文字：(输入文字内容)
输入文字：(输入下一行文字或直接回车)

对有些特殊字符，如圆的直径符号、正负公差符号、度符号以及上画线、下画线等，AutoCAD 提供了控制码的输入方法，常用控制码及其输入实例和输出效果如表 17.1 所示。

表 17.1 常用控制码及其输入实例和输出效果

控 制 码	意 义	输 入 实 例	输 出 效 果
%%d	度符号	45%%d	45°
%%p	正负公差符号	50%%p0.5	50±0.5
%%c	圆的直径符号	%%c60	ϕ60

17.2.2 多行文字

命令名为 MTEXT（或菜单"绘图"→"文字"→"多行文字"；"文字"工具栏 Ａ），允许用户在多行文字编辑器中创建多行文本，与 DTEXT 命令创建的多行文本不同的是，前者所有文本行为一个对象，可以作为一个整体进行移动、复制、旋转、镜像等编辑操作。多行文本编辑器与 Windows 的文字处理程序类似，可以灵活方便地输入文字，不同的文字可以采用不同的字体和文字样式，而且支持 TrueType 字体、扩展的字符格式（如粗体、斜体、下画线等）、特殊字符，并可实现堆叠效果以及查找和替换功能等。多行文本的宽度由用户在屏幕上划定一个矩形框来确定，也可在多行文本编辑器中精确设置，文字书写到该宽度后自动换行。

17.3　尺寸标注样式

AutoCAD 提供的尺寸标注功能是一种半自动标注，它只要求用户输入最少的标注信息，其他参数（如箭头的大小、尺寸数字的高低等）是通过标注样式的设置来确定的。

在进行尺寸标注之前，应对系统提供的标注样式进行一些调整和修改，使其符合国家标准的规定；在使用的过程中，也可以对尺寸标注的样式进行修改，以满足不同的需要。

下面以创建新的标注样式"机械制图"为例，介绍创建标注样式的方法和步骤（修改标注样式的操作与此基本相同）。

设置尺寸标注样式的命令名为 DIMSTYLE（或菜单"标注"→"样式"；"标注"工具栏 A），启动该命令后将打开"标注样式管理器"对话框，如图 17.5 所示。

（1）单击"新建"按钮，弹出"创建新标注样式"对话框，如图 17.6 所示。在"新样式名"文本框中输入"机械制图"；在"基础样式"下拉列表框中选择"ISO-25"，即新样式继承基础样式 ISO-25 的所有设置，而只需修改与其不同的部分。

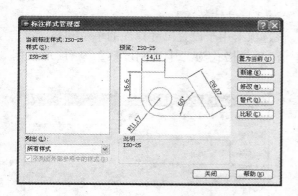

图 17.5　"标注样式管理器"对话框

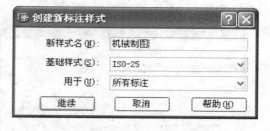

图 17.6　"创建新标注样式"对话框

（2）单击"继续"按钮，弹出"新建标注样式"对话框，如图 17.7 所示。该对话框有六个选项卡，分别用来设置不同的样式属性。通过预览框可直接预览所设置标注样式的外观。

- "直线和箭头"选项卡（如图 17.7 所示）：该选项卡用于设置尺寸线、尺寸界线和箭头的格式及尺寸。

设置尺寸线和尺寸界线的颜色、线宽均为"Bylayer"（随层），基线间距为 7，尺寸界线超出尺寸线为 2，尺寸界线起点偏移量为 0；指定箭头为实心闭合，箭头大小为 3；在圆心标记选项组中选择无圆心标记类型。

- "文字"选项卡（如图 17.8 所示）：该选项卡用于设置尺寸文字的形式、位置、大小和对齐方式。

指定文字颜色为"Bylayer"，文字高度为 3.5；在文字位置选项组中，指定文字位于尺寸线的"上方"，水平位置"置中"；在文字对齐选项组中指定对齐方式为"ISO标准"。

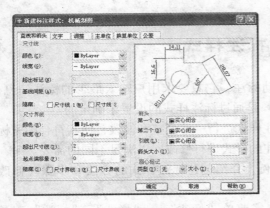
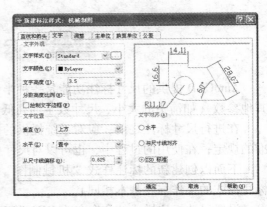

图 17.7 "直线和箭头"选项卡　　　　　　　图 17.8 "文字"选项卡

● "调整"选项卡（如图 17.9 所示）：在进行尺寸标注时，在某些情况下尺寸界线之间的距离太小，不能够容纳尺寸数字，在此情况下，可以通过该选项卡根据两条尺寸界线之间的空间，设置将尺寸文字、尺寸箭头放在两尺寸界线的里边还是外边，以及定义尺寸要素的缩放比例等。

设置调整选项为"文字和箭头"，文字位置为"尺寸线旁边"。

● "主单位"选项卡（如图 17.10 所示）：该选项卡用于设置尺寸标注的单位和精度等。

设置线性标注单位格式为"小数"，角度标注单位格式为"十进制度数"，精度可根据需要设定，小数分隔符为句点。

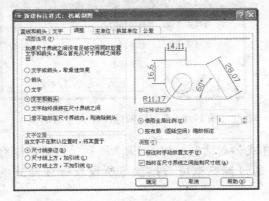
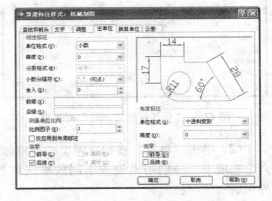

图 17.9 "调整"选项卡　　　　　　　图 17.10 "主单位"选项卡

● "换算单位"选项卡（用于设置换算单位及格式）及"公差"选项卡（用于设置尺寸公差的标注形式和精度）一般应用较少，此处不再详述。

（3）单击"确定"按钮，返回"标注样式管理器"对话框。

（4）在"标注样式管理器"对话框中单击"新建"按钮，在弹出的"创建新标注样式"对话框中，输入"角度"作为新样式名，选择"机械制图"作为基础样式，在"用于"下拉列表框中选择"角度标注"，单击"继续"按钮。

（5）在"文字"选项卡中，设置文字对齐方式为"水平"，单击"确定"按钮。

（6）在"标注样式管理器"对话框中选择"机械制图"标注样式，单击"置为当前"按钮，则将"机械制图"样式设置为当前标注样式，如图 17.11 所示。单击"关闭"按钮退出。

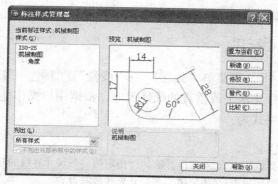

图 17.11 将新建样式设置为当前标注样式

至此，对标注样式的设置工作全部完成，为方便以后的应用，可将文件保存为"图形样板"文件。

17.4 尺寸标注命令

由于标注类型较多，AutoCAD 把标注命令和标注编辑命令集中安排在"标注"下拉菜单（如图 17.12 所示）和"标注"工具栏中，使得用户可以灵活方便地进行尺寸标注。图 17.13 列出了"标注"工具栏中每一图标的功能。

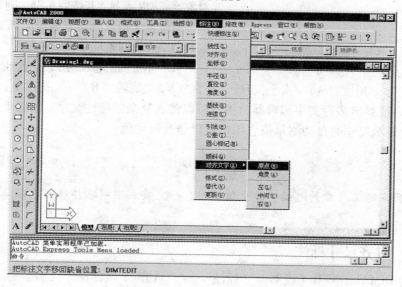

图 17.12 "标注"下拉菜单

图 17.13 "标注"工具栏

现就机械制图尺寸标注中常用到的命令介绍如下。

17.4.1　线性尺寸标注

命令名为 DIMLINEAR（或菜单"标注"→"线性"；"标注"工具栏 ），是应用最多的尺寸标注命令，用于标注水平或垂直的线性尺寸。根据用户操作能自动判别标出水平尺寸或垂直尺寸。该命令的格式为：

命令：<u>DIMLINEAR</u>✓
指定第一条尺寸界线原点或 ＜选择对象＞：<u>（指定第一条尺寸界线的起点）</u>
指定第二条尺寸界线原点：<u>（指定第二条尺寸界线的起点）</u>
指定尺寸线位置或［多行文字(M)／文字(T)／角度(A)／水平(H)／垂直(V)／旋转(R)］：<u>（指定尺寸线的位置）</u>

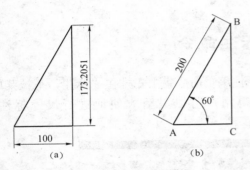

图 17.14　线性尺寸标注和角度尺寸标注

用户指定了尺寸线位置之后，AutoCAD 自动判别标出水平尺寸或垂直尺寸，尺寸文字按 AutoCAD 自动测量值标出，如图 17.14（a）所示。

选项说明如下：

（1）在"指定第一条尺寸界线原点或 ＜选择对象＞："提示下，若按回车键，则光标变为拾取框，系统要求拾取一条直线或圆弧对象，并自动取其两端点为两条尺寸界线的起点。

（2）在"指定尺寸线位置或 ［多行文字(M)／文字（T）／角度（A）／水平（H）／垂直（V）／旋转（R）］："提示下，如选 M（多行文字），则系统弹出多行文字编辑器，用户可以输入复杂的标注文字；如选 T（文字），则系统在命令行显示尺寸的自动测量值，用户可以修改尺寸值。

注意：
　　在使用两点定义尺寸的起始、终止位置时，一定要利用对象捕捉，以保证尺寸标注的准确性。

17.4.2　对齐尺寸标注

命令名为 DIMALIGNED（或菜单"标注"→"对齐"；"标注"工具栏 ），用于标注倾斜方向的线性尺寸，其特点是尺寸线和两条尺寸界线起点连线平行，如图 17.14（b）所示。该命令的格式为：

命令：<u>DIMALIGNED</u>✓
指定第一条尺寸界线原点或 ＜选择对象＞：<u>（指定 A 点，如图 17.14(b)所示）</u>
指定第二条尺寸界线原点：<u>（指定 B 点）</u>
指定尺寸线位置或［多行文字(M)／文字(T)／角度(A)］：<u>（指定尺寸线位置）</u>

尺寸线位置确定之后，AutoCAD 即自动标出尺寸，尺寸线和 AB 平行，如图 17.14（b）所示。

17.4.3　半径标注

命令名为DIMRADIUS（或菜单"标注"→"半径"；"标注"工具栏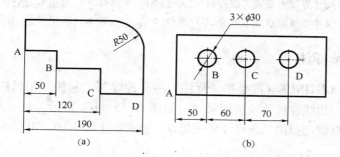），用于标注圆或圆弧的半径，并自动带半径符号"R"，如图17.15（a）中的$R50$。该命令的格式为：

命令：<u>DIMRADIUS</u>✓

选择圆弧或圆：（<u>选择圆弧，我国标准规定对圆及大于半圆的圆弧应标注直径</u>）

标注文字　=50

指定尺寸线位置或［多行文字（M）/文字（T）/角度（A）］：（<u>确定尺寸线的位置，尺寸线总是指向或通过圆心</u>）

17.4.4　直径标注

命令名为DIMDIAMETER（或菜单"标注"→"直径"；"标注"工具栏），在圆或圆弧上标注直径尺寸，并自动带直径符号"ϕ"，如图17.15（b）所示。该命令的格式为：

图 17.15　半径和直径标注、基线标注和连续标注

命令：<u>DIMDIAMETER</u>✓

选择圆弧或圆：（<u>选择要标注直径的圆弧或圆，如图17.15（b）中的小圆</u>）

标注文字　=30

指定尺寸线位置或［多行文字（M）/文字（T）/角度（A）］：<u>T</u>✓（输入选项T）

输入标注文字　<30>：<u>3×<></u>✓（"<>"表示测量值，"3×"为附加前缀）

指定尺寸线位置或［多行文字（M）/文字（T）/角度（A）］：（<u>确定尺寸线位置</u>）

结果如图17.15（b）中的3×ϕ30。

选项说明：命令选项 M、T 和 A 的含义和前面相同。当选择 M 或 T 项在多行文字编辑器或命令行修改尺寸文字的内容时，用"<>"表示保留 AutoCAD 的自动测量值。若取消"<>"，则用户可以完全改变尺寸文字的内容。

17.4.5　角度尺寸标注

命令名为DIMANGULAR（或菜单"标注"→"角度"；"标注"工具栏），用于标注角度尺寸，角度尺寸线为圆弧。如图17.14（b）所示，指定角度顶点 A 和 B、C 两点，标注角度60°。此命令可标注两条直线所夹的角、圆弧的中心角及三点确定的角。该命令的格式为：

命令：<u>DIMANGULAR</u>✓

选择圆弧、圆、直线或 <指定顶点>：（<u>选择一条直线</u>）

选择第二条直线：(选择角的第二条边)

指定标注弧线位置或［多行文字(M)/文字(T)/角度(A)］：(确定尺寸弧的位置)

标注文字 ＝60

17.4.6 基线标注

命令名为 DIMBASELINE（或菜单"标注"→"基线"；"标注"工具栏 ），用于标注有公共的第一条尺寸界线（作为基线）的一组互相平行尺寸线的线性尺寸或角度尺寸。但必须先标注第一个尺寸后才能使用此命令，如图 17.15（a）所示，在标注 AB 间尺寸 50 后，可用基线尺寸命令选择第二条尺寸界线起点 C、D 来标注尺寸 120、190。标注具有共同基线的一组线性尺寸或角度尺寸。该命令的格式为：

命令：DIMBASELINE ↙

指定第二条尺寸界线原点或［放弃(U)/选择(S)］＜选择＞：(回车选择作为基准的尺寸标注)

选择基准标注：(如图 17.15(a)所示,选择 AB 间的尺寸标注 50 为基准标注)

指定第二条尺寸界线原点或［放弃(U)/选择(S)］＜选择＞：(指定 C 点,标注出尺寸 120)

指定第二条尺寸界线原点或［放弃(U)/选择(S)］＜选择＞：(指定 D 点,标注出尺寸 190)

17.4.7 连续标注

命令名为 DIMCONTINUE（或菜单"标注"→"连续"；"标注"工具栏 ），用于标注尺寸线连续或链状的一组线性尺寸或角度尺寸。如图 17.15（b）所示，从 A 点标注尺寸 50 后，可用连续尺寸命令继续选择第二条尺寸界线起点，链式标注尺寸 60、70。该命令的格式为：

命令：DIMCONTINUE ↙

指定第二条尺寸界线原点或［放弃(U)/选择(S)］＜选择＞：(回车选择作为基准的尺寸标注)

选择连续标注：(选择图 17.15(b)中的尺寸标注 50 作为基准)

指定第二条尺寸界线原点或［放弃(U)/选择(S)］＜选择＞：(指定 C 点,标出尺寸 60)

指定第二条尺寸界线原点或［放弃(U)/选择(S)］＜选择＞：(指定 D 点,标出尺寸 70)

17.4.8 引线标注

1. LEADER 命令

命令名为 LEADER，完成带文字的注释或形位公差标注。图 17.16 为用不带箭头的引线标注圆柱管螺纹和圆锥管螺纹代号的标注示例。该命令的格式为：

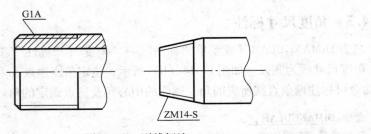

图 17.16 引线标注

命令：LEADER ↙
指定引线起点：
指定下一点：
指定下一点或 [注释(A)/格式(F)/放弃(U)] <注释>：

在此提示下直接回车，则输入文字注释。回车后提示如下：

输入注释文字的第一行或 <选项>：

在此提示下，输入一行注释后回车，则出现以下提示：

输入注释文字的下一行：

在此提示下可以继续输入注释，回车则结束注释的输入。

若需要改变文字注释的大小、字体等，在提示"输入注释文字的第一行或 <选项>："下直接回车，则提示"输入注释选项 [公差（T）/副本（C）/块（B）/无（N）/多行文字（M）] <多行文字>："，继续回车将打开"多行文字编辑器"对话框，可由此输入和编辑注释。

如果需要修改标注格式，在提示"指定下一点或 [注释（A）/格式（F）/放弃（U）] <注释>："下选择选项"格式（F）"，则后续提示为：

输入引线格式选项 [样条曲线(S)/直线(ST)/箭头(A)/无(N)] <退出>：

各选项说明如下。

- 样条曲线（S）：设置引线为样条曲线。
- 直线（ST）：设置引线为直线。
- 箭头（A）：在引线的起点绘制箭头。
- 无（N）：绘制不带箭头的引线。

2. QLEADER 命令

命令名为 QLEADER（或菜单"标注"→"引线"；"标注"工具栏），快速绘制引线和进行引线标注。利用 QLEADER 命令可以实现以下功能：

- 进行引线标注和设置引线标注格式。
- 设置文字注释的位置。
- 限制引线上的顶点数。
- 限制引线线段的角度。

该命令的格式为：

命令：QLEADER ↙
指定第一个引线点或 [设置(S)] <设置>：
指定下一点：
指定下一点：
指定文字宽度 <0>：
输入注释文字的第一行 <多行文字(M)>：(在该提示下回车,则打开"多行文字编辑器"对话框)
输入注释文字的下一行：

若在提示"指定第一个引线点或［设置（S）］＜设置＞:"下直接回车，则打开"引线设置"对话框，如图 17.17 所示。

在引线设置对话框有三个选项卡，通过选项卡可以设置引线标注的具体格式。

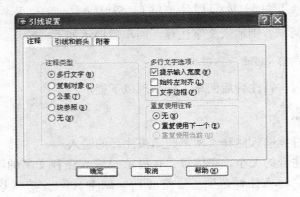

图 17.17 "引线设置"对话框

1. 如何实现在一张机械图中用不同字体书写文字？如何保证图样中书写的文字符合国标长仿宋体的规定？

2. 如何标注下述文字和符号？

$$45°，\phi60，100 ± 0.1$$

3. 如何定义新的标注样式？如何通过修改标注样式改变已标注尺寸中尺寸数值的高度和尺寸线箭头的大小？

4. 分析标注如图 17.18 所示的各尺寸需应用哪些标注命令？

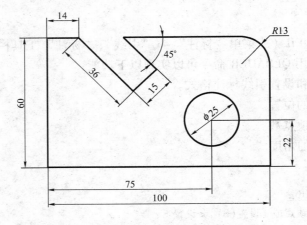

图 17.18 思考题 4 的图

第18章　用AutoCAD绘制机械图样

知识目标

1. 明确用 AutoCAD 绘制零件图及装配图的基本方法；
2. 熟悉用 AutoCAD 绘制零件图时，对图中各项主要内容的处理方式。

技能目标

　能用 AutoCAD 绘制一般零件的零件图和由零件图拼画简单装配体的装配图。

　1. 绘制零件图时，图层、颜色、线型、线宽、文字样式、标注样式、图框、标题栏等内容是否每次画图时都要从头设置和绘制呢？

　2. 对于螺栓、螺母、垫圈等标准件及表面粗糙度符号等在任何一张图中都保持不变的图形内容，是否每次都要一条线、一个圆地重复绘制呢？有没有"一劳永逸"的好办法？

　3. 若已有各组成零件的零件图，则绘制它们的装配图时是否能"借力"呢？

　利用第 13～17 章介绍的 AutoCAD 命令已经可以绘制机械零件图和装配图，但仅此还不能充分发挥软件的功能，提高绘图的效率。本章将介绍用 AutoCAD 进行计算机绘图时的一些实用性的内容，包括绘图基本环境设置和样板图的使用，图块的定义和图库的建立及利用，零件图的绘制，由零件图拼画装配图等。

18.1　设置绘图环境

　绘图环境的好坏直接影响绘图的速度，为了提高绘图的效率，应该设置绘图环境，然后将其保存成自己的样板文件。一般启动 AutoCAD 后系统默认的样板文件是 ACADISO. DWT，这是按国际标准要求设定的绘图环境，可以在此基础上做一些修改。

　（1）定义图层　根据国标规定及需要定义若干个图层，并设置好每个图层的线型、颜色和线宽。可参考第 16 章及表 16.1。

　（2）定义文字样式　可参考图 17.1。

　（3）定义尺寸样式　可参考 17.3 节。

　除了以上三方面的定义，也可以定义其他常用内容，如图块（详见 18.2 节）等。所有想要定义的内容定义好后，用"另存为"命令保存文件，保存时选择文件类型为样板图，其扩展名为 . DWT。以后每次开始新的绘图时就打开自己的样板图，以减少很多重复操作，从而提高绘图的效率。

18.2 AutoCAD 图形库的建立和应用

块是多个对象的集合，在用计算机绘制机械图时，可以把一些常用的图形，如螺母、螺栓等标准件，定义成块存储起来，绘图时，可随时将它们添加到当前图形指定的位置，而不必一个一个地去画，从而提高绘图的效率。

用创建块（BLOCK）命令将对象定义成块，然后用插入块（INSERT）命令将已定义的块按指定的插入点、比例和旋转角度插入当前图形中。如果块插入后发现块的定义中有错误，可以重新定义此块，重新定义后不必重新插入，系统会自动更新。下面以螺栓连接主视图为例，介绍块的操作步骤。

在用比例画法画螺栓、螺母和垫圈时，其大小是随公称直径 d 的大小成比例变化的。根据对螺栓连接图（如图 18.1（d）所示）的分析，可将螺栓连接分成三部分，上面部分包括螺母、垫圈和螺栓的伸出部分（如图 18.1（a）所示），下面部分为螺栓头（如图 18.1（b）所示），中间部分为两块带孔的板（如图 18.1（c）所示）及螺栓的圆柱部分。其中上面部分和下面部分可定义成块，便于按比例插入不同规格的螺栓连接图中，板厚是不随公称直径而变化的，所以不宜定义成块。图 18.1 是以公称直径 $d = 10$ 来绘制螺栓和螺母的。

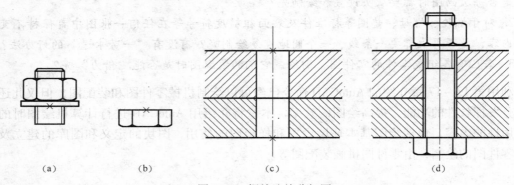

(a)	(b)	(c)	(d)

图 18.1　螺栓连接分解图

18.2.1　块定义

命令名为 BLOCK（或缩写名 B；菜单"绘图"→"块"→"创建"；"绘图"工具栏 ），功能是通过选定对象，指定插入点并为它们命名来创建块定义。

启动该命令后，将显示如图 18.2 所示的"块定义"对话框。

（1）在"名称"文本框内输入块名"螺母"。

（2）单击"基点"选项组内的"拾取点"按钮，选择如图 18.1（a）所示的"×"点为螺母插入基点。

（3）单击"对象"选项组内的"选择对象"按钮，选择需要定义成块的图形（如图 18.1（a）所示）。

图 18.2　"块定义"对话框

（4）单击"确定"按钮，即完成螺栓块的定义。

使用同样方法，将图18.1（b）的图形定义成名为螺栓的块。

18.2.2　插入块

命令名为INSERT（或缩写名I；菜单"插入"→"块"；"绘图"工具栏），功能是将已定义的块插入图中。

以绘制螺栓连接图来说明"插入"命令的使用。启动插入命令后将显示"插入"对话框，如图18.3所示。

（1）在"名称"列表框中，选中图块名"螺母"。

（2）在"插入点"选项组内，选中"在屏幕上指定"复选框，"比例"选项组中的"X"、"Y"、"Z"均为1，"旋转"角度为0，单击"确定"按钮。捕捉图18.1（c）中靠上面的"×"点作为螺母块的插入点。

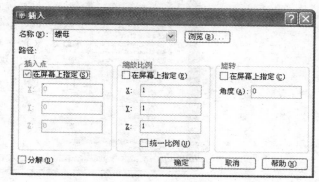

图18.3　"插入"对话框

用同样方法，完成螺栓的插入，插入点是图18.1（c）中靠下面的"×"点。

（3）补画出螺栓中间段缺少的螺杆的转向轮廓线，并删除被螺栓挡住的两板结合面的粗实线。

这样就能很便捷地画出$d=10$的螺栓连接图。

说明：

（1）如果要绘制公称直径$d=20$的螺栓连接，只要在插入块时将比例均改成2即可。

（2）使用INSERT命令时，可调用图块，也可调用已存在的图形文件。具体操作是：单击"浏览"按钮选择磁盘上已有的某一图形文件。需插入的图形文件在存盘前最好使用BASE命令设定文件作为块插入时的基准点。如果不设定的话，系统默认以图形文件的坐标原点（0，0）为插入时的基点。

（3）块被插入后，在图形文件中被看成是一个对象，如果要对块中的对象进行编辑，可以用分解（X）命令将其分解，或者在"插入"对话框（如图18.3所示）中，选中"分解"复选框，这样在插入图形文件时将自动对其分解。块经过分解以后，可以对其包含的对象进行编辑。

（4）如果要使当前文件中的块能被其他文件调用，则可以用WBLOCK命令把图块定义写入磁盘中，保存为图形文件。

18.2.3　设计中心

命令名为ADCENTER（或菜单"工具"→"设计中心"；"标准"工具栏），通过设计中心，用户可以组织对图形、块、图案填充和其他图形内容的访问，可以将源图形中的任何内容拖动到当前图形中。源图形可以位于用户的计算机、网络位置或网站上。另外，如果打开了多个图形，则可以通过设计中心在图形之间复制和粘贴其他内容（如图层定义、布局和文字样式等）来简化绘图过程。

启动设计中心后将弹出如图 18.4 所示窗口。右边是文件目录树，其打开的默认位置是"DesignCenter"，该目录下是 AutoCAD 自带的不同类型的图形库文件，每个文件内包含许多块，每个块都可以直接拖放到当前编辑的图形文件中。

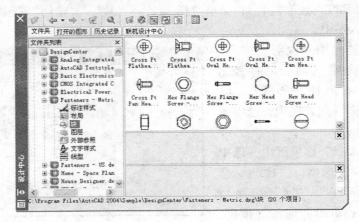

图 18.4　设计中心

可以将自己常用的一些图形分别定义成块，将其保存在同一文件中，这样就构成了自己的图形库，用到图形库里的图形时，只要启动设计中心打开需要的库文件即可。

18.3　用 AutoCAD 绘制零件图

在绘制零件图时，我们经常会遇到如倒角、圆角、粗糙度标注、尺寸公差标注、形位公差（即几何公差，这里按 AutoCAD 中名称讲述，称为形位公差）标注和技术要求的注写等内容。本节将概略介绍用 AutoCAD 绘制零件图时若干具体问题的处置策略。

18.3.1　保证视图间的投影关系

在画三视图时，各视图之间要满足"长对正、高平齐、宽相等"的三等投影关系。AutoCAD 提供的极轴、对象捕捉和对象追踪可方便地保证三视图三等投影关系的精确实施。

下面结合绘制如图 18.5 所示切角长方体的三视图，介绍在已有主视图的基础上如何保证按对应关系绘制其俯视图和左视图。

（1）保证"主、俯视图长对正和主、左视图高平齐"。将极轴、对象捕捉和对象跟踪设成有效状态，用直线（L）命令绘制俯视图上的竖直线。启动直线命令后，先将光标移至主视图中某个欲与之对齐的投影点，略停顿一下，待出现此点的特征名称（如图 18.5（a）所示的端点）后，垂直向下移动（此时，对象跟踪出现）至俯视图对应的水平线上，然后单击鼠标，再移动光标至另一根线，画出竖直线，用修剪（TR）命令剪掉多余的线段得俯视图。依此方式可画出左视图中的水平线，如图 18.5（b）所示。

（2）保证"俯、左视图宽相等"。绘制左视图时，先将俯视图和左视图中表示立体后面的直线延长至相交，过交点作45°斜线，然后利用对象跟踪，启动直线命令，在俯视图上找

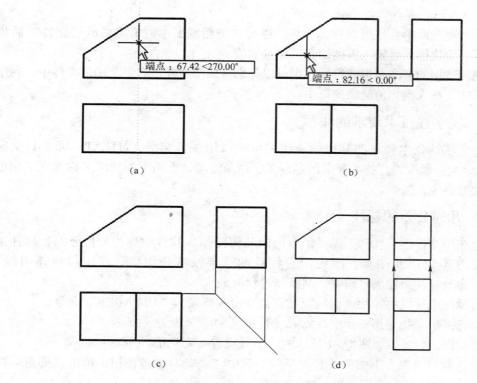

图 18.5　保证三视图间的对应关系

一点，略停顿一下，等待捕捉特征名称的显示，然后水平移动至 45°斜线，待出现交点特征名后单击鼠标，然后垂直向上移到左视图的有投影关系的线上再单击鼠标，如图 18.5（c）所示。此外，保证俯、左视图宽相等的另一方法是将俯视图复制一个并旋转 90°，然后移至欲绘左视图的正下方，此后即可按照保证"长对正"的方法绘制左视图，如图 18.5（d）所示。

18.3.2　倒角和圆角等工艺结构的绘制

倒角可以使用倒角命令（CHAMFER）来绘制。绘制倒角有两种情况：一种是 45°倒角，另一种是非 45°倒角。45°倒角只要把两条边的倒角距离设成相同即可。非 45°倒角可以通过设定第一条边的倒角距离加上与第一条边的夹角来完成。

圆角可以使用圆角（FILLET）命令来绘制，其中的 R 选项用来设置圆角半径的大小。具体操作参见 15.7 节。

此外，利用圆角命令的零半径和倒角命令的零距离可以快速延伸和修剪线段。

其他工艺结构可以直接利用绘图和编辑命令绘制。

18.3.3　表面粗糙度代号

用创建块（BLOCK）命令创建用于去除材料的粗糙度代号块，然后用插入（INSERT）命令将其插入需要标注的表面。注意插入前务必使"最近点"对象捕捉功能有效。创建块时需先按如图 18.6 所示的尺寸绘制出用于去除材料的粗糙度代号。图中的尺寸

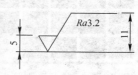

图 18.6　表面粗糙度代号

数字高度为 3.5。

对于不同的粗糙度参数值可以做多个块，也可以把粗糙度参数值定义成"属性"后再创建块，这样一个块插入可输入不同的粗糙度参数值。

对于其他较常用的基本图形或符号，也可以分别做成图块存放在一个图形文件中，利用设计中心的功能，拖入到当前绘图窗口中。

18.3.4　文字性技术要求的注写

零件图中文字性技术要求和其他的一些文本可以用多行文字（MTEXT）和单行文字（DTEXT）命令。一般来说，技术要求用多行文字命令注写，而图上的视图名称等文字用单行文字命令注写更为方便。

18.3.5　几何公差的标注

AutoCAD 在尺寸标注工具栏上提供了专门的几何公差（软件中称为形位公差）标注工具，但在标注时不要用此图标，因为用它标注的结果没有指引线，而用"快速引线"（QLEADER）命令标注则能满足需要，其操作过程为：

（1）单击标注工具栏的"快速引线"按钮或在命令行输入"QLEADER"命令。

（2）命令行提示"指定第一个引线点或［设置（S）］＜设置＞："。

（3）按回车键，会弹出如图 18.7 所示的"引线设置"对话框。

（4）在"注释"选项卡下的"注释类型"中选中"公差"单选按钮，单击"确定"按钮退出对话框。

（5）在被测要素上指定指引线的起点，指引线画好后系统自动弹出如图 18.8 所示的"形位公差"对话框。

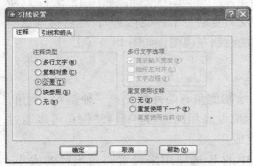

图 18.7　"引线设置"对话框

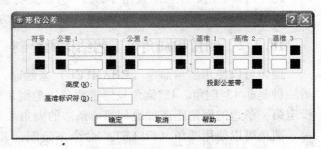

图 18.8　"形位公差"对话框

（6）单击"形位公差"对话框中"符号"选项组内的小方框，弹出如图 18.9 所示的形位公差"符号"对话框，选取对应项目符号即可。

图 18.9　"符号"对话框

（7）单击"公差1"选项组内左边第一方框，可出现一个符号"ϕ"（公差带为圆柱时使用）。

（8）在"公差1"选项组内第二方框中输入公差值。

（9）当有两项公差要求时，在"公差2"选项组内重复操作。

（10）在"基准1"选项组内左边第一框格内输入基准字母。

（11）单击"确定"按钮，对话框消失，系统自动在指引线结束处画出形位公差框。

（12）当同一要素有两个形位公差特征要求时，在对话框中第二行各选项组内重复操作。

18.3.6　尺寸公差的标注

在标注尺寸时，可以运用"尺寸样式"设置尺寸标注的格式，并设定尺寸公差的具体数值。但由于一张零件图上尺寸公差相同的尺寸较少，为每一个尺寸设定一个样式也没有必要，可以在尺寸样式中设定为无公差，如图18.10所示。但在设定无公差的样式之前，可将精度改成0.000，将高度比例改成0.5。这样可以省去为每个公差都要修改这两个值的麻烦。

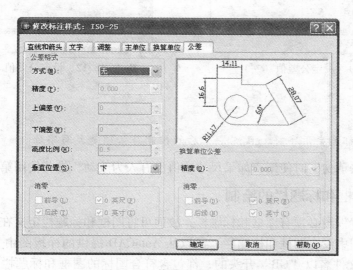

图18.10　修改公差标注样式

有公差的尺寸先标注成没有公差的尺寸，然后可双击此尺寸启动"特性"对话框，在特性编辑表内对公差的尺寸进行编辑。例如，上下偏差是 $50^{+0.009}_{-0.025}$ ，有如下两种标注方法。

（1）修改表中"公差"的有关参数，如图18.11所示，此方法对人为修改过的尺寸数值无效。

在填写参数值时，注意表格中下偏差在上，上偏差在下，默认符号为上偏差为正，下偏差为负。因此，若上偏差为负值，则应在数值前加"－"号，下偏差为正值时在数值前加"－"号。

（2）用文字格式控制符对有公差的尺寸文字进行修改，可在尺寸属性编揖表中的文本替代处输入"\A0；<>\H0.5X；\S+0.009^-0.025"即可，如图18.12所示。

其中，

"\A0；"　　　　　　　表示公差数值与尺寸数值底边对齐；

"<>"　　　　　　　　表示系统自动测量的尺寸数值，也可写成具体的数字；

"\H0.5X；"　　　　　表示公差数值的字高是尺寸数字高度的0.5倍；

"\S....^...."　　　　表示堆叠，"^"符号前的数字是上偏差（+0.009），"^"符号后的数字是下偏差（-0.025）。

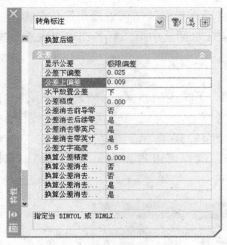
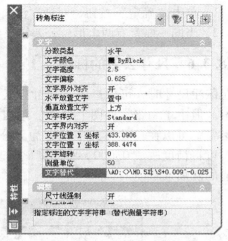

图 18.11　设定公差值（一）　　　　　图 18.12　设定公差值（二）

注意：
输入的字符都是半角字符，且"\"后的控制符必须是大写字母。

以上两种方法请勿同时使用，如果尺寸数值没有人为改动，推荐使用第一种方法。

18.3.7　图框和标题栏的绘制

一张完整的零件图必须有图框和标题栏，故而可将图框和标题栏定义在样板文件里。如果自定义的样板图中没有图框和标题栏，可以从 AutoCAD 提供的样板图中复制过来。AutoCAD 的样板图中文件名以"GB"开头的，都包含符合国标的图框和标题栏。如果需要插入 A3 图框和标题栏，可打开文件名为"Gb_a3-Color Dependent Plot Styles. dwt"的样板图，然后将图框和标题栏选中，将其复制到剪贴板，把窗口切换到原先的绘图窗口，再从剪贴板粘贴到当前窗口中。复制过来的图框和标题栏是一个图块，要编辑标题栏中的内容，可用分解（X）命令将其分解。

18.4　用 AutoCAD 绘制装配图

18.4.1　绘制装配图的基本方法

利用计算机绘制装配图时，可完全按手工绘制装配图的方法，利用 AutoCAD 的基本绘图、编辑等命令并配合图块操作，在屏幕上直接绘制出装配图，此方法与绘制零件图并无明显的区别，这里不再详述。另外，还可由已有零件图直接拼画装配图，本节主要就此做些更为详细的介绍。

18.4.2　由零件图拼画装配图的方法和步骤

该画法是建立在已完成零件图绘制的基础上的，参与装配的零件可分为标准件和非标准件。对非标准件应有已绘制完成的零件图；对标准件则无需画零件图，可采用参数化的方法实现，即通过编程建立标准件库，也可将标准件做成图块或图形文件，随用随调。

零件在装配图中的表达与零件图不尽相同，在拼画装配图前，应先对零件图做以下修改：

（1）统一各零件的绘图比例，删除零件图上标注的尺寸。

（2）在每个零件图中选取画装配图时需要的若干视图，一般还需根据需要改变表达方法，如把零件图中的全剖视改为装配图中所需的局部剖视，而对被遮挡的部分则需要进行裁剪处理等。

（3）将上述处理后的各零件图存为图块，并确定插入基点。也可将上述处理后的零件图存为图形文件，存盘前使用 BASE 命令确定文件作为块插入时的定位点。

通过以上对零件图的处理，即可按照装配图的绘制方法用计算机拼画出装配图。

18.4.3 拼画装配图示例

本节以图 18.13 所示的低速滑轮装置为例，说明利用块功能由零件图拼画装配图的方法。

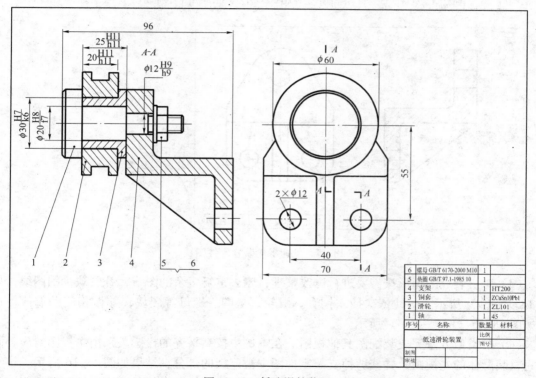

图 18.13 低速滑轮装置

从明细栏中可以看出低速滑轮装置由 6 个零件组成，其中 5、6 号垫圈和零件螺母为标准件。该装配图的绘制方法如下：

（1）根据原有的非标准件的零件图，选择所需要的视图做成图块。例如，分别选择图 18.14 所示的轴、铜套、滑轮的主视图做成图块。定义图块时要根据装配图的需要对零件图的内容做一些选择和修改，比如零件图中的尺寸一般不需要包括在图块中，有旋合的螺纹孔可以按大径画成光孔。另外，要注意选择适当的插入基点，才能保证准确的装配。图 18.14 中各图定义图块时选择的基点在图中用"×"注出。

（2）由各图块拼装成装配图中的一个视图。其中若包含有标准件，可由事先做好的标准件图库（也是用图块定义）中调出，如此例中的螺母和垫圈。

打开支架零件图，将其整理成如图 18.14 所示图形，然后另存为"低速滑轮装置装配图.dwg"文件。将所定义轴的图块插入到图 18.14 中支架图形标"×"的交点处，并在插入时分解图块。

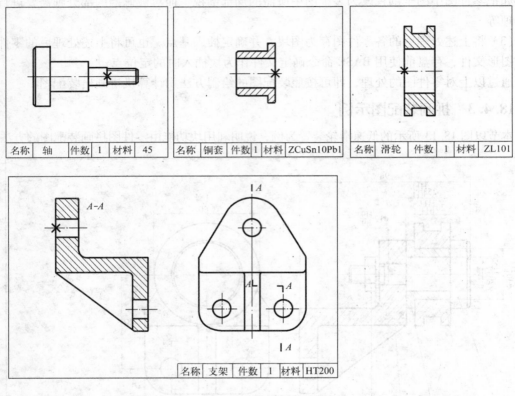

图 18.14 　低速滑轮装置零件图块

（3）对拼装成的图形按需要进行修改整理，删去重复多余的图线，补画缺少的图线，如图 18.15（a）所示。仿此依次插入铜套、滑轮、垫圈、螺母等图块，并做相应的修改，过程如图 18.15（b）～（e）所示。

（4）按类似方法完成装配图其他视图。在本例中按高平齐的投影关系由主视图对应补画出完整装配体的左视图，并修剪掉支架零件图中被遮挡的部分，结果如图 18.16 所示。

（5）添加并填写标题栏和明细栏。绘制明细栏时，可按照这样的顺序：绘制明细栏中的第一行，并填好相关的内容；用矩形阵列的方式，阵列出需要的行数；双击每行中的文字修改内容。这样做的好处是每列的文字位置是自动对齐的。

（6）编写并绘制零件序号。可用直线命令（LINE）画指引线，再用圆环命令（DONUT）配合目标捕捉，在指引线的端点画小黑圆点；也可在"标注样式管理器"对话框中，把"直线和箭头"选项卡中的"引线"选择项设置为"点"，然后在"标注"下拉菜单中单击"引线"命令，按命令提示操作，即可画出起点为黑圆点的指引线。用引线命令（LEADER）画指引线，首先按提示在零件轮廓线内指定一点，再给出第二点，画出倾斜线，然后打开绘图区下

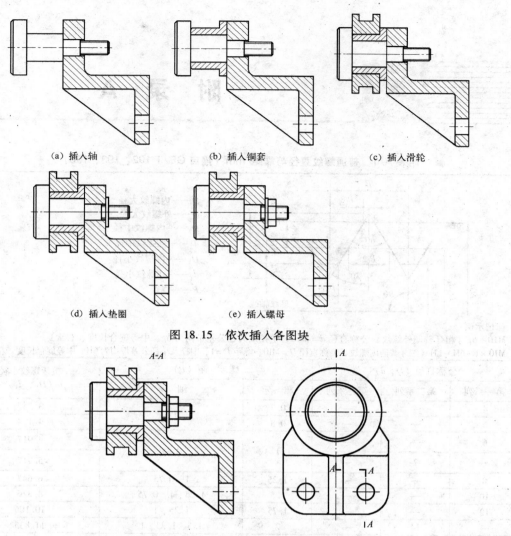

（a）插入轴　　　　　　（b）插入铜套　　　　　　（c）插入滑轮

（d）插入垫圈　　　　　　（e）插入螺母

图 18.15　依次插入各图块

图 18.16　完成图形绘制的装配图

面的状态栏中的"正交"按钮，画出一条水平线，后面跟着还要求输入文本，可按 ESC 键结束命令。可用文字命令（DTEXT）书写零件序号。最后完成的装配图如图 18.13 所示。

　　用计算机绘制零件图和装配图主要有两种方法：一种是本书介绍的二维方法，即利用 AutoCAD 等软件提供的二维绘图和编辑命令直接绘制，特点是简单、直观，但效率较低；另一种是三维的方法，即利用软件提供的三维功能先创建三维模型，然后将模型经投射转换生成零件图和装配图并自动标注出所有尺寸，特点是复杂、综合，但效率较高，且三维模型与二维工程图为全关联，便于进行 CAD/CAM 的集成。

思考题

　　1. 请分析将非去除材料方法加工的表面粗糙度代号定义为图块并将之插入零件图中的方法和步骤。

　　2. 请分析用 AutoCAD 绘制第 0 章图 0.2（b）所示零件图的方法和过程。

附 录 A

附表 A.1 普通螺纹直径与螺距/mm（摘自 GB/T 192、193、196）

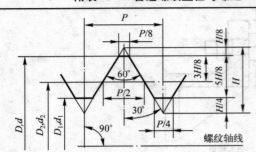

D——内螺纹大径
d——外螺纹大径
D_2——内螺纹中径
d_2——外螺纹中径
D_1——内螺纹小径
d_1——外螺纹小径
P——螺距

标记示例：
M10 - 6g（粗牙普通外螺纹、公称直径 d = M10、中径及大径公差带均为 6g、中等旋合长度、右旋）
M10×1 - 6H - LH（细牙普通内螺纹、公称直径 D = M10、螺距 P = 1、中径及小径公差带均为 6H、中等旋合长度、左旋）

公称直径（D、d）			螺 距（P）		粗牙螺纹小径（D_1、d_1）
第一系列	第二系列	第三系列	粗 牙	细 牙	
4	—	—	0.7	0.5	3.242
5	—	—	0.8		4.134
6	—	—	1	0.75	4.917
—	7				5.917
8	—		1.25	1、0.75	6.647
10	—		1.5	1.25、1、0.75	8.376
12	—		1.75	1.25、1	10.106
—	14		2	1.5、1.25、1	11.835
—		15		1.5、1	*13.376
16				1.5、1	13.835
—	18				15.294
20			2.5		17.294
—	22			2、1.5、1	19.294
24			3		20.752
—		25			*22.835
—	27		3		23.752
30	—		3.5	(3)、2、1.5、1	26.211
—	33			(3)、2、1.5	29.211
—		35		1.5	*33.376
36			4	3、2、1.5	31.670
—	39				34.670

注：优先选用第一系列，其次是第二系列，第三系列尽可能不用；括号内尺寸尽可能不用；M14×1.25 仅用于发动机的火花塞；M35×1.5 仅用于滚动轴承锁紧螺母；带 * 号的为细牙参数，是对应于第一种细牙螺距的小径尺寸。

附表 A.2　管螺纹

用螺纹密封的管螺纹（摘自 GB/T 7306）

非螺纹密封的管螺纹（摘自 GB/T 7307）

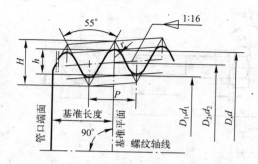

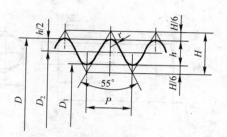

标记示例：
R1/2（尺寸代号1/2，右旋圆锥外螺纹）
Rc1/2 – LH（尺寸代号1/2，左旋圆锥内螺纹）
Rp1/2（尺寸代号1/2，右旋圆柱内螺纹）

标记示例：
G1/2 – LH（尺寸代号1/2，左旋内螺纹）
G1/2A（尺寸代号1/2，A级右旋外螺纹）
G1/2B – LH（尺寸代号1/2，B级左旋外螺纹）

尺寸代号	基面上的直径（GB/T 7306）基本直径（GB/T 7307）			螺距 (P) /mm	牙高 (h) /mm	圆弧半径 (R) /mm	每25.4 mm 内的牙数 (n)	有效螺纹长度 (GB/T 7306) /mm	基准的基本长度 (GB/T 7306) /mm
	大径 $(d=D)$ /mm	中径 $(d_2=D_2)$ /mm	小径 $(d_1=D_1)$ /mm						
1/16	7.723	7.142	6.561	0.907	0.581	0.125	28	6.5	4.0
1/8	9.728	9.147	8.566					6.5	4.0
1/4	13.157	12.301	11.445	1.337	0.856	0.184	19	9.7	6.0
3/8	16.662	15.806	14.950					10.1	6.4
1/2	20.955	19.793	18.631	1.814	1.162	0.249	14	13.2	8.2
3/4	26.441	25.279	24.117					14.5	9.5
1	33.249	31.770	30.291	2.309	1.479	0.317	11	16.8	10.4
$1\frac{1}{4}$	41.910	40.431	28.952					19.1	12.7
$1\frac{1}{2}$	47.803	46.324	44.845					19.1	12.7
2	59.614	58.135	56.656					23.4	15.9
$2\frac{1}{2}$	75.184	73.705	72.226					26.7	17.5
3	87.884	86.405	84.926					29.8	20.6
4	113.030	111.551	110.072					35.8	25.4
5	138.430	136.951	135.472					40.1	28.6
6	163.830	162.351	160.872					40.1	28.6

附表 A.3 六角头螺栓/mm

六角头螺栓—C 级（GB/T 5780—2000）　　六角头螺栓—A 级和 B 级（GB/T 5782—2000）

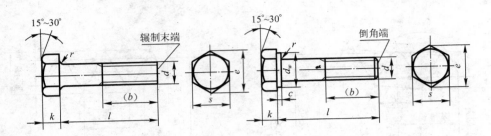

标 记 示 例

螺纹规格 d = M12、公称长度 l = 80 mm、性能等级为 4.8 级、C 级的六角头螺栓：

螺栓　GB/T 5780　M12×80

螺纹规格 d		M5	M6	M8	M10	M12	M16	M20	M24	M30	M36
b （参考）	$l \leqslant 125$	16	18	22	26	30	38	46	54	66	—
	$125 < l \leqslant 200$	22	24	28	32	36	44	52	60	72	84
	$l > 200$	35	37	41	45	49	57	65	73	85	97
c（max）		0.5	0.5	0.6	0.6	0.6	0.8	0.8	0.8	0.8	0.8
d_w	A 级	6.88	8.88	11.63	14.63	16.63	22.49	28.19	33.61	—	—
	B 级	6.74	8.74	11.47	14.47	16.47	22	27.7	33.25	42.7	51.1
k		3.5	4	5.3	6.4	7.5	10	12.5	15	18.7	22.5
r		0.2	0.25	0.4	0.4	0.6	0.6	0.8	0.8	1	1
e	A 级	8.79	11.05	14.38	17.77	20.03	26.75	33.53	39.98	—	—
	B、C 级	8.63	10.89	14.20	17.59	19.85	26.17	32.95	39.55	50.85	60.79
s		8	10	13	16	18	24	30	36	46	55
l		25~50	30~60	40~80	45~100	55~120	65~160	80~200	100~240	120~300	140~360
l（系列）		25、30、35、40、45、50、55、60、65、70、80、90、100、110、120、130、140、150、 160、180、200、220、240、260、280、300、320、340、360									

注：A 级用于 $d \leqslant 24$ 和 $l \leqslant 10d$ 或 $\leqslant 150$mm（按较小值）的螺栓；

　　B 级用于 $d > 24$ 和 $l > 10d$ 或 > 150mm（按较小值）的螺栓。

附表 A.4 螺钉/mm（摘自 GB/T 65、67、68）

（1）开槽圆柱头螺钉（GB/T 65）

（2）开槽盘头螺钉（GB/T 67）

（3）开槽沉头螺钉（GB/T 68）

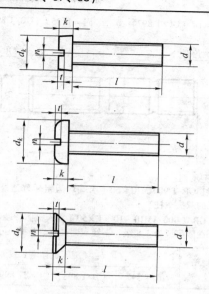

标记示例：

螺钉 GB/T 65　M5×20（螺纹规格 d = M5、l = 50、性能等级为 4.8 级、不经表面处理的开槽圆柱头螺钉）

螺纹规格 d		M 1.6	M2	M2.5	M3	(M3.5)	M4	M5	M6	M8	M10
$n_{公称}$		0.4	0.5	0.6	0.8	1	1.2	1.2	1.6	2	2.5
GB/T 65	d_{kmax}	3	3.8	4.5	5.5	6	7	8.5	10	13	16
	k_{max}	1.1	1.4	1.8	2	2.4	2.6	3.3	3.9	5	6
	t_{min}	0.45	0.6	0.7	0.85	1	1.1	1.3	1.6	2	2.4
	$l_{范围}$	2~16	3~20	3~25	4~30	5~35	5~40	6~50	8~60	10~80	12~80
GB/T 67	d_{kmax}	3.2	4	5	5.6	7	8	9.5	12	16	20
	k_{max}	1	1.3	1.5	1.8	2.1	2.4	3	3.6	4.8	6
	t_{min}	0.35	0.5	0.6	0.7	0.8	1	1.2	1.4	1.9	2.4
	$l_{范围}$	2~16	2.5~20	3~25	4~30	5~35	5~40	6~50	8~60	10~80	12~80
GB/T 68	d_{kmax}	3	3.8	4.7	5.5	7.3	8.4	9.3	11.3	15.8	18.3
	k_{max}	1	1.2	1.5	1.65	2.35	2.7	2.7	3.3	4.65	5
	t_{min}	0.32	0.4	0.5	0.6	0.9	1	1.1	1.2	1.8	2
	$l_{范围}$	2.5~16	3~20	4~25	5~30	6~35	6~40	8~50	8~60	10~80	12~80
$l_{系列}$						2、2.5、3、4、5、6、8、10、12、(14)、16、20、25、30、35、40、45、50、(55)、60、(65)、70、(75)、80					

（4）紧定螺钉

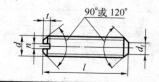 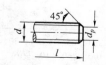 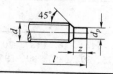

注：1. 尽可能不采用括号内的规格。

　　2. 商品规格 M1.6~M10。

附表 A.5　双头螺柱/mm（摘自 GB/T 897～900）

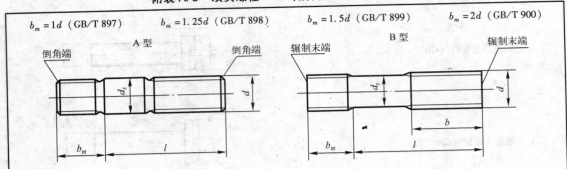

$b_m = 1d$（GB/T 897）　　$b_m = 1.25d$（GB/T 898）　　$b_m = 1.5d$（GB/T 899）　　$b_m = 2d$（GB/T 900）

标记示例:
　　螺柱 GB/T 900 M10×50（两端均为粗牙普通螺纹、d = M10、l = 50、性能等级为 4.8 级、不经表面处理、B 型、$b_m = 2d$ 的双头螺柱）
　　螺柱 GB/T 900 AM10 – 10×1×50（旋入机体一端为粗牙普通螺纹、旋螺母端为螺距 P = 1 的细牙普通螺纹、d = M10、l = 50、性能等级为 4.8 级、不经表面处理、A 型、$b_m = 2d$ 的双头螺柱）

螺纹规格 （d）	b_m（旋入机体端长度）				$\dfrac{l（螺柱长度）}{b（旋螺母端长度）}$				
	GB/T 897	GB/T 898	GB/T 899	GB/T 900					
M4	—	—	6	8	$\dfrac{16\sim22}{8}$	$\dfrac{25\sim40}{14}$			
M5	5	6	8	10	$\dfrac{16\sim22}{10}$	$\dfrac{25\sim50}{16}$			
M6	6	8	10	12	$\dfrac{20\sim22}{10}$	$\dfrac{25\sim30}{14}$	$\dfrac{32\sim75}{18}$		
M8	8	10	12	16	$\dfrac{20\sim22}{12}$	$\dfrac{25\sim30}{16}$	$\dfrac{32\sim90}{22}$		
M10	10	12	15	20	$\dfrac{25\sim28}{14}$	$\dfrac{30\sim38}{16}$	$\dfrac{40\sim120}{26}$	$\dfrac{130}{32}$	
M12	12	15	18	24	$\dfrac{25\sim30}{16}$	$\dfrac{32\sim40}{20}$	$\dfrac{45\sim120}{30}$	$\dfrac{130\sim180}{36}$	
M16	16	20	24	32	$\dfrac{30\sim38}{20}$	$\dfrac{40\sim55}{30}$	$\dfrac{60\sim120}{38}$	$\dfrac{130\sim200}{44}$	
M20	20	25	30	40	$\dfrac{35\sim40}{25}$	$\dfrac{45\sim65}{35}$	$\dfrac{70\sim120}{46}$	$\dfrac{130\sim200}{52}$	
（M24）	24	30	36	48	$\dfrac{45\sim50}{30}$	$\dfrac{55\sim75}{45}$	$\dfrac{80\sim120}{54}$	$\dfrac{130\sim200}{60}$	
（M30）	30	38	45	60	$\dfrac{60\sim65}{40}$	$\dfrac{70\sim90}{50}$	$\dfrac{95\sim120}{66}$	$\dfrac{130\sim200}{72}$	$\dfrac{210\sim250}{85}$
M36	36	45	54	72	$\dfrac{65\sim75}{45}$	$\dfrac{80\sim110}{60}$	$\dfrac{120}{78}$	$\dfrac{130\sim200}{84}$	$\dfrac{210\sim300}{97}$
M42	42	52	63	84	$\dfrac{70\sim80}{50}$	$\dfrac{85\sim110}{70}$	$\dfrac{120}{90}$	$\dfrac{130\sim200}{96}$	$\dfrac{210\sim300}{109}$
M48	48	60	72	96	$\dfrac{80\sim90}{60}$	$\dfrac{95\sim110}{80}$	$\dfrac{120}{102}$	$\dfrac{130\sim200}{108}$	$\dfrac{210\sim300}{121}$
$l_{公称}$	12、（14）、16、（18）、20、（22）、25、（28）、30、（32）、35、（38）、40、45、50、55、60、（65）、70、75、80、（85）、90、（95）、100～260（10 进位）、280、300								

注: 1. 尽可能不采用括号内的规格。末端按 GB/T 2 规定。
　　2. $b_m = 1d$，一般用于钢对钢；$b_m = (1.25\sim1.5)d$，一般用于钢对铸铁；$b_m = 2d$，一般用于钢对铝合金。

附表A.6 六角螺母

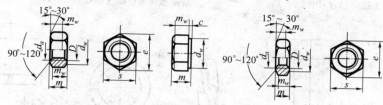

I型六角螺母（GB/T 6170—2000）　　　六角薄螺母（GB/T 6172.1—2000）

允许制造形式

螺纹规格 D = M12、性能等级为10级、不经表面处理、
I型六角螺母：

螺母　GB/T 6170　M12

螺纹规格 D = M12、性能等级为04级、不经表面处理、
六角薄螺母：

螺母　GB/T 6172　M12

螺纹规格 D	d_a		d_w	e	GB/T 6170—2000						GB/T 6172.1—2000					
					c	m		m_w	s		m		m_w		s	
	min	max	min	min	max	max	min	min	max	min	max	min	min	max	max	min
M3	3	3.45	4.6	6.01	0.4	2.4	2.15	1.7	5.5	5.32	1.8	1.55	1.2	5.5	5.32
M4	4	4.6	5.9	7.66		3.2	2.9	2.3	7	6.78	2.2	1.95	1.6	7	6.78
M5	5	5.75	6.9	8.79	0.5	4.7	4.4	3.5	8	7.78	2.7	2.45	2	8	7.78
M6	6	6.75	8.9	11.05		5.2	4.9	3.9	10	9.78	3.2	2.9	2.3	10	9.78
M8	8	8.75	11.6	14.38		6.8	6.44	5.1	13	12.73	4	3.7	3	13	12.73
M10	10	10.8	14.6	17.77	0.6	8.4	8.04	6.4	16	15.73	5	4.7	3.8	16	15.73
M12	12	13	16.6	20.03		10.8	10.37	8.3	18	17.73	6	5.7	4.6	18	17.73
M16	16	17.3	22.5	26.75		14.8	14.1	11.3	24	23.67	8	7.42	5.9	24	23.67
M20	20	21.6	27.7	32.95		18	16.9	13.5	30	29.16	10	9.10	7.3	30	29.16
M24	24	25.9	33.2	39.55	0.8	21.5	20.2	16.2	36	35	12	10.9	8.7	36	35
M30	30	32.4	42.7	50.85		25.6	24.3	19.4	46	45	15	13.9	11.1	46	45
M36	36	38.9	51.1	60.79		31	29.4	23.5	55	53.8	18	16.9	13.5	55	53.8

注：（1）A级用于 $D \leqslant 16$ 的螺母、B级用于 $D > 16$ 的螺母；

　　（2） m_w 为扳拧高度。

附表 A.7 垫圈/mm

平垫圈 A 级（摘自 GB/T 97.1）　　　　　　　　平垫圈 C 级（摘自 GB/T 95）

平垫圈 倒角型 A 级（摘自 GB/T 97.2）　　　　标准型弹簧垫圈（摘自 GB/T 93）

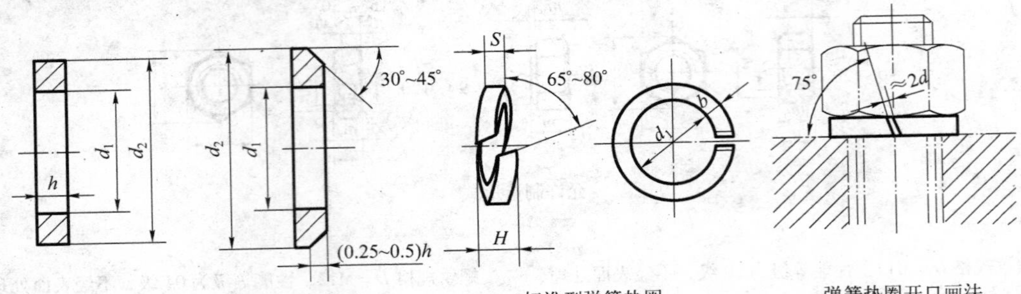

平垫圈　　　　　　倒角型平垫圈　　　　标准型弹簧垫圈　　　　弹簧垫圈开口画法

标记示例：

垫圈 GB/T 95 8 –100HV　（标准系列、规格 8、性能等级为 100HV 级、不经表面处理，产品等级为 C 级的平垫圈）

公称尺寸 d（螺纹规格）		4	5	6	8	10	12	14	16	20	24	30	36	42	48
GB/T 97.1（A 级）	d_1	4.3	5.3	6.4	8.4	10.5	13.0	15	17	21	25	31	37	—	—
	d_2	9	10	12	16	20	24	28	30	37	44	56	66	—	—
	h	0.8	1	1.6	1.6	2	2.5	2.5	3	3	4	4	5	—	—
GB/T 97.2（A 级）	d_1	—	5.3	6.4	8.4	10.5	13	15	17	21	25	31	37		
	d_2	—	10	12	16	20	24	28	30	37	44	56	66		
	h	—	1	1.6	1.6	2	2.5	2.5	3	3	4	4	5	—	—
GB/T 95（C 级）	d_1		5.5	6.6	9	11	13.5	15.5	17.5	22	26	33	39	45	52
	d_2	—	10	12	16	20	24	28	30	37	44	56	66	78	92
	h	—	1	1.6	1.6	2	2.5	2.5	3	3	4	4	5	8	8
GB/T 93	d_1	4.1	5.1	6.1	8.1	10.2	12.2	—	16.2	20.2	24.5	30.5	36.5	42.5	48.5
	$S = b$	1.1	1.3	1.6	2.1	2.6	3.1	—	4.1	5	6	7.5	9	10.5	12
	H	2.8	3.3	4	5.3	6.5	7.8	—	10.3	12.5	15	18.6	22.5	26.3	30

注：A 级适用于精装配系列，C 级适用于中等装配系列；C 级垫圈没有 Ra3.2 和去毛刺的要求。

附表 A.8 平键及键槽各部尺寸/mm（摘自 GB/T 1095、1096）

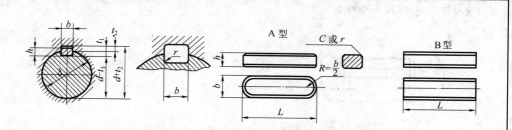

标 记 示 例

圆头普通平键（A 型） $b = 16$ mm、$h = 10$ mm、$L = 100$ mm；GB/T 1096 键 $16 \times 10 \times 100$

平头普通平键（B 型） $b = 16$ mm、$h = 10$ mm、$L = 100$ mm；GB/T 1096 键   B $16 \times 10 \times 100$

轴	键	键 槽										
		宽 度 b					深 度					
		基本尺寸 b	极 限 偏 差				轴 t_1		毂 t_2		半径 r	
			松连接		正常连接		紧密连接					
公称直径 d	键尺寸 $b \times h$		轴 H9	毂 D10	轴 N9	毂 Js9	轴和毂 P9	公称尺寸	极限偏差	公称尺寸	极限偏差	最小	最大
$6 \sim 8$	2×2	2	+0.025 0	+0.060 +0.020	−0.004 −0.029	±0.012 5	−0.006 −0.031	1.2		1		0.08	0.16
$8 \sim 10$	3×3	3						1.8		1.4			
$10 \sim 12$	4×4	4	+0.030 0	+0.078 +0.030	0 −0.036	±0.015	−0.012 −0.042	2.5	+0.10	1.8	+0.10		
$12 \sim 17$	5×5	5						3.0		2.3			
$17 \sim 22$	6×6	6						3.5		2.8		0.16	0.25
$22 \sim 30$	8×7	8	+0.036 0	+0.098 +0.040	0 −0.036	±0.018	−0.015 −0.051	4.0		3.3			
$30 \sim 38$	10×8	10						5.0		3.3			
$38 \sim 44$	12×8	12	+0.043 0	+0.120 +0.050	0 −0.043	±0.021 5	−0.018 −0.061	5.0	+0.20	3.3	+0.20	0.25	0.40
$44 \sim 50$	14×9	14						5.5		3.8			
$50 \sim 58$	16×10	16						6.0		4.3			
$58 \sim 65$	18×11	18						7.0		4.4			

附表 A. 9　销（摘自 GB/T 119. 1—2000、GB/T 117—2000、GB/T 91—2000）

（1）圆柱销（GB/T 119.1—2000）

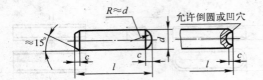

柱表面粗糙度：
m6　$Ra \leqslant 0.8 \mu m$
h8　$Ra \leqslant 1.6 \mu m$

标 记 示 例
公称直径 $d = 6$ mm、公差为 m6、公称长度 $l = 30$ mm、材料为钢、
不经淬火、不经表面处理的圆柱销：销 GB/T 119.1　6m6×30

（2）圆锥销（GB/T 117—2000）

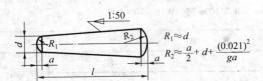

$R_1 \approx d$
$R_2 \approx \dfrac{a}{2} + d + \dfrac{(0.021)^2}{ga}$

锥表面粗糙度：
A 型　$Ra \leqslant 0.8 \mu m$
B 型　$Ra \leqslant 3.2 \mu m$

标 记 示 例
公称直径 $d = 6$ mm、公称长度 $l = 30$ mm、材料为 35 钢、热处理硬度
28 ~ 38HRC，表面氧化处理的 A 型圆锥销：销 GB/T 117　6×30

公称直径 d		3	4	5	6	8	10	12	16	20	25
圆柱销	$c \approx$	0.5	0.63	0.8	1.2	1.6	2.0	2.5	3.0	3.5	4.0
	l（公称）	8 ~ 30	8 ~ 40	10 ~ 50	12 ~ 60	14 ~ 80	18 ~ 95	22 ~ 140	26 ~ 180	35 ~ 200	50 ~ 200
圆锥销	$a_f \approx$	0.4	0.5	0.63	0.8	1.0	1.2	1.6	2.0	2.5	3.0
	l（公称）	12 ~ 45	14 ~ 55	18 ~ 60	22 ~ 90	22 ~ 120	26 ~ 160	32 ~ 180	40 ~ 200	45 ~ 200	50 ~ 200
l（公称）的系列		12 ~ 32（2 进位），35 ~ 100（5 进位），100 ~ 200（20 进位）									

（3）开口销（GB/T 91—2000）

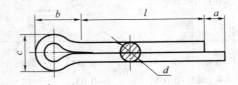

标 记 示 例
公称直径 $d = 5$ mm，长度 $l = 50$ mm，材料为低碳钢，不经表面处理的开口销：销　GB/T 91　5×50

公称直径 d		0.6	0.8	1	1.2	1.6	2	2.5	3.2	4	5	6.3	8	10	12
a	max		1.6				2.5		3.2		4			6.3	
c	max	1	1.4	1.8	2	2.8	3.6	4.6	5.8	7.4	9.2	11.8	15	19	24.8
	min	0.9	1.2	1.6	1.7	2.4	3.2	4	5.1	6.5	8	10.3	13.1	16.6	21.7
$b \approx$		2	2.4	3	3	3.2	4	5	6.4	8	10	12.6	16	20	26
l（公称）		4 ~ 12	5 ~ 16	6 ~ 20	8 ~ 26	8 ~ 32	10 ~ 40	12 ~ 50	14 ~ 65	18 ~ 80	22 ~ 100	30 ~ 120	40 ~ 160	45 ~ 200	70 ~ 200
l（公称）的系列		6 ~ 32（2 进位），36，40 ~ 100（5 进位），120 ~ 200（20 进位）													

注：销孔的公称直径等于销的公称直径 d。

附表 A.10　滚动轴承

深沟球轴承（摘自 GB/T 276）	圆锥滚子轴承（摘自 GB/T 297）	单向推力球轴承（摘自 GB/T 301）
标记示例： 滚动轴承　6310　GB/T 276	标记示例： 滚动轴承　30212　GB/T 297	标记示例： 滚动轴承　51305　GB/T 301

轴承型号	尺寸（mm）			轴承型号	尺寸（mm）					轴承型号	尺寸（mm）			
	d	D	B		d	D	B	C	T		d	D	T	d_1
尺寸系列[(0)2]				尺寸系列[02]						尺寸系列[12]				
6202	15	35	11	30203	17	40	12	11	13.25	51202	15	32	12	17
6203	17	40	12	30204	20	47	14	12	15.25	51203	17	35	12	19
6204	20	47	14	30205	25	52	15	13	16.25	51204	20	40	14	22
6205	25	52	15	30206	30	62	16	14	17.25	51205	25	47	15	27
6206	30	62	16	30207	35	72	17	15	18.25	51206	30	52	16	32
6207	35	72	17	30208	40	80	18	16	19.75	51207	35	62	18	37
6208	40	80	18	30209	45	85	19	16	20.75	51208	40	68	19	42
6209	45	85	19	30210	50	90	20	17	21.75	51209	45	73	20	47
6210	50	90	20	30211	55	100	21	18	22.75	51210	50	78	22	52
6211	55	100	21	30212	60	110	22	19	23.75	51211	55	90	25	57
6212	60	110	22	30213	65	120	23	20	24.75	51212	60	95	26	62
尺寸系列[(0)3]				尺寸系列[03]						尺寸系列[13]				
6302	15	42	13	30302	15	42	13	11	14.25	51304	20	47	18	22
6303	17	47	14	30303	17	47	14	12	15.25	51305	25	52	18	27
6304	20	52	15	30304	20	52	15	13	16.25	51306	30	60	21	32
6305	25	62	17	30305	25	62	17	15	18.25	51307	35	68	24	37
6306	30	72	19	30306	30	72	19	16	20.75	51308	40	78	26	42
6307	35	80	21	30307	35	80	21	18	22.75	51309	45	85	28	47
6308	40	90	23	30308	40	90	23	20	25.25	51310	50	95	31	52
6309	45	100	25	30309	45	100	25	22	27.25	51311	55	105	35	57
6310	50	110	27	30310	50	110	27	23	29.25	51312	60	110	35	62
6311	55	120	29	30311	55	120	29	25	31.50	51313	65	115	36	67
6312	60	130	31	30312	60	130	31	26	33.50	51314	70	125	40	72
尺寸系列[(0)4]				尺寸系列[13]						尺寸系列[14]				
6403	17	62	17	31305	25	62	17	13	18.25	51405	25	60	24	27
6404	20	72	19	31306	30	72	19	14	20.75	51406	30	70	28	32
6405	25	80	21	31307	35	80	21	15	22.75	51407	35	80	32	37
6406	30	90	23	31308	40	90	23	17	25.25	51408	40	90	36	42
6407	35	100	25	31309	45	100	25	18	27.25	51409	45	100	39	47
6408	40	110	27	31310	50	110	27	19	29.25	51410	50	110	43	52
6409	45	120	29	31311	55	120	29	21	31.50	51411	55	120	48	57
6410	50	130	31	31312	60	130	31	22	33.50	51412	60	130	51	62
6411	55	140	33	31313	65	140	33	23	36.00	51413	65	140	56	68
6412	60	150	35	31314	70	150	35	25	38.00	51414	70	150	60	73
6413	65	160	37	31315	75	160	37	26	40.00	51415	75	160	65	78

注：圆括号中的尺寸系列代号在轴承型号中省略。

附表 A.11　优先及常用配合中轴的极限

代号		a	b	c	d	e	f	g	H					
公称尺寸（mm）		公差												
大于	至	11	11	*11	*9	8	*7	*6	5	*6	*7	8	*9	10
—	3	-270/-330	-140/-200	-60/-120	-20/-45	-14/-28	-6/-16	-2/-8	0/-4	0/-6	0/-10	0/-14	0/-25	0/-40
3	6	-270/-345	-140/-215	-70/-145	-30/-60	-20/-38	-10/-22	-4/-12	0/-5	0/-8	0/-12	0/-18	0/-30	0/-48
6	10	-280/-338	-150/-240	-80/-170	-40/-76	-25/-47	-13/-28	-5/-14	0/-6	0/-9	0/-15	0/-22	0/-36	0/-58
10	14	-290/-400	-150/-260	-95/-205	-50/-93	-32/-59	-16/-34	-6/-17	0/-8	0/-11	0/-18	0/-27	0/-43	0/-70
14	18													
18	24	-300/-430	-160/-290	-110/-240	-65/-117	-40/-73	-20/-41	-7/-20	0/-9	0/-13	0/-21	0/-33	0/-52	0/-84
24	30													
30	40	-310/-470	-170/-330	-120/-280	-80/-142	-50/-89	-25/-50	-9/-25	0/-11	0/-16	0/-25	0/-39	0/-62	0/-100
40	50	-320/-480	-180/-340	-130/-290										
50	65	-340/-530	-190/-380	-140/-330	-100/-174	-60/-106	-30/-60	-10/-29	0/-13	0/-19	0/-30	0/-46	0/-74	0/-120
65	80	-360/-550	-200/-390	-150/-340										
80	100	-380/-600	-220/-440	-170/-390	-120/-207	-72/-126	-36/-71	-12/-34	0/-15	0/-22	0/-35	0/-54	0/-87	0/-140
100	120	-410/-630	-240/-460	-180/-400										
120	140	-460/-710	-260/-510	-200/-450	-145/-245	-85/-148	-43/-83	-14/-39	0/-18	0/-25	0/-40	0/-63	0/-100	0/-160
140	160	-520/-770	-280/-530	-210/-460										
160	180	-580/-830	-310/-560	-230/-480										
180	200	-660/-950	-340/-630	-240/-530	-170/-285	-100/-172	-50/-96	-15/-44	0/-20	0/-29	0/-46	0/-72	0/-115	0/-185
200	225	-740/-1030	-380/-670	-260/-550										
225	250	-820/-1110	-420/-710	-280/-570										
250	280	-920/-1240	-480/-800	-300/-620	-190/-320	-110/-191	-56/-108	-17/-49	0/-23	0/-32	0/-52	0/-81	0/-130	0/-210
280	315	-1050/-1370	-540/-860	-330/-650										
315	355	-1200/-1560	-600/-960	-360/-720	-210/-350	-125/-214	-62/-119	-18/-54	0/-25	0/-36	0/-57	0/-89	0/-140	0/-230
355	400	-1350/-1710	-680/-1040	-400/-760										
400	450	-1500/-1900	-760/-1160	-440/-840	-230/-385	-135/-232	-68/-131	-20/-60	0/-27	0/-40	0/-63	0/-97	0/-155	0/-250
450	500	-1650/-2050	-840/-1240	-480/-880										

注：带 * 者为优先选用的，其他为常用的。

偏差/μm （摘自 GB/T 1800. 2—2009）

		js	k	m	n	p	r	s	t	u	v	x	y	z
等级														
*11	12	6	*6	6	*6	*6	6	*6	6	*6	6	6	6	6
0 / −60	0 / −100	±3	+6 / 0	+8 / +2	+10 / +4	+12 / +6	+16 / +10	+20 / +14	—	+24 / +18	—	+26 / +20	—	+32 / +26
0 / −75	0 / −120	±4	+9 / +1	+12 / +4	+16 / +8	+20 / +12	+23 / +15	+27 / +19	—	+31 / +23	—	+36 / +28	—	+43 / +35
0 / −90	0 / −150	±4.5	+10 / +1	+15 / +6	+19 / +10	+24 / +15	+28 / +19	+32 / +23	—	+37 / +28	—	+43 / +34	—	+51 / +42
0 / −110	0 / −180	±5.5	+12 / +1	+18 / +7	+23 / +12	+29 / +18	+34 / +23	+39 / +28	—	+44 / +33	—	+51 / +40	—	+61 / +50
											+50 / +39	+56 / +45	—	+71 / +60
0 / −130	0 / −210	±6.5	+15 / +2	+21 / +8	+28 / +15	+35 / +22	+41 / +28	+48 / +35	—	+54 / +41	+60 / +47	+67 / +54	+76 / +63	+86 / +73
									+54 / +41	+61 / +48	+68 / +55	+77 / +64	+88 / +75	+101 / +88
0 / −160	0 / −250	±8	+18 / +2	+25 / +9	+33 / +17	+42 / +26	+50 / +34	+59 / +43	+64 / +48	+76 / +60	+84 / +68	+96 / +80	+110 / +94	+128 / +112
									+70 / +54	+86 / +70	+97 / +81	+113 / +97	+130 / +114	+152 / +136
0 / −190	0 / −300	±9.5	+21 / +2	+30 / +11	+39 / +20	+51 / +32	+60 / +41	+72 / +53	+85 / +66	+106 / +87	+121 / +102	+141 / +122	+163 / +144	+191 / +172
							+62 / +43	+78 / +59	+94 / +75	+121 / +102	+139 / +120	+165 / +146	+193 / +174	+229 / +210
0 / −220	0 / −350	±11	+25 / +3	+35 / +13	+45 / +23	+59 / +37	+73 / +51	+93 / +71	+113 / +91	+146 / +124	+168 / +146	+200 / +178	+236 / +214	+280 / +258
							+76 / +54	+101 / +79	+126 / +104	+166 / +144	+194 / +172	+232 / +210	+276 / +254	+332 / +310
0 / −250	0 / −400	±12.5	+28 / +3	+40 / +15	+52 / +27	+68 / +43	+88 / +63	+117 / +92	+147 / +122	+195 / +170	+227 / +202	+273 / +248	+325 / +300	+390 / +365
							+90 / +65	+125 / +100	+159 / +134	+215 / +190	+253 / +228	+305 / +280	+365 / +340	+440 / +415
							+93 / +68	+133 / +108	+171 / +146	+235 / +210	+277 / +252	+335 / +310	+405 / +380	+490 / +465
0 / −290	0 / −460	±14.5	+33 / +4	+46 / +17	+60 / +31	+79 / +50	+106 / +77	+151 / +122	+195 / +166	+265 / +236	+313 / +284	+379 / +350	+454 / +425	+549 / +520
							+109 / +80	+159 / +130	+209 / +180	+287 / +258	+339 / +310	+414 / +385	+499 / +470	+604 / +575
							+113 / +84	+169 / +140	+225 / +196	+313 / +284	+369 / +340	+454 / +425	+549 / +520	+669 / +640
0 / −320	0 / −520	±16	+36 / +4	+52 / +20	+66 / +34	+88 / +56	+126 / +94	+190 / +158	+250 / +218	+347 / +315	+417 / +385	+507 / +475	+612 / +580	+742 / +710
							+130 / +98	+202 / +170	+272 / +240	+382 / +350	+457 / +425	+557 / +525	+682 / +650	+822 / +790
0 / −360	0 / −570	±18	+40 / +4	+57 / +21	+73 / +37	+98 / +62	+144 / +108	+226 / +190	+304 / +268	+426 / +390	+511 / +475	+626 / +590	+766 / +730	+936 / +900
							+150 / +114	+244 / +208	+330 / +294	+471 / +435	+566 / +530	+696 / +660	+856 / +820	+1036 / +1000
0 / −400	0 / −630	±20	+45 / +5	+63 / +23	+80 / +40	+108 / +68	+166 / +126	+272 / +232	+370 / +330	+530 / +490	+635 / +595	+780 / +740	+960 / +920	+1140 / +1100
							+172 / +132	+292 / +252	+400 / +360	+580 / +540	+700 / +660	+860 / +820	+1040 / +1000	+1290 / +1250

附表 A.12　优先及常用配合中孔的极限

代号		A	B	C	D	E	F	G	h					
公称尺寸 (mm)		公 差												
大于	至	11	11	*11	*9	8	*8	*7	6	*7	*8	*9	10	*11
—	3	+330 +270	+200 +140	+120 +60	+45 +20	+28 +14	+20 +6	+12 +2	+6 0	+10 0	+14 0	+25 0	+40 0	+60 0
3	6	+345 +270	+215 +140	+145 +70	+60 +30	+38 +20	+28 +10	+16 +4	+8 0	+12 0	+18 0	+30 0	+48 0	+75 0
6	10	+370 +280	+240 +150	+170 +80	+76 +40	+47 +25	+35 +13	+20 +5	+9 0	+15 0	+22 0	+36 0	+58 0	+90 0
10	14	+400 +290	+260 +150	+205 +95	+93 +50	+59 +32	+43 +16	+24 +6	+11 0	+18 0	+27 0	+43 0	+70 0	+110 0
14	18	+400 +290	+260 +150	+205 +95	+93 +50	+59 +32	+43 +16	+24 +6	+11 0	+18 0	+27 0	+43 0	+70 0	+110 0
18	24	+430 +300	+290 +160	+240 +110	+117 +65	+73 +40	+53 +20	+28 +7	+13 0	+21 0	+33 0	+52 0	+84 0	+130 0
24	30	+430 +300	+290 +160	+240 +110	+117 +65	+73 +40	+53 +20	+28 +7	+13 0	+21 0	+33 0	+52 0	+84 0	+130 0
30	40	+470 +310	+330 +170	+280 +120	+142 +80	+89 +50	+64 +25	+34 +9	+16 0	+25 0	+39 0	+62 0	+100 0	+160 0
40	50	+480 +320	+340 +180	+290 +130	+142 +80	+89 +50	+64 +25	+34 +9	+16 0	+25 0	+39 0	+62 0	+100 0	+160 0
50	65	+530 +340	+380 +190	+330 +140	+174 +100	+106 +60	+76 +30	+40 +10	+19 0	+30 0	+46 0	+74 0	+120 0	+190 0
65	80	+550 +360	+390 +200	+340 +150	+174 +100	+106 +60	+76 +30	+40 +10	+19 0	+30 0	+46 0	+74 0	+120 0	+190 0
80	100	+600 +380	+440 +220	+390 +170	+207 +120	+126 +72	+90 +36	+47 +12	+22 0	+35 0	+54 0	+87 0	+140 0	+220 0
100	120	+630 +410	+460 +240	+400 +180	+207 +120	+126 +72	+90 +36	+47 +12	+22 0	+35 0	+54 0	+87 0	+140 0	+220 0
120	140	+710 +460	+510 +260	+450 +200	+245 +145	+148 +85	+106 +43	+54 +14	+25 0	+40 0	+63 0	+100 0	+160 0	+250 0
140	160	+770 +520	+530 +280	+460 +210	+245 +145	+148 +85	+106 +43	+54 +14	+25 0	+40 0	+63 0	+100 0	+160 0	+250 0
160	180	+830 +580	+560 +310	+480 +230	+245 +145	+148 +85	+106 +43	+54 +14	+25 0	+40 0	+63 0	+100 0	+160 0	+250 0
180	200	+950 +660	+630 +340	+530 +240	+285 +170	+172 +100	+122 +50	+61 +15	+29 0	+46 0	+72 0	+115 0	+185 0	+290 0
200	225	+1030 +740	+670 +380	+550 +260	+285 +170	+172 +100	+122 +50	+61 +15	+29 0	+46 0	+72 0	+115 0	+185 0	+290 0
225	250	+1110 +820	+710 +420	+570 +280	+285 +170	+172 +100	+122 +50	+61 +15	+29 0	+46 0	+72 0	+115 0	+185 0	+290 0
250	280	+1240 +920	+800 +480	+620 +300	+320 +190	+191 +110	+137 +56	+69 +17	+32 0	+52 0	+81 0	+130 0	+210 0	+320 0
280	315	+1370 +1050	+860 +540	+650 +330	+320 +190	+191 +110	+137 +56	+69 +17	+32 0	+52 0	+81 0	+130 0	+210 0	+320 0
315	355	+1560 +1200	+960 +600	+720 +360	+350 +210	+214 +125	+151 +62	+75 +18	+36 0	+57 0	+89 0	+140 0	+230 0	+360 0
355	400	+1710 +1350	+1040 +680	+760 +400	+350 +210	+214 +125	+151 +62	+75 +18	+36 0	+57 0	+89 0	+140 0	+230 0	+360 0
400	450	+1900 +1500	+1160 +760	+840 +440	+385 +230	+232 +135	+165 +68	+83 +20	+40 0	+63 0	+97 0	+155 0	+250 0	+400 0
450	500	+2050 +1650	+1240 +840	+880 +480	+385 +230	+232 +135	+165 +68	+83 +20	+40 0	+63 0	+97 0	+155 0	+250 0	+400 0

注：带"＊"者为优先选用的，其他为常用的。

偏差表/μm（摘自 GB/T 1800.2—2009）

	JS		K			M	M		P		R	S	T	U
	等级													
12	6	7	6	*7	8	7	6	7	6	*7	7	*7	7	*7
+100 0	±3	±5	0 -6	0 -10	0 -14	-2 -12	-4 -10	-4 -14	-6 -12	-6 -16	-10 -20	-14 -24	—	-18 -28
+120 0	±4	±6	+2 -6	+3 -9	+5 -13	0 -12	-5 -13	-4 -16	-9 -17	-8 -20	-11 -23	-15 -27	—	-19 -31
+150 0	±4.5	±7	+2 -7	+5 -10	+6 -16	0 -15	-7 -16	-4 -19	-12 -21	-9 -24	-13 -28	-17 -32	—	-22 -37
+180 0	±5.5	±9	+2 -9	+6 -12	+8 -19	0 -18	-9 -20	-5 -23	-15 -26	-11 -29	-16 -34	-21 -39	—	-26 -44
+210 0	±6.5	±10	+2 -11	+6 -15	+10 -23	0 -21	-11 -24	-7 -28	-18 -31	-14 -35	-20 -41	-27 -48	— -33 -54	-33 -54 -40 -61
+250 0	±8	±12	+3 -13	+7 -18	+12 -27	0 -25	-12 -28	-8 -33	-21 -37	-17 -42	-25 -50	-34 -59	-39 -64 -45 -70	-51 -76 -61 -86
+300 0	±9.5	±15	+4 -15	+9 -21	+14 -32	0 -30	-14 -33	-9 -39	-26 -45	-21 -51	-30 -60 -32 -62	-42 -72 -48 -78	-55 -85 -64 -94	-76 -106 -91 -121
+350 0	±11	±17	+4 -18	+10 -25	+16 -38	0 -35	-16 -38	-10 -45	-30 -52	-24 -59	-38 -73 -41 -76	-58 -93 -66 -101	-78 -113 -91 -126	-111 -146 -131 -166
+400 0	±12.5	±20	+4 -21	+12 -28	+20 -43	0 -40	-20 -45	-12 -52	-36 -61	-28 -68	-48 -88 -50 -90 -53 -93	-77 -117 -85 -125 -93 -133	-107 -147 -119 -159 -131 -171	-155 -195 -175 -215 -195 -235
+460 0	±14.5	±23	+5 -24	+13 -33	+22 -50	0 -46	-22 -51	-14 -60	-41 -70	-33 -79	-60 -106 -63 -109 -67 -113	-105 -151 -113 -159 -123 -169	-149 -195 -163 -209 -179 -225	-219 -265 -241 -287 -267 -313
+520 0	±16	±26	+5 -27	+16 -36	+25 -56	0 -52	-25 -57	-14 -66	-47 -79	-36 -88	-74 -126 -78 -130	-138 -190 -150 -202	-198 -250 -220 -272	-295 -347 -330 -382
+570 0	±18	±28	+7 -29	+17 -40	+28 -61	0 -57	-26 -62	-16 -73	-51 -87	-41 -98	-87 -144 -93 -150	-169 -226 -187 -244	-247 -304 -273 -330	-369 -426 -414 -471
+630 0	±20	±31	+8 -32	+18 -45	+29 -68	0 -63	-27 -67	-17 -80	-55 -95	-45 -108	-103 -166 -109 -172	-209 -272 -229 -292	-307 -370 -337 -400	-467 -530 -517 -580

附表 A.13　常用钢材（摘自 GB/T 700、GB/T 699、GB/T 3077、GB/T 11352、GB/T 5676）

名　称	钢　号	主要用途	说　明
碳素结构钢	Q215-A Q235-A Q235-B Q255-A Q275	受力不大的铆钉、螺钉、轮轴、凸轮、焊件、渗碳件 螺栓、螺母、拉杆、钩、连杆、楔、轴、焊件 金属构造物中一般机件、拉杆、轴、焊件 重要的螺钉、拉杆、钩、楔、连杆、轴、销、齿轮 键、牙嵌离合器、链板、闸带、受大静载荷的齿轮轴	Q 表示屈服点，数字表示屈服点数值，A、B 等表示质量等级
优质碳素结构钢	08F 15 20 25 30 35 40 45 50 55 60	要求可塑性好的零件：管子、垫片、渗碳件、氰化件 渗碳件、紧固件、冲模锻件、化工容器 杠杆、轴套、钩、螺钉、渗碳件与氰化件 轴、辊子、连接器，紧固件中的螺栓、螺母 曲轴、转轴、轴销、连杆、横梁、星轮 曲轴、摇杆、拉杆、键、销、螺栓、转轴 齿轮、齿条、链轮、凸轮、轧辊、曲柄轴 齿轮、轴、联轴器、衬套、活塞销、链轮 活塞杆、齿轮、不重要的弹簧 齿轮、连杆、扁弹簧、轧辊、偏心轮、轮圈、轮缘 叶片、弹簧	1. 数字表示钢中平均含碳量的万分数，比如 45 表示平均含碳量为 0.45% 2. 序号表示抗拉强度、硬度依次增加，延伸率依次降低
	30Mn 40Mn 50Mn 60Mn	螺栓、杠杆、制动板 用于承受疲劳载荷零件：轴、曲轴、万向联轴器 用于高负荷下耐磨的热处理零件：齿轮、凸轮、摩擦片 弹簧、发条	含锰量 0.7%～1.2% 的优质碳素钢
合金结构钢	铬钢　15Cr 20Cr 30Cr 40Cr 45Cr	渗碳齿轮、凸轮、活塞销、离合器 较重要的渗碳件 重要的调质零件：轮轴、齿轮、摇杆、重要的螺栓、滚子 较重要的调质零件：齿轮、进气阀、辊子、轴 强度及耐磨性高的轴、齿轮、螺栓	1. 合金结构钢前面两位数字表示钢中含碳量的万分数 2. 合金元素以化学符号表示 3. 合金元素含量小于 1.5% 时，仅注出元素符号
	铬锰钛钢　20CrMnTi 30CrMnTi	汽车上的重要渗碳件：齿轮 汽车、拖拉机上强度特高的渗碳齿轮	
铸钢	ZG230-450 ZG310-570	机座、箱体、支架 齿轮、飞轮、机架	ZG 表示铸钢，数字表示屈服点及抗拉强度（MPa）

附表 A.14　常用铸铁（摘自 GB/T 9439、GB/T 1348、GB/T 9400）

名　称	牌号	硬　度（HB）	主要用途	说　明
灰铸铁	HT100	114～173	机床中受轻负荷，磨损无关紧要的铸件，如托盘、把手、手轮等	HT 是灰铸铁代号，其后数字表示抗拉强度（MPa）
	HT150	132～197	承受中等弯曲应力，摩擦面间压强高于 500 MPa 的铸件，如机床底座、工作台、汽车变速箱、泵体、阀体、阀盖等	
	HT200	151～229	承受较大弯曲应力，要求保持气密性的铸件，如机床立柱、刀架、齿轮箱体、床身、油缸、泵体、阀体、皮带轮、轴承盖和架等	
	HT250	180～269	承受较大弯曲应力，要求保持气密性的铸件，如汽缸套、齿轮、机床床身、立柱、齿轮箱体、油缸、泵体、阀体等	
	HT300	207～313	承受高弯曲应力、拉应力、要求高度气密性的铸件，如高压油缸、泵体、阀体、汽轮机隔板等	
	HT350	238～357	轧钢滑板、辊子、炼焦柱塞等	

续表

名　称	牌　号	硬　度（HB）	主　要　用　途	说　明
球墨铸铁	QT400-15 QT400-18	130～180 130～180	韧性高，低温性能好，且有一定的耐蚀性，用于制作汽车、拖拉机中的轮毂、壳体、离合器拔叉等	QT 为球墨铸铁代号，其后第一组数字表示抗拉强度（MPa），第二组数字表示延伸率（%）
	QT500-7 QT450-10 QT600-3	170～230 160～210 190～270	具有中等强度和韧性，用于制作内燃机中油泵齿轮、汽轮机的中温汽缸隔板、水轮机阀门体等	
可锻铸铁	KTH300-06 KTH350-10 KTZ450-06 KTB400-05	≤150 ≤150 150～200 ≤220	用于承受冲击、振动等零件，如汽车零件、机床附件、各种管接头、低压阀门、曲轴和连杆等	KTH、KTZ、KTB 分别为黑心、球光体、白心可锻铸铁代号，其后第一组数字表示抗拉强度（MPa），第二组数字表示延伸率（%）

附表 A.15　常用有色金属及其合金（摘自 GB/T 1176、GB/T 3190）

名称或代号	牌　号	主　要　用　途	说　明
普通黄铜	H62	散热器、垫圈、弹簧、各种网、螺钉及其他零件	H 表示黄铜，字母后的数字表示含铜的平均百分数
40-2 锰黄铜	ZCuZn40Mn2	轴瓦、衬套及其他减磨零件	Z 表示铸造，字母后的数字表示含铜、锰、锌的平均百分数
5-5-5 锡青铜	ZCuSn5PbZn5	在较高负荷和中等滑动速度下工作的耐磨、耐蚀零件	字母后的数字表示含锡、铅、锌的平均百分数
9-2 铝青铜 10-3 铝青铜	ZCuAl9Mn2 ZCuAl10Fe3	耐蚀、耐磨零件，要求气密性高的铸件，高强度、耐磨、耐蚀零件及250℃以下工作的管配件	字母后的数字表示含铝、锰或铁的平均百分数
17-4-4 铅青铜	ZcuPbl7Sn4ZnA	高滑动速度的轴承和一般耐磨件等	字母后的数字表示含铅、锡、锌的平均百分数
ZL201 （铝铜合金） ZL301 （铝铜合金）	ZAlCu5Mn ZAlCuMg10	用于铸造形状较简单的零件，如支臂、挂架梁等 用于铸造小型零件，如海轮配件、航空配件等	
硬铝	LY12	高强度硬铝，适用于制造高负荷零件及构件，但不包括冲压件和锻压件，如飞机骨架等	LY 表示硬铝，数字表示顺序号

附表 A.16　常用的热处理及表面处理名词解释

名　词	代号及标注示例	说　明	应　用
退　火	Th	将钢件加热到临界温度以上（一般是 710～715℃，个别合金钢 800～900℃）30～50℃，保温一段时间，然后缓慢冷却	用来消除铸、锻、焊零件的内应力、降低硬度，便于切削加工，细化金属晶粒，改善组织，增加韧性
正　火	Z	将钢件加热到临界温度以上，保温一段时间，然后用空气冷却，冷却速度比退火快	用来处理低碳和中碳结构钢及渗碳零件，使其组织细化，增加强度与韧性，减小内应力，改善切削性能

名　　词		代号及标注示例	说　　明	应　　用
淬　火		C C48：淬火回火至 45～50HRC	将钢件加热到临界温度以上，保温一段时间，然后在水、盐水或油中急速冷却，使其得到高硬度	用来提高钢的硬度和强度极限，但淬火会引起内应力使钢变脆，所以淬火后必须回火
回　火		回　火	回火是将淬硬的钢件加热到临界点以下的温度，保温一段时间，然后在空气中或油中冷却下来	用来消除淬火后的脆性和内应力，提高钢的塑性和冲击韧性
调　质		T T235：调质处理至 220～250HB	淬火后在450～650℃进行高温回火，称为调质	用来使钢获得高的韧性和足够的强度，重要的齿轮、轴及丝杆等零件需经调质处理
表面 淬火	火焰淬火	H54：火焰淬火后，回火到50～55HRC	用火焰或高频电流，将零件表面迅速加热至临界温度以上，急速冷却	使零件表面获得高硬度，而心部保持一定的韧性，使零件既耐磨又能承受冲击，表面淬火常用来处理齿轮等
	高频淬火	G52：高频淬火后，回火到50～55HRC		
渗碳淬火		S0.5-C59：渗碳层深0.5，淬火硬度56～62HRC	在渗碳剂中将钢件加热到900～950℃，停留一定时间，将碳渗入钢表面，深度为0.5～2，再淬火后回火	增加钢件的耐磨性能、表面硬度、抗拉强度和疲劳极限，适用于低碳、中碳（含量＜0.40％）结构钢的中小型零件
氮　化		D0.3-900：氮化层深0.3，硬度大于850HV	氮化是在500～600℃通入氮的炉子内加热，向钢的表面渗入氮原子的过程，氮化层为0.025～0.8，氮化时间需40～50小时	增加钢件的耐磨性能、表面硬度、疲劳极限和抗蚀能力，适用于合金钢、碳钢、铸铁件，如机床主轴、丝杆以及在潮湿碱水和燃烧气体介质的环境中工作的零件
氰　化		Q59：氰化淬火后，回火至56～62HRC	在820～860℃炉内通入碳和氮，保温1～2小时，使钢件的表面同时渗入碳、氮原子，可得到0.2～0.5的氰化层	增加表面硬度、耐磨性、疲劳强度和耐蚀性，用于要求硬度高、耐磨的中小型及薄片零件和刀具等
时　效		时效处理	低温回火后、精加工之前，加热到100～160℃，保持10～40小时，对铸件也可用天然时效（放在露天中一年以上）	使工件消除内应力和稳定形状，用于量具、精密丝杆、床身导轨、床身等
发蓝发黑		发蓝或发黑	将金属零件放在很浓的碱和氧化剂溶液中加热氧化，使金属表面形成一层氧化铁所组成的保护性薄膜	防腐蚀、美观，用于一般连接的标准件和其他电子类零件
硬　度		HBW（布氏硬度）	材料抵抗硬的物体压入其表面的能力称硬度，根据测定方法的不同，常用的有布氏硬度和洛氏硬度 硬度的测定是检验材料经热处理后的机械性能——硬度	用于退火、正火、调质的零件及铸件的硬度检验
		HRC（洛氏硬度）		用于经淬火、回火及表面渗碳、渗氮等处理的零件硬度检验

参 考 文 献

［1］ 宋巧莲. 机械制图与计算机绘图. 北京：机械工业出版社，2009.
［2］ 何铭新，钱可强. 机械制图（第6版）. 北京：高等教育出版社，2010.
［3］ 杜吉陆，汤学达. 机械制图. 北京：电子工业出版社，2009.
［4］ 郭朝勇. AutoCAD 2004 中文版应用基础（第2版）. 北京：电子工业出版社，2007.
［5］ 李学京. 机械制图国家标准应用指南. 北京：中国标准出版社，2008.
［6］ 金大鹰. 机械制图（第5版）. 北京：机械工业出版社，2005.

反侵权盗版声明

　　电子工业出版社依法对本作品享有专有出版权。任何未经权利人书面许可，复制、销售或通过信息网络传播本作品的行为；歪曲、篡改、剽窃本作品的行为，均违反《中华人民共和国著作权法》，其行为人应承担相应的民事责任和行政责任，构成犯罪的，将被依法追究刑事责任。

　　为了维护市场秩序，保护权利人的合法权益，我社将依法查处和打击侵权盗版的单位和个人。欢迎社会各界人士积极举报侵权盗版行为，本社将奖励举报有功人员，并保证举报人的信息不被泄露。

举报电话：(010) 88254396；(010) 88258888

传　　真：(010) 88254397

E-mail：dbqq@ phei. com. cn

通信地址：北京市海淀区万寿路 173 信箱
　　　　　电子工业出版社总编办公室

邮　　编：100036